가을이
오면

떨어질
말들

행복도 불행도 아닌 다행이 이긴다

가을이 오면

떨어질 말들

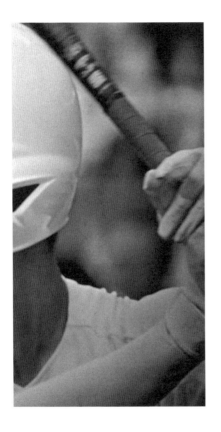

행복도 불행도
아닌

다행이 이긴다

민용준 지음

북스톤

차례

저자의 말 | 이것은 가을을 위한 책이 아니다 8

추락하는 것에는 에너지가 있다 14

마음껏 쓴다는 자유에 대하여 21

입추 » 가을이 온다 27

진짜 사랑하다 죽어버린다 28

안녕, 하늘아 33

너의 시대는 40

전원 50

처서 » 더위가 식고 선선하다 56

퍼펙트 데이즈 57

엄마의 아파트 66

우리는 고양이를 찾지 못했다 72

여행의 끝과 처음 77

코로나19에 걸린 김에 생각해본 것들 95

백로 » 이슬이 맺히다 108

꼿꼿하게 걸어가고 살아가고 싶어서 110

난 지금입니다 121

옷깃이 스쳐서 다다른 이야기 135

안녕, 마왕 142

청소와 빨래라는 매일의 다행 153

시간을 달리는 올림픽 163

추분 » 밤과 낮이 균형을 이루다 176

도인과 가을 177

뚫어! 구니니! 188

내 사전에 아버지는 없다 200

네 개의 사계 212

1루 주자 이승엽 229

한로 » 찬 이슬이 맺히다 236

떨어져야 할 것은 그때 떨어져야 한다 237

죽음 너머로 당신을 흘려보낸다 244

영화를 비록 사랑하는 것 같진 않지만 248

1980년 5월 18일과 광주와 나 262

상강 » 서리가 내리다 276

당신의 결혼을 축하합니다 277

이번 생은 아직 망하지 않았다 298

그래서 우리는 함께 축구를 한다 306

5월 12일의 용준 메이드 315

가장 멋진 낙조를 떠올릴 것이다 329

에필로그 ｜ 종언 » 일이 끝나다 339

이것은 가을을 위한
책이 아니다

제목부터 '가을'이라는 단어를 내건 책의 첫 문장이 이렇다니 시작부터 해보자는 말처럼 들릴까 싶지만, 가을이라는 계절에 관한 책을 쓴다는 구상을 하는 순간부터 '가을'에 관한 책을 쓸 수 없을 거라 생각했다. 대동강물을 팔았다는 봉이 김선달마냥 뻔뻔해 보일지 모르겠으나 보다 정확하게 부연하자면, 가을이라는 계절로만 수렴하는 언어로 한 권의 책을 채우고 메우는 것이 마뜩잖게 느껴졌다. 하지만 떠오르는 가을은 있었다. 다시 보다 정확하게 부연하자면, 내 입장에서의 가을을 쓸 수 있을 거라 생각했다. 써보고 싶었다.

내 입장에서 쓸 수 있는 가을이란 '가을'이라는 계절이 아니라 가을이라는 계절을 닮은 '이야기'였다. 물론 이 책을 끝까지 읽은 독자가, 이 책을 끝까지 다 읽은 독자가 있다는 사실 자체만으로도 일단 반가운 일일 거 같지만 어쨌든 그중 누군가는 "가을 1도 안 닮았는데?"라고 반문할 수 있을 것이라 생각한다. 그렇다면 어쩔 수 없는 일일 터이나 낭패라 여기진 않을 것 같다. 그때는 이미 내가 쓰고 싶은 가을을 다 떨어뜨린 이후일 테니 어느 방향에서 불어오는 바람이든 그에 따라 흩날리면 될 일이다. 그것도 나름대로 의미 있는 풍화의 여정일 것이다.

가을 같은 이야기를 떠올리다 어린 시절에 그리곤 했던 가을 풍경에 다다랐다. 유년 시절 내내 도시에서 자랐기 때문에 논밭을 본 적도 없음에도 불구하고 미술 시간에 가을 풍경을 그리자고 하면 허수아비가 서 있는, 황금빛으로 물든 가을의 논을 그렸다. 그러니까 어린 시절의 가을은 풍요와 수확의 황금 계절이었나 보다. 하지만 언젠가부터 가을은 쇠락과 낙하의 붉은 계절이었다. 알록달록 물든 고운 단풍을 유언장처럼 바라보게 되었다. 결국 저버릴 것이 마지막으로 삶을 화장하고 있는 것처럼 여기며 바닥을 뒹구는 낙엽이 되기 전부터 그 풍경을 상상하고 앙상한 가지의 운명을 점치고 있었다.

그렇다고 하여 황금빛으로 물든 논밭의 긍정을 회복하

자는 구호 같은 마음이 떠오르진 않았다. 세월과 인생에 세게 얻어맞고, 누가 불혹 같은 소리를 내었냐며 공자님을 향한 불신만 극에 달한, 전혀 성장하지 못한 40대에게 아이들의 눈으로 세상을 바라보자는 권유란 부도수표 같은 일이다. 진즉 떨어져 스러진 지 오래인지라 요원하고 민망한 길이다. 다만 어차피 더 이상 황금벼가 무르익은 논을 그리지 못하는 입장이라는 걸 알게 된 이상, 떨어지는 낙엽의 입장을 멋대로 단정 짓지 말자고 다짐해보고 싶었다. 추락한다면 그 추락을 이야기하면 될 일이다. 떨어졌기에 가능한 말도 있는 법이다.

'가을이 오면 떨어질 말들'이라는 제목은 그렇게 계절처럼 자연히 찾아왔다. 시작부터 떠올랐고, 담아보고 싶은 말들을 구상하며 품었고, 써 내려가며 굳혔던 언어다. 덕분에 40여 년을 살아오는 동안 감내하고 견뎌온 시간에 대한 감정을 가능한 선에서 마음껏 떨어뜨려도 좋을 것 같다는 용기와 자신을 얻었다. 만끽하고 즐겼던 감상도, 사유하고 익혔던 감각도, 관찰하고 품었던 상념도, 떨어뜨려보고 싶었다. 완벽하게 모든 것을 드러냈다고 말할 수 없고, 꼭 그래야 할 일은 아니라고 생각하지만 지금 가능한 것들을 최대한 떨어뜨렸다. 나에게는 비로소 찾아온 첫 번째 가을이었다. 떨어질 때가 와서 떨어뜨릴 수 있는 언어들을 받아줄 단일한 기회. 나는 그리 여겼다. 그렇게 생하는 마음과 동하는 생각으로 맺히는 말들을 똑똑 떨어뜨렸고, 한 달여 동안 떨어뜨린 마음과 생각이 한 권의 책으로 고였다. 그것이 이 책의 전말이다.

이 책에 담긴 글들은 내가 보내고 싶은 수많은 안녕이기도 하다. 우리가 일상에서 쓰는 안녕은 둘 중 하나다. 만나서 반갑다고 안녕, 헤어지니 잘 가라고 안녕. 이 책은 그 모든 안녕을 담고 있다. 그리고 반가움과 헤어짐에는 다양한 표정과 심정과 찰나와 사연이 찾아오고 멀어지기 마련이다. 그 사이에서 지워진 것이 있다면, 남겨진 것이 있다면, 그럴만한 연유가 있을 것이다. 그리고 살아남은 기억과 함께 살아가며 그것에 관해 이야기할 수밖에 없는 법이다. 나의 지난날 안에서 물든 가을 같은 기억들과 반갑게 마주하고 묻고 떠올리며 다시 헤어지는 두 번의 안녕을 거듭하며 떨어뜨렸다. 그렇게 떨어진 말들을 한데 모으며 지난 가을을 살렸다.

그러니까 여름에는 가을을 생각하는 것이 좋다. 전례 없이 무더웠으나 어느 해보다 시원할 것이라는 올해의 여름을 보내며 여느 해보다 간절히 가을을 기다린 것 같다. 이 뜨거운 계절을 뒤로 밀어낼 선선한 공기의 유입을 바라며 미리 가을을 떠올렸다. 그리고 언제나 그러하듯이 다시 찾아올 가을마다 나로부터 떨어진 한 권의 가을이 맞닿아 이름 모를 누군가의 가을에 닿을 수 있길 바란다. 그저 흩날리거나 구르지만 않고 어디로든 닿고, 누군가든 주워 함께 물들 수 있는 계절이 된다면 더할 나위 없을 것이다. 그것이 이 책과 함께하는 나의 다행일 것이다.

쓰는 내내 르네 마그리트의 파이프 그림, '이미지의 배반'을 떠올렸다. 누가 봐도 파이프 그림을 그려놓고 그 아래 '이것은 파이프가 아니다Ceci n'est pas une pipe'라는 문구를 적어놓은 그 도발을 상상했다. 파이프가 아니라고 하면서 파이프를 그려놓은 대담함은 보는 이를 교란하는 기술에 불과한 것이 아니다. 형상과 개념의 역설이 되레 실체와 허상을 함께 강화하는, 부조리한 예술과 전언의 경이적인 일체화. 어쩌면 이 책도 그런 방식으로 받아들여질 수 있지 않을까. 당연히 르네 마그리트에게 견주어 대단한 것을 해냈다고, 감히 주장하는 바는 아니다. 그럴 리가. 다만 이 책의 가을이 만인의 가을이 될 수는 없다 해도 끝내 각자의 가을을 가리키는 지표는 될 수 있을 거라 생각한다. 믿어보고 싶다.

그렇게 나의 가을을 보낸다.

그렇게 어떤 가을을 묻는다.

너의 가을은.

떨어질 말들은.

마침내.

추락하는 것에는
에너지가 있다

특정한 계절에 특별한 의미를 두고 살 필요는 없을 것이다. 당연한 말이다. 하지만 특정한 계절마다 심상의 변화를 느낀다면 그 역시 당연한 일일 것이다. 파릇한 봄과 울창한 여름과 공활한 가을과 앙상한 겨울은 저마다 고유한 감각으로 무르익어 때가 되면 물러나고 순환한다. 매일같이 빤한 낮빛으로 찾아오는 것 같지만 때가 되면 어느새 다른 인상으로 밀려가 있다. 늘 거기에서 오고, 거기에서 간다.

계절의 신비란 인간이 순응할 수밖에 없는 자연의 시간이라는 진리 안에서 보다 형형해진다. 물론 인간이 규정했다고 여기는 시간 단위조차 실상 자연의 이치와 우주의 섭리 안에 놓인 인과일 뿐이다. 한 해의 달력과 하루의 시계란 지구의 거대한 운동에 맞춰 삶을 영위해야 하는 인간이 이를 비로소 체화했음을 증명하는 산물이다. 새롭게 발명한 것이 아니라 태초부터 자연히 흐르던 시간을 인식하고 삶의 규격에 맞춰 정리한 결과다. 덕분에 인류는 비로소 자신의 시간을 갖게 되었다.

그런 의미에서 계절이란 인간이 결정하지 못한, 어떤 식으로든 순응할 수밖에 없는 시간이다. 봄, 여름, 가을, 겨울이라 명명했을 뿐, 오는 것을 오는 대로, 가는 것을 가는 대로 느끼고 받아들이며 맞춰 살아야 한다. 그렇기에 계절이란 인간을 숙고하게 만드는 시간이 된다. 문명이 아무리 발전하고 발달한들 인간은 계절을 받아들여야 한다. 우리는 자연 안에 머무는 존재라는 것을 거듭 각성할 수밖에 없다. 불분명하게 구획돼 있지만 분명하게 반복되는 계절이란 그렇게 인간의 자리를 거듭 가리키는 시간이다. 자연 앞에서 정복이라는 단어는 무력하고 무엄하다.

'가을 탄다'는 말은 다른 계절을 탄다는 말보다 유효하게 쓰이는 경향이 있다. 외롭고, 쓸쓸하고, 고독하고, 공허하고, 지난 계절엔 인지하지 못한 마음 한구석의 여백을 조명하길 유도하는 것만 같다. 기분 탓도, '느낌적인 느낌' 같은 것도 아니다. 가을이 되면 여름보다 낮이 짧아지기 때문에 일조량이 적어지고, 그만큼 사람이 받을 수 있는 햇빛의 절대량이 줄어든다. 그리하여 생체 시계 역할을 하는 호르몬 멜라토닌 분비에 변화가 생긴다. 멜라토닌은 빛을 감지하는 신경전달물질로 빛의 유무에 따라 분비량이 변한다. 밝은 낮에는 왕성해지고 짙은 밤에는 저조해지는 '낮이밤져' 호르몬이랄까. 여름에 비해 일조량이 줄어드는 가을에는 멜라토닌이 활성화되는 절대적 시간이 줄어들고 신체적으로 무기력해지기 때문에 정신적으로도 우울한 기분을 느끼기 쉽다는 것이다.

그러니까 기분도 과학이다. 아니, 기분이야말로 과학이다. 사랑한다는 기분이나 마음도 마찬가지다. 도파민이냐, 옥시토신이냐, 그것이 문제로다. 어떤 호르몬의 간섭이 지대한가에 따라 그 기분과 마음의 기세와 태세도 달라지기 마련이다. 이처럼 가을은 여느 계절보다 호르몬의 간섭이 왕성한 계절이다. 정말 아이러니하지 않은가? 강력하게 사색과 관조를 권하는 줄로만 알았던 차분한 계절에 그 어느 때보다 왕성한 호르몬의 힘에 지배당해야 한다니. 그리고 역시 이상하지 않은가? 사계절 가운데 일조량이 가장 적은 계절은 필경 가을보다 겨울일 것이다. 그런데 왜 사람들은 겨울이 아니라 가을을 타는 걸까? 겨울이 오면 매서운 추위에 호르몬도 얼어붙어 버리는 걸까?

가설을 세워보자. 멈춰 있는 것을 움직이게 만들기 위해서는 운동에너지가 필요하다. 그리고 관성적인 운동에너지를 형성하려면 먼저 그보다 높은 최초 운동에너지를 일으켜야 한다. 바라는 힘보다 더 큰 힘을 쏟아야 한다. 그래야만 그보다 낮은 에너지로도 지속적으로 유지하며 밀어갈 수 있다. 그렇다면 가을은 겨울을 대비하는 최초 운동에너지 같은 계절이 아닐까? 앙상하게 마른 가지를 만나기 전에 떨어지는 낙엽을 마주하며, 지난 계절 동안 틔우고 피운 것들이 사라진다는 것을 먼저 학습하고 감각하고 사유할 수 있도록 대비하며, 지속적으로 삶을 주행하길 권하는 안전턱 같은 시간이 아닐까?

떨어지는 낙엽은 쇠하는 기운처럼 받아들여지지만 그것이 원래 매달린 높이를 염두에 두면 다른 생각을 도모할 수도 있을 것이다. 낙하하는 것들은 필연적으로 그 높이만큼의 위치에너지를 확보하고 있다. 낙하한다는 건 위치에너지와 운동에너지의 전환이다. 파릇한 잎이 갈변하고 낙하하는 건 어쩔 수 없이 쇠한 기운에서 비롯된 것이겠지만 그 잎의 쇠함은 나무의 생장과 생동에 최선을 다한 결과일 것이다. 떨어지는 잎에는 날개가 없지만 그것의 하강이란 마지막까지 지니고 있던 위치에너지를 소진하고 중력으로 환원하는 최후의 운동인 셈이다. 우리 입장에서는 추락이자 하강이지만 잎의 시점에서 보자면 중력을 향해 그 힘을 되돌려주는 결사의 돌진이다.

　이렇듯 우리는 떨어지는 잎의 마지막 운동을 통해 만감을 얻게 된다. 개인차는 있겠지만 마른 잎이 떨어지는 순간 누군가 특별한 감정을 느낀다면 그것이 끝까지 품고 있던 에너지가 이동하고 변환하는 순간을 목도하고 체감하는 과정에 동참한 셈이다. 그것은 육안으로 에너지의 이동을 바라보는 행위이기도 하지만 알게 모르게 그 에너지가 내 마음으로 들이쳐 일으키는 감각과 심리의 파동을 체감하는 감상이기도 하다. 이 역시 일종의 에너지 전환인 셈이다. 흥미로운 건 이러한 전환이 에너지 보존의 법칙이라는 고유한 법칙을 초월하는 사유를 부추긴다는 것이다.

　역학 에너지는 다른 양상의 에너지로 전환된다 해도 에너지의 총량을 보존한다. 낙엽이 떨어지는 순간 발생하는 역학 에너지의 전환 역시 마찬가지다. 하지만 그것을 지켜보는 이들의 감정을 하나의 에너지로 인식한다면 역학 에너지의 전환과 무관하게 에너지의 총량이 늘어나는 건 아닐까 생각하게 된다. 물론 물리학자들은 질색할 가설일 수도 있고, 이것을 진지하게 에너지의 전환이라 주장하고 싶은 마음도 없다. 하지만 낙엽을 지켜보는 이들 마음에 형성되는 각기 다른 감정은 결국 그것이 매달려 있던 시절에 품어온 보이지 않는 에너지의 전환이자 무한대의 가능성일 수도 있다. 자신이 할 일에 매진하고 마침내 완수한 뒤 떨어져 나뒹구는 것이 낙엽의 운명처럼 여겨지지만, 끝까지 소진되지 않는 무엇으로서 각자의 마음속으로 스며들어 새롭게 도모할 수 있는 의지를 생성하거나 사유로 전환할 수 있는 에너지라 생각해본다면, 재미있지 않은가?

이렇듯 낙엽은 떨어진 이후에도 무언가를 전해준다. 바닥에 쓰러져 풍화되는 순간까지도 무언가를 전하고야 만다. 그런 낙엽을 보며 고독과 우울과 허전을 느끼는 이들도 있겠지만 누군가는 알게 모르게 다짐과 염원과 기원을 할 수도 있을 것이다. 누군가는 파릇하게 틔운 싹과 피어나는 잎을 보며 생동하는 삶을 만끽할 것이고 또 다른 누군가는 파리하게 말라 떨어진 낙엽을 보며 다음 해의 낙하를 꿈꿀 수도 있을 것이다. 내년에 피어날 것은 올해 피어난 것과 다를 것이므로, 내년에 떨어지는 것도 올해 떨어지는 것과 다를 것이다. 그렇게 지나는 가을을 보내며 다가올 가을을 상상한다는 건, 올해 소진되고 떨어질 나의 에너지가 다시 생성되고 돋아나 내년에도 다시 소진하고 떨어뜨릴 수 있다는 믿음을 선물하고, 다짐하게 만든다. 당장 끝나지 않을 삶이기에 살아갈 수밖에 없다는 의지로 매달려보자는 다짐이 결코 무색하지 않은 위안이다. 그렇게 매일로 순환하는 에너지를 충당하는 비법이 우리 마음에 있다는 것일지도, 어쩌면 그것이 가을이라는 계절이 선사하는 마술일지도 모른다. 이렇듯 추락하는 것도 에너지가 있다는 것을, 가을은 알려주고 싶어 하는 계절일지도.

마음껏 쓴다는
자유에 대하여

　글 쓰는 재능만이 작가로 살아가는 필요조건은 아니라고 생각한다. 그런 재능은 어느 시점에 잠시 머물다 사라지는 신기루 같은 것일지도 모른다. 계속 쓰면서 증명하지 못한다면 말이다. 결국 꾸준함과 성실함을 압도할 수 있는 최선의 재능이란 유니콘의 뿔처럼 상상할 수 있지만 존재할 수 없는 무엇과도 같다. 나 같은 아무개 글쟁이가 이런 주장을 하다니 가당치 않다고 생각하는 이가 있을지도 모른다. 하지만 이는 유명한 작가 혹은 창작자들이 삶을 통해 이미 증명해낸 결과를 근거로 둔 주장이다.

　'하루에 200자 원고지 20매를 쓰는 걸 규칙으로 삼고 있다.

더 쓰고 싶어도, 뭔가 잘 안 된다 싶어도 딱 20매까지만, 정확히 거기까지 쓰고 거기서 멈춘다.' 이것이 내 글쓰기 규칙이라 소개할 수 있다면 좋겠지만 이것은 내 규칙이 아니다. 무라카미 하루키가 자전적 에세이 《직업으로서의 소설가》를 통해 밝힌 내용이다. 현존하는 대문호 입장에서도 글을 쓴다는 건 매일 꾸준하게 쌓아 올려야 하는 일이다. 번쩍이는 섬광 같은 영감을 기다리는 건 천재가 아닌 아마추어의 사정인 것이다. 물론 무라카미 하루키라는 대가의 언변을 빌려 한낱 아무개 글쟁이에 불과한 내 입장을 근사하게 포장하려는 건 아니다. 몇 개월씩 이국에 머물며 장편소설 작업에 매진하는 세계적인 작가와 변변치 않은 문장을 동원해 근근이 밥벌이하는 아무개 글쟁이의 사정은 은하의 끝과 끝만큼 벌어진 세계이기도 하다. 그러니까 이 글은 무라카미 하루키의 입장과 하등 상관이 없지만 그럼에도 불구하고 그의 말을 인용하는 데는 나름의 이유가 있다.

몇 년 전 동네에서 유일하게 로또를 팔던 편의점에서 판매를 중지하면서 한동안 로또를 사지 못했다. 그러니까 로또를 꾸준하게 틈틈이 사 왔다는 말이다. 누구나 그러하듯이 대박운을 맞아 마감 노동자의 삶에서 탈출하고 싶었기 때문이다. 농담이 아니다. 진지하다. 물론 글을 쓰기 싫다는 말은 아니다. 다만 마감에 시달리는 과업을 최대한 피해보고 싶은 것

뿐이다. 하지만 아직 그런 삶은 찾아오지 않았다. 로또도 돈을 주고 사야 하니 공짜 운을 바란 건 아니겠지만 5천 원 한 장으로 살 수 있는 대박의 기회란 확실히 희박한 것이다.

2019년에 잡지사를 그만두고 14년 동안 이어온 직장인의 삶에서 벗어나 사장도, 직원도 아닌 듯한 프리랜서가 된 이후, 일상이 마치 두더지 잡기 같다고 생각했다. 회사가 챙겨줄 월급이 더 이상 보장되지 않는 삶이 됐으니 내 월급은 내가 챙겨야 하는 법이었다. 프리랜서의 일이란 어디서 어떻게 튀어나올지 모르는 두더지 머리처럼 불쑥불쑥 들어오는 것이었다. 일이 들어와서 입에 풀칠할 수 있게 된 건 다행이지만 시간이 점점 내 편 같지 않았다. 회사에 다닐 때도 한가한 건 아니었지만, 어쩌면 더 바빴던 것도 같지만 일종의 리듬이 있었다. 한 권의 잡지를 만들고 나면 어쨌든 끝은 끝이었다. 마감이 끝났다는 걸 즐길 겨를 없이 밀려오는 다음 마감이 리셋 버튼을 누르듯 간편하게 찾아왔지만 어쨌든 시작은 시작이고, 끝은 끝이었다.

프리랜서가 된 이후로 벌어들인 수입은 디스크 조각 모음 같았다. 한 달에 얼마 이상의 수익을 올리기 위해선 그에 상응하는 수의 일거리가 필요했다. 매체나 클라이언트에 따라 제시하는 금액은 각기 달랐지만 단가가 낮아도 하고 싶은 일이 있고, 단가가 높으니 해야 하는 일이 있었다. 문제는 일이라는 게 사정을 봐주며 들어오지 않는다는 것이었다. 몰릴 때는 몰리다가 없을 때는 또 없었다. 그러다 보니 하고 싶은 일보다도 해야 하는 일에 대한 감각만 예민해졌고, 점점 일이 물렸다. 하고 싶다고 생각한 일도 하고 싶어서 하는 게 맞는지 둔감해졌다.

일은 그냥 일이었다. 일을 하기 위해 쓰다 보니 쓰는 법을 점점 잊어버리는 것 같았다. 이게 무슨 소리인가 싶은 이도 있겠지만 이 증상을 더 설득력 있게 설명할 방법을 모르겠다. 그럼에도 불구하고 부연하자면, 급한 마감을 앞두고 한 자도 쓸 수 없어서 애먼 웹서핑만 주야장천 하며 시간을 날리고 있는 자신을 뒤늦게 깨닫고 극심한 한심함에 잠식되는 날도 있었고, 이 글을 쓰는 지금도 틈틈이 그랬다. 결국 쓰는 업을 계속 가져가기 위해선 자유롭게 쓰는 방식을 터득하는 수밖에 없었다. 떠오르는 말을 뱉지 못해서 쌓이니 써야 하는 말이 막힌다는 것을 알았다. 뭔가를 써서 밥벌이하는 비슷한 팔자의 글쟁이 지인은 가끔 마감할 원고보다 SNS 글이 더 잘 써진다는 것을 느낄 때 바보가 되는 기분이라고 했다. 같은 바보가 앞에서 듣고 있다는 걸 굳이 말하진 않았으나 그 말 덕분에 어쩌면 그건 당연한 일이 아닐까 문득 깨닫게 됐다.

인스타그램이든, 페이스북이든, 블로그든, 일기장이든 혹은 그 어디든, 자발적으로 쓰는 글이란 결국 자유로운 것이다. 뱉고 싶어서 뱉고, 쓰고 싶어서 쓰는 글이다. 대체로 '원하는 글'을 써줘야 하는 아무개 글쟁이 노동자로 살아간다는 건 황량한 문장의 사막을 건너며 모래 같은 언어를 씹어 삼키는 일과 다르지 않다. 그래서 스스로 자유롭게 쓴다는 건 쓰는 일이 업이 돼버린 사람에겐 언제든 방문할 수 있는 오아시스를 찾아낸 것과 다르지 않다. 역설적이지만 마음이 동하는 문장을 쓰는 것만큼 쓰는 스트레스를 덜어내는 휴식도 없는 셈이다. 머릿속에 꽉 찬 생각을 배출해야 적절한 문장이 떠오른다. 적어도 내 경우엔 그렇다.

무라카미 하루키는 쓰는 일에 부담을 느끼거나 스트레스를 받아본 적이 없다고 말했다. 장편소설을 쓰다가 막히면 단편소설이나 에세이를 쓰기도 하는데 결국 자신이 쓰고 싶은 걸 그때그때 쓴다나 뭐라나. 얄밉다. 하지만 부러운 일이고 존경스러운 대목이다. 오직 쓰고 싶다는 걸 일찍이 알았고, 스스로 쓰는 삶으로 찾아간 자만이 그렇게 살아간다. 물론 다시 한번 주지하지만 나는 무라카미 하루키도 아니고, 그런 천재의 삶이 찾아오리라 기대하는 꿈나무도 아니다. 이미 불혹을 넘긴 나이라 너무 늦었다. 다만, 그런 것이다.

써야 한다는 부담과 강박을 덜어내기 위해선 마음껏 써야 한다. 쓰는 스트레스를 풀겠다고 여타 즐거운 시간을 보내는 건 그런 스트레스에서 잠시 도피하는 짓에 불과하다. 끊임없이 떠오르는 온갖 생각과 감상을 문장으로 구체화해서 어디론가 떠밀려 보내고, 지금 해야 할 생각과 가져야 할 감상에 초점을 맞춰보는 수밖에 없다. 그것이 쓰는 사람이 가질 수 있는 궁극의 자유다. 그렇게 쓸 수 있다면 언젠가 이 세속적인 구속에서 탈출할 수 있다는 자잘한 희망을 품고 로또 한 장의 희박한 대박 운에 가끔씩 기대봐도 괜찮을 것이다. 갑자기 로또나 사라고 권하는 글처럼 돼버린 것 같아 뒤늦게 민망하지만, 다들 무운을 빈다.

입추立秋 » 가을이 온다

"무슨 생각해?"
새카만 밤하늘 어디선가 네가 말했다.
"생각을 지우고 있어."
천천히 부풀어 오르는 거대한 달을 올려본 채로
내가 말했다.
"이대로 달이 떨어져도 계속 생각만 지울 거야?"
적막을 헤치며 너는 다시 물었고
나는 그저 부풀어 오르는 달을 보고만 있었다.
그러다 문득 날카롭게 떠오르는 질문 하나가
시선을 끌어당겼다.
빨갛게 달아오르는 달의 인력에서
가까스로 벗어난 내 눈이 서서히 너를 들여보냈고,
내 입은 물음을 밀어냈다.
"우리가 왜 헤어졌지?"
안개가 걷히듯 시야가 선명해졌다.
까만 너의 눈동자가 일렁이다
이내 곧 반짝이기 시작했다.
밤바다 같던 눈동자로부터
날카로운 별이 폭발하듯 세상이 새하얗게 부셨다.
눈이 시렸다.

진짜 사랑하다 죽어버린다

무더위가 한창 기승을 부리는 6월 중순엔 방충망과 창틀 청소로 일과를 시작했다. 방충망이나 창에 밤새 붙어 있던 그놈, 아니 그놈들의 사체를 치우는 것으로 하루를 시작했다. 작년부터 어김없이 때가 되면 방충망이나 창에 달라붙어 자기 욕구에 골몰하는 그놈들, 바로 '러브버그' 말이다.

학계에서 정의한 러브버그의 정식 명칭은 '붉은등우단털파리'라고 한다. 파리목에 속하는 곤충이다. 이 친구들이 러브버그라는 별칭을 갖게 된 건 정말 사랑하다 죽어버리는 것들이기 때문이다. 벽을 길 때에도, 공중을 날 때에도, 서로 맞붙어 암수 한 쌍을 이룬 채 끊임없이 교미하며 붙어먹는, 정말 사랑하다 죽어버리는 것들. 그런 의미에서 '사랑벌레' 혹은 '애정충'이라 번역해 부를 수도 있겠지만 나는 그냥 처음부터 '환장충'이라 불렀다. 정말 환장했냐, 이것들아.

아름다운 건 추앙하기 마련이고 징그러운 건 혐오하기 마련이다. 시커먼 형체만으로도 위협적인 것들이 머리 두 개 달린 데칼코마니 모양새로, 흉함을 두 배로 키워버린 꼴로 나타난다. 애초에 환영받긴 글렀지만 더더욱 환영받긴 글러먹은 팔자다. 그런데도 이렇게 사람 사는 곳에 출몰하는 걸 보면 '참 불쌍한 한 쌍이네' 싶기도 하고, 사람을 무서워하지 않아서 멋모르고 날아드는 통에 더 큰 혐오를 부추기니 내심 쓸쓸한 생명체 같기도 하다. 이런 생각을 하다니, 그새 미운 정이라도 들었나 싶겠지만 집에 들어온 러브버그를 발견하는 족족 가차 없이 휴지로 잡아 죽이는 내가 그렇게 나쁩니까? 그렇다면, 러브버그가 그렇게 만만합니까? 어쩔 수가 없다. 나도 나름의 미학적 기준이 중요한 사피엔스이기에. 러브버그를 잡은 휴지는 변기에 던져요. 아무도 못 찾게 깊은 정화조에 버려요.

사실 러브버그는 인류를 위협하는 존재가 아니다. 오히려 반대에 가깝다. 러브버그는 유충일 때 부패한 초목, 그러니까 썩은 풀을 먹고 자란다고 한다. 그래서 양질의 토지를 만드는 데 기여하는 것으로 알려져 있다. 성충이 되면 식물의

꿀을 먹고 자라기 때문에 벌처럼 수분을 돕는다. 사실상 익충에 가깝다. 하지만 징그럽다. 정작 쏘일까 만지기 무서운 벌은 귀여운 캐릭터로도 만들어지지만 러브버그는 그럴 수 없다. 보자마자 '갸아악', 몸에 붙기라도 하면 '히이익' 소리가 절로 난다. 인류가 아무리 관대해져도 러브버그가 주인공인 애니메이션 같은 건 만들어지기 어려울 것이다. 어쩔 수 없다. 우리는 간디도, 마더 테레사도, 파브르도 아니니까. 그리고 이 세 분도 모를 일이지. 눈앞에 러브버그 떼가 출몰하면 '갸아악' 혹은 '히이익' 소리를 낼지도.

러브버그가 더더욱 기피 대상이 되는 건 이것들이 떼지어 출몰한 탓일 게다. 제아무리 아름다운 것도 패거리를 이루면 무서운 법이다. 인간은 사회적 동물이라 무리를 이룬 것에 대한 동경도 있고, 공포도 있다. 게다가 우리는 조폭처럼 연합해 타 영장류를 때려잡고 끝내 지구 지배 서바이벌 프로젝트 첨탑에 오른 사피엔스의 후예라는 학설이 지배적이지 않은가. 어쩌면 이렇게 타종이 떼지어 모인 꼴에 대한 반감 유전자가 있을지도 모른다. 하지만 러브버그는 당장 인간에게 위협적인 종이 아니다. 벌처럼 사람을 쏘지도 않고, 개미처럼 물지도 않고, 모기처럼 피를 빨지도 않고, 파리처럼 음식물에 덕지덕지 붙지도 않는다. 그저 지들끼리 붙어먹을 뿐이다. 그러니까 아름답게 태어나지 못해 안쓰러운 존재랄까.

도저히 사랑할 수 없는 존재지만 러브버그 입장도 한번쯤 살펴봐야 하지 않겠는가. 러브버그가 6월의 불청객으로 미움을 사게 된 건 그리 오랜 일이 아니다. 러브버그가 출몰하는 대표적인 지역은 서울시 은평구와 서대문구, 경기도 고양시를 비롯한 수도권 서북권역으로 꼽히는데 이 녀석들이 왜 갑자기 이렇게 떼로 등장하며 인류에게 '갸아악' 소리를 내게 만들었는지 아직 명확히 밝혀진 바가 없다. 최근 한 일간지에서는 은평구에서 '봉산 편백나무 치유의 숲' 사업을 시행하면서 주변 일대에 러브버그가 창궐했다며 의혹을 제기했는데, 은평구청이 곧장 반박하는 해명자료를 냈다고 한다. 이처럼 러브버그가 출몰한 이유는 여전히 불명확하고, 그로 인한 인간 간의 갈등만 선명해지는 양상 속에서 이런 생각을 해보았다. 저출생으로 국가 소멸 위기까지 제기되는 대한민국에 경종을 울리기 위해 절대자가 내려 보낸 사랑의 천사 아닐까? 인간들아, 이렇게 최선을 다하는 녀석들도 있는데 너희는 스스로를 구원하지 못하느냐? 그래서 인류가 사라진 어느 미래의 6월에 러브버그의 페로몬으로 가득한 서울 풍경을 떠올려보았다. 그런 날이 온다면 거기 없다는 게 다행일 거 같지만.

　당신은 미움받기 위해 태어난 러브버그도 아닐 텐데 어쩌다가 굳이 인간 곁에 가까이 달라붙기를 중단하지 못하고 이렇게 경멸의 대상이 되기를 자초하는 것인지 그 마음 나도 모르겠지만, 그나마 다행인 건 러브버그 수명은 길어야 일주일 정도라는 사실이다. 6월 한때 징글징글하게 날고 기며 눈에 띄지만 7월에는 언제 그랬냐는 듯이 깡그리 사라진다. 무엇보다도 다행인 건 창문 틈새를 비집고 집 안까지 기어들어 오는 러브버그가 집 안에 알을 낳고 은둔하며 정착할 가능성이 없다는 사실이다. 러브버그는 교미 후 수정될 때까지 암수 한 쌍이 계속 붙어 있어야 한다는데 그 기간이 대략 2~3일이라고 한다. 암컷이 수정되면 수컷은 땅에 떨어져 죽고, 암컷은 토양 주변의 부패한 구석에 알을 낳은 뒤 죽는다고 한다. 그러니까 길거리에 홀로 떨어진 러브버그가 있다면 수컷일 가능성이 크다. 그가 사랑하다 죽었는지, 사랑하지 못해서 죽었는지는 알 길이 없지만 어떤 식으로든 쓸쓸하기 짝이 없다. 마치 가을 낙엽처럼 생의 쓸모를 다하고 바닥을 뒹구는 것들. 그러니까 적어도 '러브'라는 단어가 과하지는 않다. 진짜 사랑하다 죽어버린다. 적어도 진심이다, 이것들은.

안녕, 하늘아

태어남은 늘 죽음으로 종착하므로, 만남 역시 헤어짐으로 수렴할 운명이다. 그리고 언제라도 그러하듯이 죽음 너머로 다가오는 애수의 시간은 살아남아 그 이별을 감당하는 이들의 몫이다. 그렇게 죽음이 생을 더욱 생생하게 환기시킨다는 건 살아가면서 감내해야만 할 역설의 진리다. 그리고 그 모든 죽음이 산 자의 삶을 비애와 우울에 가두는 것만은 아니다. 오히려 보다 일찍이 다가온 환희와 사랑을 환기시키며 그 삶에 그림자를 드리우기 전에 찾아온 빛의 시간을 마주하게 만든다. 서로에게 전해지던 체온과 박동의 감각이 다시 고개를 든다.

2015년 9월 6일, '하늘이'를 보내주기 위해 김포로 가야 했다. 화장을 하기로 했다. 토요일에 떠난 하늘이를 위한 일요일이 있다는 건, 그나마 다행이었다. 출근하지 않는 휴일이라 마지막 여정에 함께할 수 있었으니까. 아침 일찍 집을 나서는데 하늘이 맑고 예뻤다. 하늘이가 담긴 상자를 안고 탄 택시 앞좌석에서 바라본 하늘도 맑고 예뻤다. 너무 맑고 예뻐서 마음이 미어졌다. 울컥하는 마음을 다스리기가 쉽지 않았다. 눈가를 불로 지져서 눈물샘을 막아버리고 싶었다. 뒷좌석에 앉은 어머니의 울음소리를 들었다. 나는 어머니가 들을까 소리를 죽이고 마음으로 흐느꼈다. 눈물을 닦는 것도 조심스러웠다. 하늘은 계속 맑고 예뻤다. 맑고 예쁜 하늘 군데군데 떠 있는 뭉게구름이 하얀 털 같아서 하늘이 생각이 많이 났다. 그래서 조금 울었다. 참을 수가 없었다.

하늘이는 기적 같은 아이였다. 하늘이는 태어나고 3개월이 지나 어미 젖을 뗀 후 우리 집으로 왔다. 그리고 몇 개월 뒤, 하늘이 심장에 기형 증상이 있다는 걸 알았다. 모든 수의사가 같은 말을 했다. 이 아이는 언제 죽어도 이상하지 않다고, 짜고 친 것처럼 그랬다. 그 말을 들을 때마다 마음 한구석에 새까만 '스키조프레니아 존' 같은 게 생기는 기분이었다. 하늘이가 집에서 다다다 뛰어다닐 때면 부리나케 뒤를 쫓았다. 그러면 하늘이는 더 신나게 뛰었다. 하늘이는 신나서 심장이 뛰었고, 나는 놀라서 심장이 뛰었다. 하지만 다행히도 하늘이는 생각보다 씩씩하게 잘 자랐고, 생각보다 건강했다.

그러던 어느 날, 하늘이 목덜미 주변에 혹 같은 것이 잡혀서 이상한 마음에 동물병원을 찾았다가 날벼락을 맞았다. 아니, 들었다. 의사는 하늘이가 혈액암에 걸렸다고 했다. 그런 암도 있다는 걸 그날 처음 알았다. 그런데 그게 하필 하늘이 것이라니, 정말 하늘이 원망스러웠다. 의사는 혈액암에 걸린 이상 죽음을 피할 수 없다고 했다. 신이란 것이 눈앞에 있다면 내 모든 수명을 걸고서 있는 힘껏 따귀를 날릴 수 있을 것 같았다.

그 와중에도 나는 내가 무엇이라도 할 수 있을 거라 생각했다. 처음으로 기적이라는 단어를 믿을 수 있을 것 같았다. 항암치료를 받으면서 털이 빠지고 지쳐가는 하늘이에게 해줄 수 있는 게 없어 마음이 쪼그라드는 기분이었다. 포유류로 분류되는 개의 항암치료 메커니즘이 사람과 같다는 사실을 알게 됐을 때는 하늘이가 감당하고 있을 고단함과 피로함이 실감났다. 사람도 견디기 힘든 것을 이 작은 녀석이 견디고 있다니, 안쓰럽고 대견했다. 그러던 어느 날, 의사가 쇠약해진 하늘이의 항암치료를 잠시 중단하는 게 어떻겠냐고 제안했다. 어차피 완치는 불가능한데 여생을 고통스럽게 연명하는 것보단 그게 더 나을 수도 있다고 했다. 우리는 그 의견에 따랐다. 그러자 듬성듬성 빠진 털이 다시 풍성하게 자랐고 기력도 회복했다. 나는 하늘이의 암이 치유되는 것일지도 모른다고 믿었다. 그렇게 계속 살 수 있을 거라 생각했다. 와, 진짜 기적이 일어나고 있어.

어느 주말 낮에 하늘이는 식탁 의자 아래서 조용히 잠이 들었다고 했다. 어머니 말씀으로는 잠이 든 하늘이가 당최 일어나지 않아 의아해서 깨우다가 비로소 알았다고 했다. 이제 다시 깨어나지 않겠구나. 하늘이는 그렇게 조용히 세상을 떠났다. 전화기 너머로 하늘이는 너무 착한 아이라며 우는 어머니 음성을 들으며 나도 모르게 흐느낌이 새어 나왔다. 막을 길이 없었다.

하늘이는 진짜 기적이었다. 어머니는 하늘이를 키우기 전까진 집에서 동물을 키울 생각을 해본 적 없는 사람이었다. 덕분에 어머니와 함께 사는 이상 반려동물과 사는 건 꿈도 꿀 수 없는 일이라 일찌감치 생각했다. 그러다 누나가 슬쩍, 잠깐만 보살필 거라며 집에 데려온 이 작은 생명체가 집 안을 활보할 때 나는 궁금했다. 과연 어머니와 살 수 있을까? 그런데 어느 날 어머니가 혼잣말을 하고 있었다. 뒤늦게 알았다. 혼잣말이 아니었다. 하늘이한테 말을 걸고 있구나, 하늘도 이 집 식구가 됐구나. 그리고 언제 죽어도 이상하지 않을 거라던 하늘이는 9년 동안 우리 가족과 함께 살았다. 어머니도, 나도, 다시는 마주할 수 없을 듯한 감정을 남기고 혼자 떠났다. 정말 기적 같은 아이 아닌가.

화장장에 도착했다. 상자에 갇혀 있던 하늘이를 꺼내 눕혔다. 차가웠다. 온기가 없었다. 나는 울었다. 이 몸이 다시 따뜻해질 수 없다는 사실을 좀처럼 받아들일 수 없었다. 어쩔 수 없단 사실을 인정해야 한다는 게 서글퍼서 울었다. 어머니도 마치 자식을 떠나보내듯 오열했다. 그런 어머니를 보면서 자식을 보내는 부모의 마음을 헤아려봤다. 감당할 수 있는 말이라는 게 없었다. 그저 하늘이를 두 손으로 부여잡고 흐느끼는 것 말곤 당장 할 수 있는 게 없었다. 슬펐다. 이렇게 슬플 수 있다는 것이 믿기지 않을 정도로, 너무 슬펐다. 하늘이를 화장하러 보내기 직전에 두 손을 쥐고 이마에 입을 맞췄다. 가슴 한구석이 타들어 가는 것 같았다. 내 마음속에서도 하늘이를 태우고 있는 것처럼, 그랬다.

어머니는 하늘이 유골이 이렇게 적다는 걸 믿을 수 없다는 듯 속상해했다. 타고 남은 유골이 하얗고 앙상했다. 유골로 돌아온 하늘이 앞에서 어느 강 건너에 서 있는 하늘이를 떠올렸다. 화장장에서는 추가 요금을 내면 유골을 돌로 만들어 준다고 했다. 평소라면 안 할 짓이었다. 하지만 어머니께서 받고 싶어 하시는 것 같았다. 일부만 그렇게 해달라고 했다. 돌이 된 하늘이의 유골은 하얗고 투명했다. 어머니는 하늘이가 착해서 이렇게 하얀 돌이 나왔다고 하셨다. 평소 같으면 말도 안 되는 소리라며 질색했을 텐데 그날의 나는 그냥 그 말을 믿었다. 믿기로 했다. 하늘이는 착한 아이였으니까. 그 랬다, 정말. 하늘이는 죽어서도 우리에게 기쁨을 남겼다.

돌로 만들고 남은 하늘이 유골을 집 가까이 자리한 공원에 뿌려주고 싶었다. 거닐 때마다 하늘이를 데려와 산책을 하면 정말 좋아할 거 같다고 생각하던 곳이었다. 하지만 끝내 데 려오진 못했다. 더 이상 그럴 수 없게 됐다. 그래서 유골이나 마 데려오고 싶었다. 어머니도 그러자고 하셨다. 우린 가루 와 돌로 변한 하늘이를 안고 다시 서울로 돌아왔다. 하늘은 여전히 너무 맑고 예뻤다. 어머니는 어쩜 이렇게 날씨도 좋 을 수 있냐며 하늘이는 정말 착한 아이라고 하셨다. 나 역시 그렇다고 믿었다. 의심할 여지가 없었다. 집 앞에서 어머니, 누나, 아내와 함께 식사를 하며 끊임없이 하늘이 이야기를 했다. 이렇게 함께 모여 식사하는 건 실로 오랜만이었다. 하 늘이가 죽어서도 우리 가족을 위해 애쓴다고 생각했다. 그리 고 서울 시내가 내려다보이는, 공원에서 가장 전망 좋은 곳 에 하늘이의 유골을 뿌렸다. 어머니는 하늘이에게 마음껏 뛰 어놀라고, 잘 가라고 말씀하셨다. 나도 그랬다. 육성으로 잘 가라는 인사를 했다. 비로소 보낼 수 있을 것 같았다. 많이 생 각날 것이다. 종종 떠오를 때마다 그립다. 하늘이 덕분에 행복했던 시절을 되뇔 수 있다는 걸 믿게 됐다. 네가 내게 얼마나 큰 기쁨이었는지 다시 생각하게 됐다. 나는 잊지 않을 것이다. 언젠가 너를 다시 보게 된다면 꼭.

하늘아, 안녕.

너의
시대는

큰집이 광주에 있었기 때문에 명절이나 제사 때마다 고속
버스를 타고 광주에 내려가곤 했다. 어렸을 땐 차멀미가 심
해서 '키미테'를 붙이고, 버스가 출발하면 '제발 이대로 잠들
어서 광주에서 깨어나게 해주세요' 하고 빌던 기억이 난다.
하지만 언제나 명절에는 고속도로가 막혔고, 길 위의 시간은
한정 없이 늘어졌기에 길 한복판에서 잠이 깨기 마련이었고,
여지없이 까만 봉투에 머리통을 처박고 흔들리는 오장육부
로부터 애써 기어올라온 것들을 게워냈다. 하지만 초등학교
3학년 때부터는 그럴 필요가 없었다. 광주로 이사를 갔으니
까.

그렇게 광주에서의 삶이 시작됐다. 전학 첫날은 지금도 기억난다. 담임선생님을 따라 낯선 교실에 들어가 낯선 아이들 앞에 섰다. 아이들은 시끄러웠고, 선생님은 이상한 발음으로 아이들을 조종했다. "아야! 조용 안 하냐잉? 인나. 엎쩌. 인나. 둔너. 전학생이 와쌍께 조용해봐라잉. 아야, 이름 말허고 자기 소개해부러." 구체적으론 못 알아들었지만 자기소개라는 단어는 이해했다. 그리고 방과 후 학급 반장을 맡고 있던 여자아이 집에 함께 갔다. 몇몇 아이들도 함께했다. 선생님이 직접 반장에게 학교생활을 잘할 수 있도록 도우라고 지시해서 갔던 기억이 난다. 거기서 한 친구가 말했다. "아따, 너 말 겁나 희한하게 해부러야." 나는 속으로 생각했다. '네 말이 훨씬 희한해.' 표준어는 광주에서 겁나 희한한 말이었다. 요즘 시대엔 표준어를 듣는 것도, 사투리를 듣는 것도, 그렇게 희한한 일은 아닐 것 같지만 1990년대에는 그랬다.

광주에서 자라며 사투리에 적응했고 새로운 냄새에도 적응했다. 전집 옆에선 전 굽는 냄새가 나는 것이 당연하듯 매년 5월 18일 즈음 광주에서는 최루탄 냄새가 나는 것이 당연했다. 후각보단 통각에 가까운, 냄새보단 통증이라 말하는 게 정확할 것 같은 그것. 광주 사람들은 그 더운 날씨에도 창문을 닫고 익숙하다는 듯이 매캐한 냄새를 견뎠다. 가끔 그 시절을 돌아볼 때면 그럴 일 없는 지금 세상이 신기하게 느꺼진다.

1990년대 광주 사람들은 두 가지에 열광했다. 하나는 '해태 타이거즈'. 덕분에 나도 어린 시절부터 야구를 좋아했다. 집으로 조간신문이 배달되면 잽싸게 주워 들곤 야구 기사가 있는 스포츠면부터 펼쳐서는 모나미 볼펜으로 줄을 그어가며 읽었다. 뒤늦게 신문을 펼친 아버지는 볼펜 똥과 함께 잔뜩 줄이 그어진 스포츠면을 보곤 대단한 역성을 냈다. 그럼에도 불구하고 모나미 볼펜으로 줄 긋기를 중단하지 못했다. 그 당시 나는 선동렬을 좋아했고, 이종범은 사랑했다. 지금도 나에게는 이종범이 신인으로 데뷔한 1993년 가을, 삼성 라이온즈를 상대로 펼친 한국시리즈의 한 장면이 선연하다. 명백한 안타성 타구를 말도 안 되게 높은 서전트 점프로, 수직으로 날아오르듯 잡아낸 뒤 등으로 떨어진 이종범의 놀라운 수비. 마이클 조던의 페이드 어웨이 같은 마법이었다. 그 대단한 캐치에 마음도 사로잡혔다. 그해 가을야구에서 해태 타이거즈는 우승했고, 신인선수 이종범은 한국시리즈 MVP로 선정됐다. 지금까지도 이종범이란 이름에 마음이 동하는 데는 그 가을의 지분이 상당할 것이다. 물론 그 시절 무시무시했던 해태 타이거즈의 저력과 전통을 기억하는 바람에 기아 타이거즈 경기는 목 막히는 기분을 느껴서 자주 보기 힘들어졌지만.

광주 사람들이 열광한 두 번째는 '김대중'이었다. 그 당시 광주 사람이라면 누구나 대선 개표 방송을 밤새워 봤다. 어른은 당연했고 아이들도 따라 봤다. 뭣이 중헌지는 몰라도 김대중 슨상님이 대통령이 돼야만 한다는 건 남녀노소 불문한 광주의 원기옥이었다. 내 인생 처음으로 명확히 기억하는 개표 방송은 김영삼과 김대중이 격돌한 1992년 대선이었다. 초등학교 4학년 시절이라 김영삼이 누군지는 잘 몰라도 김대중의 경쟁 후보라는 건 알았다. 지금이야 개표 몇 시간 만에 누가 유력한 당선 후보인지 알 수 있지만, 당시만 해도 새벽 3시는 넘겨야 당선 유력 여부를 알 수 있었다. 나는 새벽 4시쯤 힘들겠다는 생각으로 잠들었는데 다음 날 아침 침울한 부모님 표정을 보고 역시 안 됐다는 걸 직감했다. 그날 학교 가는 길에 만난 친구는 대뜸 말했다. "염병, 져브렀어야." 교실 분위기도 서먹했다. 초등학생도 침울한데 선생님은 말할 것도 없었다. 그 며칠, 광주는 내내 우울했다.

모두가 알다시피 그로부터 5년 뒤인 1997년 김대중 슨상님은 비로소 대통령에 당선됐다. 당시 나는 중학교 3학년이었고, 초등학생 시절보다는 뭣이 중헌지 이제 쪼까 아는 나이였다. 그래서인지 그 무렵에는 좀 더 간절한 마음으로 김대중 슨상님의 당선을 바랐다. 그런데 오메, 돼부렀어야. 학교에 가니 선생님도 신났고, 친구들도 신났고, 책걸상도 신이 난 것만 같았다. 교내 스피커에서 노래라도 나왔다면 어깨에 손을 걸고 기차놀이를 하다 국토 종단이라도 할 기세였다. 그토록 염원한 김대중 슨상님이 대통령으로 당선된 1997년은 해태 타이거즈가 마지막으로 한국시리즈 우승을 이룬 해이기도 했다.

1996년 가을은 해태 타이거즈 팬들에게 극적인 계절이었다. 정규 시즌을 앞두고 리그 최고의 마무리 투수 선동렬은 일본 진출을 선언했다. '무등산 폭격기'가 아닌 '나고야의 태양'이었다. 간판 4번 타자 '오리 궁둥이' 김성한도 은퇴했다. 10년 만에 포스트 시즌 진출에 실패한 전년도보다 더 치욕적인 한 해가 되리라는 전망이 우세했다. 시즌 초반에는 부진한 성적으로 이러한 기우가 실현되는 듯했다. 하지만 해태 타이거즈가 그렇게 만만합니까? 점차 이빨을 드러냈다. 조계현, 이강철, 이대진이 이끄는 마운드에 고졸 신인 김상진이 가세했으며 선동렬이 사라진 뒷문은 김정수가 지켜냈다. 베테랑 이순철이 이끌고 홍현우가 받쳐준 타선에서 '바람의 아들' 이종범은 날아다녔다. 그렇게 1996년 정규 시즌과 포스트 시즌을 모두 우승했다. 전문가들의 전망이 무색하게도 단연 무적이었다.

놀랍게도 광주 무등경기장에서 해태 타이거즈 경기가 열릴 때 사람들은 파도타기를 하며 김대중을 연호했고, '목포의 눈물'을 불렀다. 1997년에도 그랬다. 그해에도 바람이 불었다. 어느 해보다 거센 바람이었다. 전년도 우승팀인 해태 타이거즈의 새로운 에이스로 떠오른 이대진은 선발 17승을 올리며 최전방에서 투수진을 이끌었고, '아기 호랑이' 김상진도 호투하며 투수진의 위용을 받쳤으며, '뱀직구'로 유명한 사이드암 마무리 투수 임창용은 세이브 40개로 뒷문을 봉인했다. 홍현우와 장성호가 견인한 타선도 분전했다. 그리고 이종범은 그 어느 해보다도 종횡무진이었다. 안타를 치고 나가 2루를 훔쳤고, 3루까지 훔치더니, 홈까지 쇄도했다. 다섯 번 안타를 치면 다섯 번 홈을 밟았다. 그해의 이종범은 바람의 아들이 아니라 '바람'이었다. 당시 고등학생이던 나는 매일같이 학교에서 해태 타이거즈 경기를 말하거나 들었다. 경기에 진 날 대화는 '염병' 혹은 '니미'로, 이긴 날의 대화는 '아따' 혹은 '워메'로 시작됐다. 못해도 흥분, 잘해도 흥분이었다. 그리고 언제나 '기승전이종범'. 그해 이종범은 늘 그러하듯이 도루왕이었고, 3할대 타자였고, 끝내 30개 홈런까지 기록하며 프로야구 사상 최초로 3할 타율과 홈런 30개와 도루 30개 이상을 기록한 선수가 됐다. 이종범은 김대중 대통령 이후로 무등경기장에서 가장 크게 울려 퍼진 이름이었다.

그해 여름, LG트윈스와 페넌트레이스 1위를 다투던 해태 타이거즈는 끝내 정규 시즌에서 우승했다. 한국시리즈, 그러니까 가을야구의 가장 높은 자리로 직행했다. 최종 도전자는 정규 시즌 내내 라이벌이던 LG트윈스였다. 정규 시즌 상대 전적은 LG트윈스가 10승 8패로 해태 타이거즈보다 우세했다. 하지만 해태 타이거즈는 한국시리즈에 일곱 번 직행해서 모두 우승한 전력이 있었고, 그해 가을에도 그럴 것이라 기대하는 팬들의 믿음이 대단했다. 왜냐하면 이종범이 있었기 때문이다. 그해 한국시리즈에서 이종범은 홈런 세 개를 쳤고, 공수에서 압도적인 플레이를 펼쳤다. 가히 이종범과 LG트윈스의 대결이라 해도 과언이 아닐 정도였다. 그렇게 해태 타이거즈는 우승했고, 이종범은 1993년에 이어 또 한 번 한국시리즈 MVP로 선정됐다. 그것이 해태 타이거즈 유니폼을 입은 이종범과 해태 타이거즈의 마지막 가을이었다.

1997년 이후로 무등경기장에서는 더 이상 김대중을 연호하지 않았다. 대통령이 된 김대중은 이제 염원이 아닌 성취의 이름이었다. 하지만 1997년은 IMF 외환위기로 나라 전체가 어지러웠다. 경제와 정치라는 단어가 대한민국 국민 개개인에게 그만큼 크게 다가온 시절도 드물 것이다. 1998년 무등경기장은 텅텅 비었다. 해태 타이거즈가 우승한 이듬해에 그렇게 빈자리가 많은 무등경기장을 보게 되니 정말 망했다는 말이 실감났다. 그리고 재정 적자에 시달리던 해태 타이거즈의 모기업 해태는 팀의 주요 선수를 타 구단에 팔았다.

1998년에 이종범은 일본 진출을 선언하며 주니치 드래곤즈에 입단했고, 커리어 하이를 찍은 임창용이 삼성 라이온즈로 넘어간 건 이듬해 1999년이었다. 새로운 에이스로 꼽히던 김상진은 1998년 시즌 도중 위암 말기 판정을 받고 투병하다 1999년에 사망했고, 기존 에이스 이대진 역시 1999년에 어깨 부상으로 전력에서 이탈했다. 장성호와 홍현우만으로 버티기엔 타선이 빈약했으며, 광주일고 출신 거포로 기대를 모았던 이호준은 부진했다. 팬들은 팀의 기둥과 반석이 모두 사라진 상황에서 허망함과 박탈감을 느꼈다. 그렇게 해태 타이거즈의 역사가 기울어가는 것을 느끼며 그 무렵부터 좀처럼 야구를 보지 않게 된 것 같다. 나도, 친구도, 더 이상 해태 타이거즈 이야기를 하지 않았다. '한국시리즈 9회 우승'이라는, 가을의 전설이나 다름없던 해태 타이거즈의 몰락과 퇴장은 어느 계절보다 쓸쓸했다.

2009년 가을은 그래서 잃어버린 계절을 되찾은 기분이었다. 기아 타이거즈가 극적으로 우승한 그해 가을, 이종범이 거기 있었다. 1993년이나 1997년 가을만큼 훨훨 날진 못했고, 수비 포지션도 유격수가 아닌 우익수였지만 베테랑답게 팀의 우승을 이끌며 중요한 순간을 만들어냈다. 대망의 7차전 9회 말 5:5 동점 상황에서 나지완이 휘두른 방망이에 맞은 타구의 궤적만으로 홈런임을 직감했을 땐 나도 모르게 "아악!"소리를 냈다. 우승이 확정된 뒤 모든 선수가 그라운드로 뛰쳐나와 얼싸안을 때 이종범의 눈물을 보며 마음이 뭉클해졌다. 지난 몇 년간 기아 타이거즈의 답답한 야구에 한탄을 금치 못했지만 이종범의 새로운 우승과 눈물은 1998년의 우울함을 말끔히 씻겨주는 것이었다. 이종범이 다시 우승해서 다행이라고, 이종범이 우승하는 것을 볼 수 있어서 다행이라고, 나는 지금도 생각한다. 기이한 우연이지만 김대중 전 대통령이 작고한 것도 2009년 8월의 일이었다.

그러니까 1997년은 내게 어떤 안녕 같은 해였다. 김대중이 대통령이 되고, 해태 타이거즈는 마지막 절정을 맞았다. 물론 그 이후로도 대선이 치러지면 광주 사람들은 누군가를 선택했고, 여전히 기아 타이거즈를 응원하는 팬들이 광주에 있다. 다만 나에게 광주라는 이름을 각인한 두 고유명사가 이제 세상에 존재하지 않을 뿐이다. 김대중도, 해태 타이거즈도 이제는 없다. 그 부재를 통해 어떤 한 시절이 끝났다는 사실을 절감한다.

2016년, 국정농단 사태로 광화문 광장에 나온 시민들 사이에서 어린아이들을 마주했을 때, 단상에 올라가 또박또박 자기 생각을 털어놓는 어린아이들을 목도했을 때 유년 시절 대선 개표 방송을 보던 내 모습이 떠올랐다. 이 아이들도 TV 앞에 앉아서 개표 방송을 지켜볼까? 그렇다면 훗날 이 아이들은 자신이 그러했다는 것을 기억할까? 궁금해졌다. 이 아이들이 살아갈 미래는 과연 어떤 모습일까? 너희들이 살아갈 시대를 간직하게 만들 지금은 무엇일까? 너희들의 광주는, 너희들의 김대중은, 너희들의 해태 타이거즈는? 이제 나는 사투리도 쓰지 않고, 기아 타이거즈 경기도 띄엄띄엄 본다. 그러나 그 시절 광주와 김대중과 해태 타이거즈가 여전히 선명하다. 더 이상 부질없다 해도 그렇다. 그래서 나는 궁금하다. 너의 광주가, 너의 김대중이, 너의 해태 타이거즈가, 너의 시대가.

전원

그러니까 고등학교 2학년 시절이었다. 학교를 다녀오니 집안 곳곳엔 드라마 같은 데서나 보던 '빨간 딱지'가 붙어 있었다. 빨간 딱지의 정식 명칭은 '압류물표목'으로 지방법원에서 직접 압류 대상으로 지목한 물건에 붙이는 종이다. 자세히 보면 작은 글씨로 허락 없이 떼면 큰일 난다는 식의 으름장을 놓고 있는데 직접 보면 심장이 쿵쾅거린다. 사실 처음에는 그게 '그것'인지도 몰랐지만 그것이라 하니 그렇구나 이해했고 활자를 읽고 수긍했으며 무력해졌다. 망했다는 감각이 집안 곳곳에 붙은 작고 붉은 종이 몇 장으로 구체화됐다. 하지만 그 수긍과 무력은 차라리 평화로운 것이었다.

그 이후로 어머니는 집에 커튼을 쳐놓았고, 절대 걷지 않았다. 당시 우리 집은 하필 아파트 1층이었다. 시시때때로 빚쟁이들이 집으로 찾아와 문이고 창이고 두들겨댔다. 집 안으로 통할 수 있는 구석이 있다면 북처럼 두들겼다. 그때마다 방에 앉아 숨을 죽이고 갖은 공상을 했다. 학교에 다닌다는 게 용할 지경이었다.

어느 날은 학교에 다녀오니 어머니가 약수터에나 들고 다닐 법한 커다란 물통 두 개를 내게 건넸다. 그리고 당신도 두 개를 들고 앞장서서 걸었다. 다다른 곳은 아파트의 공용 수도였다. 물통 네 개에 물을 가득 담아서 집으로 돌아왔고, 두세 차례 더 오갔다. 수도가 끊겨 있었다. 욕조를 비롯해 물을 채울 수 있는 곳에 최대한 채워 넣었다. 그 뒤로 전기가 끊겼고, 가스가 끊겼다. 촛불을 켰고, 휴대용 버너로 밥을 지었고, 욕조에 채운 물로 나도 씻고 쌀도 씻었다. 아버지는 집에 돌아오지 않았다. 사라졌다. 결국 집은 경매로 넘어갔고, 40평대의 자가 아파트는 15평의 월세 단독 주택으로 쪼그라들었다. 거기에서도 좀처럼 아버지는 없었다. 나는 당신이 미워졌다. 언젠가는 나와 어머니를 버린 당신 보란 듯 잘 살면서 한없이 비웃어 줄 거라고 생각했다.

아버지를 다시 만난 건 스물두 살 무렵이었다. 연락이 왔다. 아버지라고 했다. 나는 당신이 눈앞에 나타나면 해줄, 세상에서 가장 못된 욕들을 실탄처럼 채우고 있었다. 하지만 방아쇠를 당길 수 없었다. 그럴 마음이 들지 않았다. 만나기로 했다. 만났다. 고속버스터미널 한가운데서 아버지를 기다렸다. 멀리서 나타난 그의 얼굴이 내 마음을 긁었다. 그 몇 년 사이 세월을 한껏 머금은 얼굴이 내 앞으로 다가왔다. 하얗게 센 머리엔 노인의 기미가 역력했다. 잠시 말이 없었고, 잠시 말이 있다가도 다시 없었다. 아버지는 내게 두툼한 종이봉투를 건넸다. 옷이라고 했다. 그렇게 삼킨 말과 종이봉투를 함께 안고 집으로 돌아왔다. 봉투엔 옷이 있었다. 헌옷들이었다. 대체로 사이즈도 맞지 않았다. 사이즈와 스타일이 들쑥날쑥한 것으로 보아 아버지 당신의 옷도 아닌 것 같았다. 내가 알지 못하는 누군가가 지나온 세월의 흔적이 깃든 옷가지들을 건넨 당신의 누추한 마음과 처지가 보였다. 나는 그 마음과 처지를 내려다보며 그제야 당신을 만나면 기꺼이 뱉어주리라 품고 있던 욕을 난사했다. 그러고 나서 조금 울었다. 그리고 당신을 미워하지 않기로 했다. 당신을 미워한다는 일이 나를 비참하게 만드는 일임을 알게 됐다. 나는 나를 위해서 당신을 미워하지 않기로 했다. 하지만 당신을 용서하진 않기로 했다. 그저 그런 마음과 등지고 살지 않기로 했을 뿐이다. 그렇게 살아보자고 생각했다.

다시 10년여 시간이 지났다. 어찌어찌 살다 보니 살아졌고, 살고 있었다. 어쩌다 결혼도 하게 됐다. 팔자에 없을 일이라 생각했는데 그리 됐다. 결혼식을 하지 않기로 해서 식장에 아버지 모실 고민은 할 필요가 없다는 것이 나에게는 너무 다행이었다. 그럼에도 마음 한구석에서 마음에 둘 필요가 없다고 여겼던 도리 비슷한 것이 떠올랐다. 그래도 아버지인데 어떤 식으로든 결혼 소식 정도는 알려야 하는 건 아닐까 고민했다. 당시에는 1년에 한두 번 정도 띄엄띄엄 아버지와 연락을 하곤 했다.

  전화를 걸었다. 결혼하게 됐다는 소식을 전했다. 결혼식은 하지 않을 예정이라 아내와 얼굴이나 한번 보자고 했다. 아버지는 청계천 광장에서 만나자고 했다. 이미 서촌으로 이사한 후라 집과 가까워서 좋다는 생각과 함께 해치우듯 만나서 가급적 빨리 헤어지자는 생각만 했다. 아내와 청계천 광장으로 향했다. 길을 건너는데 반대편에 서 있던 그가 보였다. 길을 건너가 꾸벅 목례를 했다. 아내도 꾸벅 인사를 했다. 그러자 아버지는 나에게 무언가가 담긴 봉투를 건넸다. CD라고 했다. 꺼내 보았다. 카를 뵘이 지휘하고 빈 필하모닉 오케스트라가 연주한 베토벤 교향곡 6번 '전원'이었다. CD를 내려보고 있는데 전원 같은 삶을 살면 좋겠다는 말이 정수리 위로 날아왔다. 언젠가는 피아노 협주곡 5번 '황제'를 주겠다고도 했다.

어릴 적 아버지는 클래식을 좋아했다. 대단한 하이파이 전축까진 없었지만 CD를 들을 수 있는 플레이어가 있었고, 나름 클래식 명곡을 선별한 전집 CD 세트 같은 것도 있어서 종종 꺼내 들었다. 그 기억이 문득 떠올랐다. 대뇌피질 한구석에서 어릴 때 봤던 작은 별 하나가 반짝이듯 그랬다. 덕분에 나는 말을 잃었다가 다시 찾았다가 잃었다. 그래서 거듭 하늘을 봤다. 당신과 나 사이에 존재했던 어떤 시간과 세월이 자꾸 눈가로 올라오려고 해서 고개를 들고 하늘을 봤다. 별 한 점 보기 드문 새카만 밤이었다. 그 새카만 밤 어딘가에서 아버지는 말했다. "해줄 수 있는 게 없어서 미안하다." 나는 새카만 밤을 향해 말했다. "아버지를 용서하겠습니다. 부디 건강하세요." 그렇게 헤어져 집으로 돌아왔고, 나는 아버지가 준 '전원'을 듣다가 조금 울었다.

내게 아버지란 다시는 돌아갈 수 없는 과거의 단어이자 그 어떤 시절이었다. 되돌릴 수 없다. 더 이상 살이 차오르지 못하니 썩기 전에 도려내고 잘라내야만 하는 상흔이다. 나는 영원히 당신을 극복하지도, 끌어안지도 못할 것이다. 하지만 나는 더 이상 안간힘을 써서 그 마음을 이기려 애쓰지 않아도 된다는 걸 알았다. 돌아가지 않아도 된다는 것 또한 알았다. 그래서 그리하기로 했다. 그렇게 지난날로부터 등을 돌려 멀어지기로 했다. 뒤돌아보지 않기로 했다. 그 시절의 아버지와 그 모든 미움과 완전히 헤어지기로 했다. 아버지가 잘 살았으면 좋겠다. 더 이상 그를 미워하지도, 원망하지도 않지만 사랑하거나 아끼는 마음도 없다. 그 이상의 특별한 마음은 없다. 그럼으로써 내가 살 수 있다는 걸 알았다. 그래서 기도한다. 나는 진심으로 당신이 잘 살길 바란다. 그 누구도 아닌 당신을 위해서. 내가 아버지라 불렀고, 그렇게 명명할 수밖에 없는 당신의 삶이기에 부디 그렇길 바란다. 이제 더는 우리가 함께 떠올릴 시간은 없을 것이다. 내가 알지 못할 이후의 삶이 '전원'이길 바라고 바란다. 진심이다.

처서處暑 » 더위가 식고 선선하다

그녀는 빨갛게 말하고 있었다.
나는 그녀의 새빨간 말에 한참을 붙들어 있었다.
노을처럼 붉은 그녀의 말에
세상이 지는 기분이었고,
나는 그대로 세상의 밤 속에
머물러도 좋겠다고 생각했다.
그리고 곧 빨갛게 타오르는
심장을 느꼈다.
나는 심장이 터져 죽을지도 모르겠다고 생각했다.
나는 죽기 전에 그녀에게 말하고 싶었다.
"사랑해요."
빨간 말이 새어 나오던 그녀의 입이 닫혔고,
그녀의 눈이 나를 향해 물끄러미 움직였다.
까만 눈동자 아래로 일렁이는 수면을 보았다.
타오르는 내 심장은 그녀의 눈으로 빠져들었고,
우린 서로의 손을 잡고
천천히 세상의 끝으로 걸어 나갔다.

퍼펙트 데이즈

길을 나섰다가 다리 하나가 없어서 절뚝거리는 개를 본 적이 있다. 사람들은 안쓰러운 시선으로 그 친구를 따라 눈을 돌렸지만, 그 친구는 뒤뚱거리면서도 씩씩하게 걸었다. 그 뒷모습이 잠시 마음을 눌러서 어떤 생각도 일으킬 수 없었던 그 순간이 여전히 선명하다.

절뚝거린다 해도 걸어가려는 마음은 끝내 어딘가에 다다를 것이다. 다시 계절은 오고, 잎이 돋아날 것이다. 다만 다시 맞이하는 계절은 본디 지난 계절과 다른 세계일 것이다. 새로운 계절에 돋는 잎이란 지난 계절에 떨어진 그 잎과는 다른 생일 것이다. 그러니 겨울에는 겨울에 해야 할 일을 하며 봄을 기다려야 한다. 그리고 여름에는 여름의 일을, 가을에는 가을의 일을.

〈퍼펙트 데이즈〉는 하루하루 비슷한 삶을 반복하는 듯한 한 남자의 일상에 관한 영화다. 이 작품으로 칸영화제 남우주연상을 수상한 야쿠쇼 코지가 연기한 히라야마는 매일 아침 일정한 시각에 일어난다. 알람을 맞춰놓지 않아도 일어나야 할 때 일어난다. 보다 정확하게는 새벽마다 집 앞에서 빗자루질하는 소리를 듣고 깬다. 세상의 리듬이 일상의 리듬으로 체화된 수준이다. 일어나면 이불을 개고 양치를 하고 수염을 다듬고 세수를 한다. 화초에 물을 주고 옷을 갈아입은 뒤 필름 카메라와 지갑과 열쇠와 동전을 챙겨 집을 나선다. 집 앞 자판기에서 캔 음료 하나를 뽑아 들고 차에 올라 운전하면서 들을 카세트테이프를 고른다. 준비를 끝낸 그는 어둠이 걷히는 세상과 함께 일터로 나선다.

히라야마는 도쿄의 공중화장실 청소부다. 유니폼으로 보이는 점프수트 등에 선명하게 적힌 '도쿄 토일렛The Tokyo Toilet'은 가상의 고유명사가 아니다. 지난 2020 도쿄올림픽을 앞두고 일본의 한 비영리단체에서 해외 방문객에게 도쿄에 긍정적인 인식을 안겨주겠다는 야심으로 시부야의 공중화장실 개선 프로젝트를 기획했다. 그것이 바로 '도쿄 토일렛 프로젝트'다. 〈퍼펙트 데이즈〉는 바로 그 도쿄 토일렛 프로젝트를

널리 알리고자 하는 기획의 일환으로 만들어진 영화다. 영화에 모두 등장하진 않지만 도쿄 시부야에 있는 공중화장실 열일곱 개가 이 프로젝트로 재탄생했다. 안도 다다오, 반 시게루, 쿠마 켄고, 소우 후지모토, 고바야시 준코, 사카쿠라 다케노스케, 마키 후미히코, 우시로 토모히토 등 일본의 유명 건축가와 디자이너를 비롯해 아이폰6와 애플워치 디자이너로 유명한 세계적인 산업 디자이너 마크 뉴슨까지 총 16인이 참여한, 공중화장실 명소로 거듭나는 흥미로운 프로젝트다. 문제는 팬데믹이었다. 코로나19로 2020년에 개최되지 못한 도쿄올림픽은 끝내 2021년에 열렸지만 무관중 개최로 결정됐다. 도쿄 토일렛 프로젝트는 '최고의 환대'를 의미하는 '오모테나시おもてなし'를 내걸고 올림픽을 유치한 일본 정부 기조에 발맞춰 마련한 것이었는데, 극진히 환대할 손님을 맞지 못하게 된 것이다.

〈퍼펙트 데이즈〉는 독일의 거장 감독 빔 벤더스가 연출한 장편영화다. 본래 그가 받은 제안은 도쿄 토일렛 프로젝트로 새롭게 재단장한 공중화장실을 소개하는 단편 연작 연출이었다. 하지만 빔 벤더스는 다시 태어난 공중화장실을 보고 다른 생각을 품었다. 단순히 설명하고 소개하는 수준을 넘어 의미와 목적이 담긴 누군가의 인생과 연관된 거점으로 만들고 싶었다. 〈퍼펙트 데이즈〉는 그렇게 시작된 영화다. 빔 벤더스의 의도대로 이 작품에서 공중화장실은 주인공의 반복적인 일상을 만들어주는 터전이면서도 딱히 다를 바가 없는 매일에 은근한 변주를 선사하는 변수의 장이 된다.

히라야마는 하루하루 일정하게 반복되는 일상의 리듬을 유지한다. 일을 마치면 집에 돌아와 화초를 돌본 뒤 옷을 갈아입고 다시 집을 나선다. 자전거를 타고 목욕탕에 가서 개운하게 씻은 뒤 인근 단골 가게에서 하이볼을 한잔 마시며 요기를 한다. 그리고 집으로 돌아와 이부자리를 펴고 스탠드를 켜고 바닥에 누워서 책을 읽다가 잠이 오면 불을 끄고 잠이 든다. 그렇게 일상이 반복된다. 그렇다고 해서 매일이 동일한 판본으로 찍어내듯 똑같을 리 없다. 평온하기만 한 삶을 흔드는 뜻밖의 사건이 틈입하고, 끝내 연유를 알 수 없는 깊은 애수가 드리운다. 타고난 평정의 주인 같던 히라마야의 하루하루가 실상 그런 것만은 아니라면, 그것이 떼어낼 수 없는 그림자를 누르기 위해 안간힘을 써서 버티며 전력을 다해 일으키듯 보내는 매일이라면, 〈퍼펙트 데이즈〉라는 제목은 첫인상과 달리 심중하게 내려앉는 의미로 가닿을 수밖에 없다.

날마다 일정하게 일상의 균형을 잡는 이의 삶이란 타인의 시선으로는 원만한 평온과 평정의 연속처럼 보일 수 있겠지만, 당사자 입장에선 외줄 위에서 균형을 잡는 것처럼 위태롭고 아슬아슬한 오늘을 거듭하는 안간힘의 총합일지도 모른다. 어제와 달리 오늘의 평온을 부수는 예기치 않은 우연은 도처에 도사리고 있고, 내일의 평정을 위협하는 어제의 심연이 각자의 사정 속에 어떻게 똬리를 틀고 있을지는 아무도 모른다. 위태롭고 위협적인 하루하루를 자신만의 리듬으로 살아간다는 건 마음에 너른 여유가 일찍이 깃든 덕분일 수도 있지만 그렇게 살아가겠다는 결연한 의지를 매일 다지며 다부진 어제를 덧대고 오늘을 쌓아온 덕분일지도 모른다.

한동안 천장에 매단 모빌의 균형이 엉망이었다. 눈썹달 같은 모양의 노란 구조물이 걸려 있고, 반대편 끝에는 추 역할을 하는 둥그런 구체로 마감된 얇은 막대 다섯 개가 걸린 모빌인데, 일정한 간격으로 평행하게 매단 실로 무게 중심을 잘 맞추면 서로 부딪히지 않고 위아래 평형을 이루며 공기의 흐름에 따라 서서히 돌고 움직인다. 그런데 어느 날 노란 구조물 두 개 정도가 막대에 고정하는 구멍이 헐거워졌는지 제자리에 고정되지 않고 앞뒤로 오가는 탓에 모빌의 균형이 와장창 무너졌다. 예뻐야 할 것이 흉물처럼 보여서 꼴 보기가 싫었다. 해결책을 고안해도 실패하기 일쑤라 차라리 떼버릴까 싶었는데 최근에 아주 작은 고무줄로 간단히 해결했다. 끙끙 앓던 이가 이렇게 쉽게 빠지다니, 허망할 정도였다. 그래도 이제 모빌은 균형을, 나는 안정을, 비로소 찾았다. 각자

위치를 침범하지 않고 때때로 각기 다른 방향으로 빙빙 돌면서도 수평의 궤도를 유지하는 모빌을 보고 있으면 심심하지 않다. 모빌의 수평을 맞추기 위한 내 노력의 결과이기도 하지만, 가끔씩 바람에 흔들려 균형을 잃는 듯하다가도 자기 궤도를 회복하는 모양새란 분명 마음에 드는 꼴이었다. 종종 엉망으로 돌아가는 삶을 꾸역꾸역 살아가고 있다는 걸 체감할 땐 절로 한심한 마음이 들지만 삶이 늘 평정할 순 없는 노릇이라 생각한다. 엉키고, 흔들리고, 기울고, 자빠지는 삶을 풀고, 진정하고, 바로잡고, 일으키려는 노력을 거듭하는 것은 구차하더라도 그러고자 하는 마음이 있다는 것만으로 다행이지 않은가. 그 또한 한심한 합리화에 불과할지라도 그렇다. 그 한심함 역시 내 삶의 일부일 테니 잘 감당하고 다스려야 한다. 수습해야 할 거리가 있다면 수습하고, 수습할 수 있다는 것에 안도하며 살아가는 수밖에 없다. 어쩌면 그것이 이번 생에서 가장 중요한 과업일지도 모를 일이고.

가끔 바라는 곳에 다다르거나 바라는 이를 마주하거나 바라는 바를 얻기도 하지만, 대체로 헛헛한 갈망과 미흡한 갈증과 미만한 열망을 견뎌야 할 때가 대부분인 이 삶의 까닭을 밖에서 찾을 때도 있었다. 그럴 때마다 더욱 헛헛하고 미흡하며 미만한 나를 견뎌야 한다는 사실을 뒤늦게 깨닫고 이제는 그러지 않으려고 노력한다. 수양이 덜 된 마음이 간혹 그리로 넘어지려 하지만 그것도 하나의 과정이라 생각하면 마음이 다소나마 편해진다. 심각하게 망가지거나 돌이킬 수 없게 어리석지는 말자고, 적어도 비겁하거나 치졸하지는 말자고 다짐한다. 살아가는 데까지 살아가는 것도 중요하지만, 살아가고 있는 데서 살아가고 있다는 걸 충실하게 느껴보려는 노력이 요즘은 더 중요하게 느껴진다. 넘어지면 다시 일어나는 것이 중요하다고 생각한 시절도 있었으나 요즘은 기우는 마음을 따라 솔직하게 넘어질 수 있다는 것도 중요하다고 생각한다. 어쩌면, 그게 더더욱.

생겨먹은 건 이렇게 태어난 탓이니 어쩔 수 없이 견뎌보는 수밖에 없지만 '영포티'도 아닌 '꼰포티'로 나이 들어 매일 다짐이나 하며 버틴다는 건 아무래도 구차한 일이다. 하지만 이제 그것 말고는 방도가 없다, 이 지긋지긋한 삶을 틈틈이 즐긴다고 착각하며 견딜 수 있으려면. 그렇기에 요즘은 행복을 바라는 것도, 불행을 이기는 것도 삶에 있어서 그렇게 중요한 일 같지 않다. 물론 행복이 찾아온다는 건 좋은 일이다. 불행을 이기는 것도 중요하다. 하지만 행복을 바라기 위해서, 불행을 이기기 위해서 살아가는 건 아닌 것 같다. 결국 행복도, 불행도 가끔씩 오는 일이다. 중요한 건 다행이다. 늘 범상하게 살아갈 수 있는 나날이 있다는 것, 그러한 다행의 나날을 유지하고 지켜내는 것. 그런 다행을 견지하고 견인하며 매일을 살아가다 보면 가끔씩 행복을 맞으며 기뻐할 수도 있고, 불행을 견디며 안도할 수도 있을 것이다.

자연은 늘 다행이다. 아무리 바람이 불어도, 아무리 나무가 흔들려도 새로 돋은 잎은 떨어지는 법이 없고, 때가 되면 어느 때보다 화려하게 물들어 낙하를 맞이한다는 사실에서 종종 위안을 얻는다. 인간사가 어찌 됐든 계절은 제 길을 간다. 차분하게 맞이하고 단단하게 여문다. 늘 거기에 있고, 늘 거기서 온다. 매번 추운 겨울을 이기는 건 결국 봄을 기다리는 마음이 있기 때문일 것이다. 나이가 들수록 선연해지는 건 나아간다는 의지보다도 돌아온다는 믿음인 것 같다. 요즘은 그 마음을 믿고 싶다. 이렇듯 자연처럼 나이 들어갈 수 있다면 참 다행이지 않을까.

〈퍼펙트 데이즈〉의 히라야마는 매일 틈틈이 '코모레비木漏れ日'를 바라보고, 필름 카메라로 그것을 찍는다. '나뭇잎 사이로 비치는 햇빛'이라는 의미를 가진 단어 코모레비는 본래 〈퍼펙트 데이즈〉 이전에 내정된 영화의 제목이었다고 한다. 하지만 히라야마가 카세트테이프로 루 리드의 'Perfect Day'를 듣는 순간 제목이 바뀌었다. 그래서 엔드 크레딧이 다 올라가면 코모레비의 의미를 설명하는 자막과 함께 흑백의 코모레비가 떠오른다. 엔드 크레딧을 끝까지 보지 않고 상영관을 빠져나간 관객은 놓칠 수밖에 없는 이 장면은 〈퍼펙트 데

이즈〉라는 영화의 근원지를 가리키는 것이기에 이 영화를 좋아하는 관객이라면 결코 놓칠 수 없는 찰나일 것이다. 어쩌면 영화가 완전히 끝날 때까지 자리를 지킨 관객을 위해 선물처럼 마련한 진정한 코모레비일지도. 그러니까 영화가 끝나도 그 너머의 삶은 계속된다. 거기까지 기다릴 줄 아는 이들만 볼 수 있는 순간이 있는 법이다. 그림자를 밟고 서서 고개를 들고, 최선을 다해 매일매일 빛으로 향하는, 당연히 찾아온 것이 아니라 놓치지 않기 위해 애써 움켜쥐는 이들의 평온과 평정이 어쩌면 바로 거기에. 뒤뚱거리더라도 씩씩하게.

엄마의 아파트

　어머니를 만났다. 누나와 함께 만났다. 밥을 먹었다. 어머니와 식사하는 건 1년여 만이었다. 누나와는 몇 년 만인지 기억나지 않았다. 어머니와 누나의 얼굴이 동떨어진 시간의 장벽처럼 보였다. 전보다 나이 들었다는 기미가 역력했다. 자주 보지 못한 탓이다. 아이의 성장도, 노인의 노쇠도, 거듭 마주하지 않으면 뒤늦게 잃어버린 시간처럼 훅 다가와 버린다. 바닥에 누워 옹알이하던 아이가 어느새 두 발로 걷고 단어를 발음하는 것이 생경하듯, 몇 년 사이 하얗게 센 머리카락과 깊어진 주름이 역력한 노인의 얼굴을 마주하는 것도 그러하다. 멀어진 거리는 멀어진 시간으로 환산되는 감각이란 사실을 뒤늦게 체감한다.

가족과 거리를 둔 건 불편하기 때문이다. 나는 효자도 아니고, 살가운 동생도 아니다. 나는 그런 내가 싫다. 하지만 그런 나를 인식하는 그 순간이 더 싫다. 다정하고 살뜰하게 말할 수 없는 나를 굳이 맞닥뜨려야 하는 그 순간 자체가 너무 싫다. 혹자는 그럴수록 다정하게 이야기해 보라고, 더 자주 만나라고 조언하지만 그런 유의 조언은 대체로 귓바퀴에 감기지도 않는 법이다. 물론 악의가 없는 조언이라는 걸 알기 때문에 딱히 퉁명스럽게 답하진 않지만 그런 조언 앞에서 때때로 삐딱해지는 기분이 드는 것도 사실이다. 그걸 몰라서 안 하겠는가. 흥이 질 거라고 주변 사람들이 다 말려도 그 순간에는 떼어내고 싶은 딱지 같은 사정이 있는 법이다. 그래도 오랜만에 어머니와 누나를 만나는 것이니 최대한 말을 아꼈다. 그럼에도 불구하고 스멀스멀 올라오는 불편한 마음을 잘 눌러야 했다. 그런데 어머니와 누나가 고맙다는 말을 연신 해댔다. 역시 너무 불편했다. 처음에는 간단히 "아, 됐어. 그만해"라고 했지만 틈틈이 해대는 통에 결국 역성을 내버렸다. "그만 좀 하라고! 나중에 엄마 죽으면 그 집 내가 가질 거야! 투자한 거라고!" 역시 너무 불편하다.

작년에 어머니는 칠순이 되셨다. 아내는 뭘 해주는 게 낫겠냐고 물었는데, 장모님도 작년에 칠순이셨기 때문에 각자 알아서 자기 어머니를 챙기는 것으로 하자고 합의했다. 그리고 애매한 선물을 사주는 것보단 현금을 드리는 게 나을 거 같았다. 하지만 결국 그게 다 무슨 의미가 있는 걸까 싶었다. 그 당시 어머니는 월셋집에 살고 계셨다. 그런 어머니를 생각하면 겨우 가난에서 탈출했다는 착각이 비웃듯 나를 비틀었다. 그래서 필요한 일이 있지 않은 이상 전화로 안부만 물을 뿐 어머니를 자주 만나진 않았다. 그럼에도 어머니의 월셋집은 머릿속에 박힌 가시 같았다. 문득 생각날 때마다 로또 1등이 간절해졌다. 아니, 2등이라도.

　직장생활을 시작하면서 2년 정도 어머니 앞으로 쌓인 채무를 갚은 적이 있다. 2년간 내 입장에선 적지 않은 금액을 쏟았음에도 원금도 갚지 못했고, 제1금융권에서 제2, 제3금융권으로 이관된 독촉장이 날아왔다. 어머니 잘못은 아니었다. 어머니 앞으로 채무를 잔뜩 남겨놓고, 사업을 말아먹고, 나 몰라라 살고 있는 아버지 빚이 그렇게 됐을 뿐이다. 그래서 나는 아버지도, 빚도 싫었다. 그 마음을 가끔씩 어머니를 향해 풀었다. 어떻게 이 지경이 되도록 아무것도 하지 않고 다 떠안을 수 있었냐고 타박하고 원망했다. 돈을 벌게 된 이후로 나는 한동안 최선을 다해 빚을 갚았다. 빚이 미웠다. 하지만 이길 수 없었다. 생각보다 센 놈이었다. 그렇게 깨달았다. 이렇게 살 순 없어. 그래서 어느 날 어머니께 말씀드렸다.

"엄마, 미안한데 이렇게는 못 살겠어. 이러다가 엄마도, 나도, 결국 끝까지 이 지긋지긋한 꼴을 못 벗어날 게 분명해. 나는 이렇게 살기 싫어. 나는 엄마와 헤어져서라도 어떻게든 여기서 벗어날 거야. 내가 뭘 잘못한 것도 아니잖아."

취중이었다. 운 기억도 난다. 눈을 떠보니 마루였다. 베개를 베고 이불도 덮고 있는 걸 보니 어머니가 그리해주신 것 같았다. 어머니는 별말이 없었다. 그 뒤로 나는 어머니의 빚을 갚지 않았다. 부탁한 일도 아니었기에 어머니도 별말이 없었다. 독촉장이 날아와도 월세 계약의 주체가 어머니가 아니었으므로 전에 살던 아파트가 무력하게 경매에 넘어간 것과 달리 월세 보증금이 추징 대상이 될 수는 없었다. 그나마 다행이었다. 시시콜콜하게 모든 사정을 말할 수는 없겠지만 수년 동안 어머니는 대한민국 사회에서 유령처럼 살아왔다. 예전부터 생활력이 강한 사람이었기에 이런저런 일을 하며 앞가림을 해왔다. 아버지가 사라진 고3 시절 내가 계속 학교를 다닐 수 있던 것도 어머니가 어떻게든 집을 건사한 덕분이었다. 매달 들어가는 월세를 비롯해 감당해야 할 비용이 적지 않았는데도 그랬다. 그러나 사람은 늙는다. 매에는 장사가 없고, 나이에는 재간이 없다. 고생을 많이 한 만큼 낡아가는 몸 곳곳에서 이상 신호가 왔다. 비록 나는 효자는 아니었지만 아들 입장에서 어머니가 이제 그만 고생했으면 좋겠다는 생각 정도는 늘 쥐고 살았다.

어머니는 지난 몇 년간 파산 신고를 준비해왔다. 아버지가 남긴 채무를 변제할 능력이 없다는 걸 증명해야 했고, 그렇게 단계를 밟아 어느 정도 그것이 가능하다는 걸 알아냈고, 적극적으로 임했다. 그리고 작년에 칠순이 된 어머니에게서 들었다. 결국 파산 신고가 통과돼서 아버지가 떠넘긴 채무가 모두 변제됐다는 것이었다. 목에 쓰고 다니던 칼이 벗겨진 기분이었다. 어머니는 넌지시 말을 이었다. 7천만 원 정도만 있으면 어머니의 고향인 광주에 임대아파트 청약을 받을 수 있다는 것이었다. 10년을 살면 거주자 명의가 되어 엄마 집을 가질 수 있다고 했다. 나는 다시 물었다. "정말 그 돈이면 되는 거야?" 된다고 했다. 주저할 이유가 없었다. 나는 당장 알아보고 이른 시일 안에 계약하자고 했다. 매물이 없어지기 전에 이 기회를 잡아야 한다고 생각했다. 다행히 그 정도는 당장 융통할 수 있는 돈을 모아둔 덕분이었다. 어머니는 연신 괜찮겠냐고 걱정스럽게 물으셨지만 한편으로는 기쁜 내색이었다. 아무래도 그런 돈을 받을 수도 없고, 줄 수도 없을 것이라 생각하신 모양이다.

얼마 뒤 어머니는 이사했다. 나는 오전 중에 잔금을 치렀고 여타 비용을 모두 정리했다. 어머니는 짐이 어느 정도 정리된 뒤, 집 사진을 찍어 보내왔다. 깔끔했다. 방이 하나뿐이지만 어머니 혼자 살 집이라 상관없었다. 대신 거실이 넓었다. 사진 너머 널찍하게 보이는 거실 안으로 어린 날의 기억이 들어앉았다. 초등학생 시절 살던 아파트가 떠올랐다. 네 식구가 함께 살던 그 아파트는 우리 가족이 처음으로 분양받은 아파트였다. 내 인생에서도 처음이었다. 그 이후 우리는 더 넓은 아파트로 이사했지만 결국 그 아파트는 경매에 넘어갔고, 그 후로 나는 아파트에 살아본 적이 없다.

지금으로서는 딱히 아파트에 살고 싶다는 생각은 없지만 어머니가 자기 소유가 될 수 있는 아파트를 분양받았다는 사실에 초현실적인 기분을 느낀다. 네 식구가 함께 살던 그 아파트가 생각났다. 삶이 다시 시작되는 기분이었다. 어머니는 미안하고 고맙다고 했다. 그래서 나는 이건 미안하거나 고마운 일이 아니라 다행인 일이라고 했다. 정말 다행이지 않은가. 비로소 부서진 껍질을 내려보는 기분. 이제 나는 더 이상 예전처럼 가난하지 않다. 않을 것이다.

우리는 고양이를
찾지 못했다

'스무 살, 섹스 말고도 궁금한 건 많다.' 카피가 뒤늦게 인상적이었던 〈고양이를 부탁해〉가 개봉한 2001년, 나는 스무 살이었다. 섹스 같은 건 관심이 없었고 잘 알지도 못했고 인생이 막막하다고 느끼던 시절이었기에 내 스무 살은 전혀 그립지 않다.

고2 때 폭삭 망해버린 집안 꼴을 이미 잘 알고 있었고, 대학에 갈 것만 생각했지 돈이 없어서 대학을 못 갈 거라 생각해본 적이 없던 터라 그런 일이 눈앞에 닥치니까 인생 자체가 허물어지는 기분을 느꼈다. 지금 와서 생각해보면 고작 20년 남짓한 세월이 뭐 그리 대수였나 싶기도 한데, 다시 그때로 돌아가더라도 비슷한 기분을 느낄 수밖에 없을 것 같다는 무력감을 피할 길이 없다. 정말 웃기는 건 당장 기백만 원 되는 등록금을 낼 순 없으니까 대학은 못 가지만 재수는 했다는 것이다. 등록금을 해결해도 광주에서 서울로 올라가서 살아야 하니 거처도 해결해야 했고, 지속적인 생활비도 필요하고, 학비도 충당해야 했다. 넘어야 할 허들 값을 해결할 겨를이 없었기에 당장은 포기하지만 1년 뒤는 또 모를 일이라 생각한 건가 싶기도 하다. 이렇게 구구절절 설명하면서도 결국 꺼낼 수 없는 속사정도 있는 법이니까.

어쨌든 당시 나는 아버지가 사라진 집에서 어머니 등골을 빼먹던, 장담할 수 없는 1년 뒤의 무언가를 건 부실한 판돈 같은 존재였다. 과연 1년 뒤엔 가능할까? 그때도 돈이 없어서 대학에 못 가면 지금 같은 형편에 이렇게 적지 않은 돈을 쓰는 건 지독한 낭비 아닐까? 거듭되는 의심에 시달리며 재수를 했고, 어찌어찌 대학에 진학하게 됐고, 서울로 올라왔지만 이런저런 사정과 쓸데없이 뜨겁던 혈기로 내린 결정 끝에 자퇴생이 됐다. 그래서 내 학력은 고졸이고, 지금은 딱히 미련이 없지만 뜻밖의 사회생활을 시작했을 땐 그때 내린 결정을 심히 후회하기도 했다.

그럼에도 여전히 물음표처럼 남아 있는 아이러니가 있다. '그 시절이 내게 남긴 유산이란 게 있기는 할까?' 장담할 수 없는 내년에 투신하듯 어머니가 보낸 그해의 매일은 과연 어떤 시간이었을까. 나는 지금도 그 시절을 부채처럼 안고 있기에 어머니가 보낸 그 매일이 어떤 시간이었는지 물어본 적이 없다. 호기롭게 대학을 그만두고 앞가림하겠다며 갖은 아르바이트를 전전하고, 새벽 인력 시장에 나가 공사장에서 일하면서 이것이 어쩌면 내 미래일지도 모르겠다는 생각을 해본 적도 있지만, 그 1년여 세월만큼 아이러니하다고 느껴본 적은 없다.

〈고양이를 부탁해〉를 처음 본 건 2017년쯤이었다. 어쩌다 보니 영화를 제법 진지하게 봐야 하는 입장이 되면서 과거에 놓친 영화나 허투루 봤다고 느껴지는 영화를 거듭 쫓는 인생이 됐는데, 〈고양이를 부탁해〉는 배우 이요원을 인터뷰할 일이 생겨서 뒤늦게 찾아 보게 되었다. 영화를 보며 나의 스무 살을 돌아보진 않았다. 그런데 문득 어릴 때 보았던 어머니의 젊은 날이 담긴 사진첩이 떠올랐다. 한 번도 궁금해하지 않던 어머니의 스무 살이 궁금해졌고, 직접 묻고 싶은 마음까지 동하진 않았지만 그 사진첩을 다시 보고 싶다는 생각이 들었다. 결혼 전 사진 속 어머니와 지금의 어머니 사이엔 굉장한 괴리가 있었다. 나는 어머니에게 종종 말했다. 엄마는 결혼을 잘못했다고, 세월을 돌릴 수 있다면 아빠 같은 사람과 결혼하지 말아야 했다고. 그러자 한번은 어머니가 이리

말했다. "그랬으면 네가 세상에 있겠냐?"

그렇다. 아이러니한 일이다. 나는 어머니가 아버지를 잘못 만나서, 굳이 아버지 같은 사람과 결혼해서 삶이 망했다고 생각했다. 아버지와 결혼하지 않았다면 지금보단 훨씬 나은 삶을 살 수 있었을 것이다. 그렇다면 어머니 말처럼 지금의 나도 존재할 수 없겠지만 존재하지 않을 것은 존재하지 않음으로써 한편으론 완벽한 법이니 상관없을 일이었다. 그 당시 존재했던 어머니에게 가능했을지도 모를 어떤 삶이 변질됐을 거라는 가설이, 그로 인해 지워질 나의 존재에 대한 사실보다 중한 일이다. 결혼이라는 선택 이후로 왜곡된 어머니의 시공간을 떠올리며 나는 종종 안타까웠다. 〈인터스텔라〉를 보면서 문득 어머니의 삶을 생각한 것도 그래서였다. 나의 삶이 영위되고 있다는 건 그녀의 삶을 희생한 결과일 수도 있다는, 운명론적인, 예언적인 시공간의 오류이자 왜곡이자 변질의 역사이자 인과. 당신은 지금보다 행복한 삶을 살 수 있었을 것이라는, 공허한 안타까움.

〈타오르는 여인의 초상〉을 연출한 셀린 시아마의 근작 〈쁘띠 마망〉은 어린 소녀가 어린 시절의 엄마를 만나는 이야기다. 제목 그대로 '어린 엄마Petite Maman'에 대한 영화다. 나는 〈쁘띠 마망〉을 보면서 문득 〈고양이를 부탁해〉를 보던 2017년의 나를 돌아봤고, 어머니의 사진첩을 다시 떠올렸다.

누구에게나 젊은 시절이 있던 만큼 그 시절을 지나온 소회 또한 필연적으로 남기 마련이라고, 다시 한번 깨달은 것이다. 내가 지나온 스무 살은 딱히 즐겁지도, 행복하지도 않아서 돌아가고 싶지 않지만 어머니가 지나온 스무 살은 다를지도 모른다고 생각했다. 하지만 나는 어머니의 스무 살을 묻지 못할 것이다. 돌아보고 싶지 않은 시간을 묻어버리는 것까지는 익혔지만 그 시간을 꺼내서 마주할 정도로 강해지진 않은 것 같다. 당장 지금은 비겁함을 견디는 것 말고는 재간이 없는 것 같다. 어머니에게도, 내게도, 어찌어찌 지나온 시간이 됐지만 끝내 우리는 함께 돌볼 고양이를 찾지도, 서로에게 그런 고양이가 돼주지도 못한 것 같다. 그게 참 슬프다. 문득문득.

여행의 끝과
처음

해외로 나갈 일이 생기면 해당 국가 화폐를 한 푼이라도 갖고 있는지 찾아본다. 외국 지폐나 동전을 한곳에 모아두고 있기에 어려운 일은 아니지만 본의 아니게 보관하게 된 수많은 동전과 뒤엉켜 쉽게 구분이 안 되는 몇 개의 동전을 찾는 건 번거롭고 성가신 일이다. 하지만 그 동전을 뒤져보는 순간부터 여행이 시작되는 것 같기도 하여 기이하게 즐길만한 일이 된다.

작년 12월, 대만 여행을 앞두고 외국 동전을 모아놓은 미니 틴박스를 뒤져 세 개의 대만 동전을 찾았다. 금전적 가치로 보자면 정확히 25 대만 뉴달러였고 당시 환전 기준으로

약 1,050원가량의 금액이었다. 한국에서는 푼돈이지만 대만에서는 길거리 음식 하나를 사 먹을 수 있는, 나름 요긴한 동전이다.

언제나 귀국할 때는 가진 돈을 다 털어낼 방안을 찾게 된다. 돌아오면 쓸 수 없는 돈을 갖고 오는 건 내 입장에서는 기회비용이고, 해당 국가 입장에서는 그만큼 부족해진 화폐 발행에 요구되는 재화 낭비일 것이다. 이번에는 여행의 마지막 날 타이베이 타오위안 공항에 도착했을 때 지폐와 동전을 포함해 대략 1,300 대만 뉴달러 정도가 남았다. 면세점을 돌며 연말에 비싼 초콜릿이나 먹어볼까 싶었지만 의미 없는 지출 같아서 아까웠다. 그런데 대만은 위스키가 굉장히 저렴했다. 편의점에서 발베니 더블우드 12년산 한 병이 한화로 5만 원대 수준에 불과한 것을 보고 마음속으로 기함했다. '이거 실화임?' 환율을 착각하는 걸까 싶어서 검색해보니 실화였다. 당장 술 마시지 않는 친구를 대만으로 불러 1인당 반입 가능한 위스키 두 병씩 구입해서 캐리어에 넣어달라 부탁하고 싶을 지경이었다. 하지만 언제나 꽐라 옆에는 꽐라 친구가 있기 마련인지라, 결코 이룰 수 없는 꿈이겠지.

면세점 주류 코너를 돌아보니 1,300 대만 뉴달러로 살 수 있는 위스키가 제법 많았다. 그중 라가불린 10년산 가격이 적정해서 동전까지 탈탈 털어 현금을 소진한 뒤 잔금은 카드로 계산했다. 흡족했다. 기회비용과 재화 낭비를 완전히 소진하고 돌아가노라. 그렇게 홀가분한 마음으로 타이베이에서 집으로 돌아와 짐을 정리하는데, 탄식이 절로 나왔다. 귀신, 아니 대만 동전 하나가 나온 것이다. 10 대만 뉴달러였다. 분하다. 나의 패배다. 소진했다고 생각한 대만 화폐와 함께 집으로 돌아와 버렸다. 미니 틴박스에 동전 하나가 다시 늘었다. 하지만 덕분에 이런 생각도 하나 더 늘었다. 언젠가 이걸 쓰러 대만에 갈 수도 있지 않을까? 그렇다면 언젠가 떠나게 될 그 여행은 오늘 이 동전에 대한 기억에서 이어지는 여정이겠구나. 덕분에 삶이 끝나지 않은 여행 같다는 생각도 문득.

대만에서 함께 돌아온 건 동전만이 아니었다. 여행 중에 목도한 의외의 풍경 하나가 떠올랐다. 딘타이펑을 예약하고 융캉제 거리를 도는 가운데 쓰레기 더미 앞에 앉아 있는 한 남자를 보았다. 까무잡잡한 얼굴에 적지 않은 세월이 얼룩진 듯한 패딩을 입고 있던 그는 아주 느릿느릿하게 쓰레기 더미 속에 있는 음식 용기를 살피고 있었다. 많은 사람이 삽시간에 지나치는 번화가 한쪽에서 그의 시계만 따로 돌아가는 것처럼 그랬다. 짧은 찰나였음에도 느리게 돌아가는 필름으로 영사한 풍경처럼 낯선 감각이 들이쳤다. 다양한 가게에 들어가고 나오며 구경하다 소소한 것들을 구입한 뒤 다시 그 자리로 돌아왔을 때 여전히 그 남자는 그곳에서 아주 느릿느릿하게 같은 행위를 하고 있었다. 앉아 있는 자세 그대로, 아까 본 그 모습 그대로였다. 여행을 다녀와 서울에 있는 지금도 나는 그 모습이 좀처럼 잊히지 않는다. 그를 동정하거나 연민하는 마음만으로 그런 것 같진 않다. 인상적인 영화 속 한 장면처럼 자꾸 떠올랐다. 여행 내내 좀처럼 잊히지 않던 그 모습은 결국 한국까지 따라왔다.

여행을 떠나는 누구라도 자신이 다다른 곳에서 멋진 경험을 하고, 아름다운 풍경을 목도하고 싶을 것이다. 지나치게 단순한 비교일지 모르겠지만 여행과 영화의 차이는 거기에 있는 것이라 생각했다. 영화는 멋지고 아름다운 경험과 목격만을 권하는 매체가 아니다. 알 수 없었지만 알아야 할 비애와 볼 수 없었지만 봐야 할 참담을 경험하고 목격하길 권하는 것이기도 하다. 영화란 기쁨과 노여움과 슬픔과 즐거움을 아우르는 희로애락의 엔터테인먼트이므로 애석과 통증 역시 주요한 요소일 것이다. 대만에서 본 그 풍경이 영화 같은 잔상으로 남은 건 거기서 내가 느낀 바가 그렇기 때문일 것이다. 볼 수 없고, 없겠지만 어떤 이야기 같은 것을 자라나게, 떠올리게 만드는 강렬한 순간. 덕분에 여행과 영화 사이에 쌓아둔 일방적인 오해와 편견이 무너졌다.

그리고 영화에 대해 뭔가 말하고 싶다는 생각이 그런 순간 느끼는 감정과 유사하다는 걸 알게 됐다. 닿을 수 없는 곳까지 가닿길 바라는 마음을 권하듯 손을 내미는 영화들이 있다. 그런 영화를 보고 나면 한 사람이라도 그 마음에 함께 다다르길 바라며 나 역시 손을 내밀듯 자연스럽게 문장을 떠올리게 된다. 비록 내 한 몸 건사할 기우로 쩔쩔매는 범인에 불과한 삶이지만 그럼에도 불구하고, 혹은 어쩌면 그러하기 때문에 더더욱 그런 바람을 갖게 되는 것일지도 모르겠다. 영화보다 중요한 건 결국 삶이겠지만 그 삶을 일으키는 한 점의 여력이 돼주는 영화도 있을 것이다. 하찮다고 여겨지는 동전 하나를 귀하게 여길 때 가능해지는 바람이 있는 것처럼, 그렇게 채워줄 수 있다면 충분할 것이다. 여행도, 영화도, 삶도.

스마트폰을 열어 대만에서 찍은 사진들을 다시 보았다. 정말 많은 사진을 찍었다. 의도하지 않았지만 어쩌다 사진에 찍혀 내 스마트폰에 들어오게 된 낯선 얼굴들과 마주 보았다. 여행을 떠나지 않았다면 닿을 기회가 없었을 그 얼굴들과 스쳐 지나간 경험이 정작 그 순간이었던 대만이 아니라 그 순간을 되새기는 한국에서 생생해진 듯하여 되레 생경했다. 어쩌면 그것이 이국을 여행하는 묘미일지도 모르겠다.

익숙하지 않은 풍경과 생소한 문화 속에 자리한 낯선 얼굴들이 나와 별반 다를 것 없는 일상을 영위하고 비슷한 감정을 느끼는 존재라는 사실에서 모두가 하나의 세계에 살아간다는 것을 새삼 직시한다. 물론 당연히 알 수 없을 타인의 삶이겠지만 그 너머를 들여다보고 싶다는 호기심을 일깨우는 찰나가 손쉽게 흩어지지 않는 잔상처럼 남아 여행의 끝을 한동안 유예하게 만든다. 여행의 끝에 남는 건 이렇듯 사람과 마음이라는 풍경과 심상이기도 하다. 적어도 내게는 그렇다. 이런 생각에 다다를 수 있었던 건 단 한 번도 예상하거나 예감하지 못했던 뜻밖의 출국 덕분이었다. 거기서 시작된 일이다.

"운도 좋구나. 처음으로 나가는 해외가, 그것도 출장으로 피렌체라니." 옆자리에 있는 선배가 말했다. 그렇다. 처음이었다. 29살에 처음 비행기를 타봤다. 처음 해외로 나갔다. 여권도 처음 발급했다. 행선지는 이탈리아 피렌체였다. 당시 밥벌이를 해결해준 소속 매체, 대한항공 기내 매거진 《비욘드beyond》의 수석기자 직속 선배는 어느 날 갑자기 출장을 다녀오라고 했다. 우리 매체에서 처음 보내는 해외 출장이라고 했다. 4페이지짜리 해외 호텔에 관한 기사를 쓰기 위한 출장이었다. 이전까지는 현지 호텔의 정보를 제공받고 파악해서 간접적으로 기사를 썼다. 기사 사진도 호텔 측에서 제공한 컷을 받아서 썼다. 취재가 가능할 때는 당연히 발품을 팔았지만 불가능할 때는 최대한 진짜 같은 가짜를 만들어야 한다. 그래서 가끔씩 기자나 에디터라는 직업이 해본 척이나 아는 척을 능숙하게 하는 기술로 먹고사는 일이 아닐까 생각해본 적도 있다.

매체에서 처음 보내는 해외 출장을 너에게 허하노라. 선배의 자부심은 차돌처럼 단단했다. 하지만 공자님께서 말씀하시길 지혜로운 자는 물을 좋아하고, 인자한 자는 산을 좋아한다고 했다는데, 난 인자한 사람이 아니에요. 난 집이 좋아요. 20대 끝자락에 찾아온 생애 첫 출국에 대한 심정이란 1%의 설렘과 99%의 두려움에 가까웠다. 처음으로 공항에 가서 출국 수속을 하고, 혈혈단신으로 비행기에 탑승해 파리를 경유해 로마에 간 뒤 피렌체로 향하는 기차를 타야 한다니, 지나치게 막연하고, 불안했다. 심지어 여권도 없었다. 그래서 다른 사람이 가면 안 되냐 물었다가 먹은 쌍욕이 아직도 귀에 박혀 있는 것만 같다. "죽을래?" 평소 아이돌 히트곡 훅처럼 쓰던 말에 그날따라 살기가 더했다. 아무래도 한국에서 죽는 것보단 피렌체에서 죽는 게 나을 거 같아서 닥치고 여권 사진부터 찍으러 갔다. 생애 첫 여권을 신청했고, 발급받았다. 그렇게 모든 것이 '처음'으로 수렴하는 여정이 시작됐다.

파리 드골 공항에서 로마행 비행기로 경유하기 위해 안내된 통로를 홀로 걷다가 묘한 기분이 들어 뒤돌아보니 아무도 없었다. 그 많던 한국인이 다 사라진 통로를 홀로 걷고 있었다. 그때 느낀 서늘함이 지금도 선연하다. 한국어가 들리지 않는 곳에서 혼자가 되니 부모가 아니라 나라를 잃은 미아가 된 기분이었다. 한편으로는 이상한 해방감을 느꼈다. 더 이상 나를 아는 이가 없는 곳에 있다는 기분이 기이하게 괜찮았다. 물론 로마에 당도해 기차역에서 피렌체행 기차표를 끊으려고 기다리다가 발을 동동 굴린 기억은 썩 유쾌하진 않았다. 샌드위치를 우걱우걱 입에 밀어 넣고 옆자리 동료와 잡담을 나누며 응대에 소홀하던 역사 직원이 '2시간여 만에 피렌체에 당도할 수 있는 차량 예매는 끝났고, 5시간 30분 정도 소요되는 기차만 남았다'는 소식을 들려줬을 때는, 그 당시 시각이 저녁 9시에 다다르고 있으니 피렌체에 도착하면 새벽 2~3시가 될 거라는 사실을 깨닫게 됐을 때는, 심지어 그 기차를 타려면 지하철로 이동해야 했고 이미 탑승 시각이 임박한 그 기차를 놓치면 망한다는 사실을 알게 됐을 때는, 내가 웃는 게 웃는 게 아니었지만.

사람들에게 물어가며 경로를 확인하고, 우여곡절 끝에 부랴부랴 이동해 가까스로 탑승한 기차는 낯설었다. 한 칸에 서로 마주 보는 좌석이 있고, 벤치 하나에 세 사람이 나란히 앉아야 하는 6인 객실로 구획된, 유럽 영화에서나 보던 낡은 기차였다. 지금 생각해보면 꽤 특별한 경험이었지만 그 당시에는 그런 특별함을 느낄 경황이 없었다. 심지어 객실마다 불을 켜고 끌 수 있었는지 시커멓게 불이 꺼진 어느 객실을 우연히 들여다봤다가 반짝이는 안광을 목격했다. 그 칸에서는 묘한 냄새가 났다. 담배를 피우던 시절이라 매캐한 향이 담배 냄새와 유사한 듯 다르다는 걸 알았다. 뒤늦게 그것이 '떨' 같은 게 아니었을까 생각했지만 직접 경험한 바가 없으니 역시 추정할 뿐이다. 그냥 향 같은 걸 피웠을지도 모르고. 어쩌면 그만큼 불안했던 탓일지도.

비로소 내 객실을 찾았을 때 비교적 멀쩡한(?) 사람들이 앉아 있다는 걸 알고 안도했다. 나를 포함한 남자 여섯 명이 한 객실에 있었고, 나는 머리 위 짐칸에 캐리어를 올린 뒤 두 남자 사이 빈 좌석에 조심스레 엉덩이를 밀어 넣었다. 팔걸이도 없는 의자에 국적도 모르는 남자 둘과 나란히 앉아 침묵하고 있으니 기분이 이상했다. 하지만 마주 보는 자리에 앉은 중년 남자를 보며 예정에 없던 안도감을 느꼈다. 중후한 감색 슈트를 입고 두꺼운 실크 드레스 타이를 매고 검은 뿔테를 쓴 그의 모습이 영락없이 뻔한 편견과 환상으로 그려온 이탈리안이었다. 이탈리아에 오긴 왔구나. 그렇게 꾸벅꾸벅 졸다가 퍼뜩 깨면 내 짐은 그대로 있는지 위를 올려보다가 다시 졸다가, 그렇게 5시간이 지나 새벽 3시에 다다라서야 피렌체 캄포 디 마르테역에 도착했다.

담배를 피우고 싶었다. 원래 나는 다 계획이 있었다. 공항

면세점에서 담배를 살 계획. 하지만 역시 무계획이 최고의 계획이던가. 예정보다 늦게 인천국제공항에 도착한 탓에 탑승 시각이 빠듯해서 면세점에 들를 여유가 없었다. 결국 담배 한 대 못 피우고 피렌체까지 와버렸다. 그런데 기차역 앞 택시 승강장에서 담배 피우는 남자를 보았다. 국적을 알 수 없었지만 무턱대고 담배 한 대 빌릴 수 없을지 물었다. 그는 흔쾌히 응하면서 조금 독한 브라질산 담배인데 괜찮겠냐고 되물었다. 그때는 담배처럼 생긴 건 다 빨아들여도 상관없을 지경이었다. 게다가 생애 첫 브라질 담배를 생애 첫 피렌체에서 피울 기회라니, 이것도 참 괜찮은 일이었다. 담배를 한 모금 빨아들이니 비로소 살만했다. 여기도 담배 인심은 박하지 않은 것 같으니 역시 사람 사는 곳은 다 똑같군. 안심이 됐다. 그리고 담배를 빌려준 그와 잠시 간단한 대화를 나눴다. 농담처럼 "이 시간에 택시가 오긴 오는 거야?"라며 웃었는데 웃음이 멈추기 전에 두려워졌다. 진짜 오긴 오는 거야? 다행히 택시가 왔다. 담배를 빌려준 그가 택시도 양보했다. 마다할 상황이 아니어서 고맙다는 인사와 함께 택시에 탔다. 택시 기사에게 주소를 보여줬다. 14년 전이란 내비게이션 같은 것도 당연하지 않던 시절이었다.

나의 최종 목적지는 피렌체 피에솔레 언덕 위에 자리한 호텔이었다. 평범한 호텔이 아니었다. 피렌체의 명문가로 꼽히던 살비아티 가문이 인수하고, 팔라초 양식으로 개조한 대저택의 위용을 고스란히 보존한 채 리모델링한 호텔이었다. 14세기부터 존재해온 유서 깊은 장소였다. 정보만 파악하는 것과 눈으로 확인하고 경험하는 건 역시 다른 일이었다. 택시를 타고 피에솔레 언덕을 올라 새벽 3시경 호텔 정문에 당도하니 골프 카트가 마중을 나왔다. 카트를 타고 쭉 들어가 비로소 들어선 호텔의 어둑한 실내 곳곳에는 일렁이는 촛불과 백열등 불빛과 어둠이 밀물과 썰물처럼 서로를 밀어내고 침범하면서 공존했다. 욕실 외에는 좀처럼 형광등 불빛을 볼 수가 없었다. 어둠 속에서 명확히 가늠할 수 없을 정도로 방의 천장이 굉장히 높았다. 고풍스러운 방의 분위기와 또 다르게 호화로운 욕실 분위기에 젖어들 듯 기분 좋게 피로를 씻어내고 푹신한 침대에 몸을 뉘고 보니 장장 20시간에 달하는 여정이 꿈같았다. 그래서 그날 밤 꿈을 꾸지 않았나 보다.

다음 날 아침 눈을 뜨니 방이 환했다. 반투명 커튼 사이로 들이친 빛이 한가득이었다. 드높은 천장만큼이나 높고 기다란 창, 이를 통과한 자연광으로 가득 찬 방 풍경을 마주한 순간은 지금도 잊지 못한다. 지난밤의 어둠으로 가려진 호사로움이 곳곳에서 존재감을 과시하고 있었다. 하이라이트는 따로 있었다. 창밖의 풍경을 보다가 나도 모르게 육성으로 혼잣말을 뱉었다. "설마 두오모?" 그랬다. 〈냉정과 열정 사이〉

의 그 피렌체 두오모. 창밖으로 동그란 머리를 내민 두오모 아래 오렌지색 지붕이 잔잔한 파도처럼 이어지는 피렌체의 풍광이 쫙 펼쳐졌다. 이걸 보려고 살았나 보다. 왔구나, 마침내. 내가 머문 방 이름이 '돔 뷰 디럭스'라는 걸 뒤늦게 알았다. 이름값 좀 하는 방이었다. 덕분에 결심했다. 꼭 저 두오모에 올라가자. 비록 내년 서른 살 생일이 와도 피렌체 두오모에서 다시 만나자고 약속할 연인은 없었지만 피렌체에 왔으니까 남들이 부러워할 만한 자랑거리 하나쯤은.

호텔에 머물 수 있는 일정은 3박 4일이었다. 호텔 인스펙션을 비롯한 취재와 인터뷰와 촬영을 마치고 하루 정도는 자유시간을 즐길 수 있는 일정이었다. 피에솔레 언덕에서 내려가면 피렌체 시내로 나갈 수 있었다. 날씨는 화창했고, 어두운 새벽이 아닌 한낮에 보는 피렌체 거리는 새로웠다. 목표는 명확했다. 우리가 피렌체 두오모라 부르는, 산타마리아 델 피오레 대성당의 쿠폴라에 올라간다. 피렌체 거리를 둘러보며 마치 북극성을 따라 걷듯 두오모 방향으로 걸었다. 스마트폰 구글맵 같은 것이 없던 시절이라 지도에 의지하며 피렌체 골목을 누비면서 관광객 티를 팍팍 냈다. 길이 맞는지 종종 헷갈렸지만 잘못 들어서도 괜찮았다. 골목마다 우아하고 고풍스러운 오랜 정취가 고스란히 살아 숨 쉬고 있었다. 길 위에서 보는 것 하나하나가 이 도시의 결을 이루는 역사이고, 서사였다. 가로로 누운 세월의 지층을 밟아가며 체험하는 기분이었다.

산타마리아 델 피오레 대성당을 처음 목도했을 때 그 거대한 스케일에 한 번, 그리고 그 외관의 촘촘한 디테일에 또 한 번 놀랐다. 파사드 앞에 서있기만 해도 경이로웠다. 그래서 두오모에 오르는 줄에 서기 위해 정신을 차려야 했다. 생각만큼 줄이 길지 않아서 의외였다. 두오모에 오르려면 463개의 계단을 올라야 한다고 들었는데 비좁은 통로의 계단을 끝없이 오르다 보니 이게 저승길인가 싶을 즈음, 하늘이 보였다. 그렇게 하늘이 보이는 문을 넘어 밖으로 나왔다, 마침내. 그런데 하늘만 보이지 않았다. 맞은편에 저 두오모는 뭐지? 두오모가 둘인가? 아니었다. '여기가 아닌가벼.' 두오모에 오른 것이 아니었다. 그 옆에 있는 '조토의 종루'라는 대성당의 종탑이었다. 어쩐지 줄이 생각만큼 길지 않더라니, "설렁탕을 사왔는데 왜 먹지를 못해"라며 울부짖던 〈운수 좋은 날〉의 김첨지가 떠올랐다. 두오모가 있는데 왜 오르지를 못해. 잠시 낭패라고 생각했다. 그런데 두오모를 마주 보면서 이게 그렇게까지 나쁜 일은 아니라는 것을 알았다. 피렌체로 오는 기차 안에서 봤던 중년 이탈리안의 멋스러운 드레스 타이가 떠올랐다. 하늘과 맞닿은 두오모를 마주 보는 건 꽤 근사한 일이었다. 미켈란젤로가 바티칸의 성 베드로 대성당 두오모

설계 의뢰를 받았을 때, 피렌체의 두오모보단 크게 만들 수 있어도 그보다 아름답게 만들긴 어렵다고 한 그 두오모를 가장 가까이서 감상할 수 있는 유일한 방법이기도 했다. 후회할 일은 확실히 아니었다.

두오모를 보고 내려와 잠시 고민했다. 두오모로 또 올라야 하나? 알고 보니 조토의 종루에 있는 계단수도 414개였다. 두오모에 다다르려면 도합 877개의 계단을 올라야 했다. 나폴레옹이 알프스에 잘못 올라 병사 절반이 죽었다는 오래된 농담이 떠올랐다. 체력이 절반으로 꺾인 것 같았다. 하지만 중요한 건 꺾이지 않는 의지, 나는 꺾이지 않았다. 길게 고민하지 않았다. 다시 언제 올 수 있을지 모를 피렌체에서 두오모에 오르지 않는다는 건 미슐랭 스타 레스토랑에 가서 음식을 주문해 놓고 맛은 보지 않고 사진만 찍고 왔다는 것과 다를 바가 없었다. 말로만 듣던 463개의 계단을 꼭꼭 씹어먹듯 즈려밟고 가보자. 그리고 그 선택이 잘못되지 않았다는 걸 알게 된 건 어느 정도 계단을 오른 후였다.

유명한 돔 구조 건축물에는 응당 그에 어울리는 천장화가 있기 마련이다. 그리고 두오모로 향하는 계단을 오른다는 건 조르조 바사리와 도메니코 크레스티가 주도해 완성했다는 장엄한 프레스코 천장화 '최후의 심판'과 가까워지는 일이었다. 덕분에 뒤늦게 내 선택을 자축했다. 이탈리아 건축가 필리포 브루넬레스키가 설계한 첨탑 아치 창문 여덟 개로 들어오는 자연광이 8각 쿠폴라 내부를 채운 프레스코화를 은은하게 감싸고 있었다. 성당 아래에서는 천장 중심부인 천국이 더욱 잘 보이지만 두오모로 오르는 계단에서는 벽면에 위치한 지옥을 더 잘 볼 수 있다고 한다. 낮게 임한 자는 천국을 보고, 높게 이른 자는 지옥을 보다니, 참 흥미로운 비유 같았다. 이미 계단 지옥을 오르고 있기도 하니까. 문득 〈냉정과 열정 사이〉가 전 세계 무릎 관절 건강에 끼친 악영향에 대한 통계 같은 건 없을지 궁금했다. 그렇게 '최후의 심판'을 지나 비로소 463개의 계단을 모두 밟았는지 하늘이 보였다. 이번에는 진짜, 마침내. 조토의 종루가 내려다 보였다. 멀리 피에솔레 언덕도 보았다. 내가 묵는 방에서 봤던 풍경 위에 서 있다는 게 거짓말 같아서 좋았다. "운이 좋구나." 선배 말은 사실이었다. 이런 풍경을 보게 되다니, 나는 정말 운이 좋구나. 덕분에 떠올릴 수 있었다. 영화처럼 사랑하는 누군가와 이곳에서 재회할 일은 없을 것 같지만 다시 피렌체 두오모에 오를 수 있다면 더더욱 운이 좋은 삶이겠지. 그런 생각을 해보니 예전보다는 조금 더 삶을 아낄 수 있을 것 같았다. 그래서 한국에 돌아온 뒤 조토의 종루에 올라가 찍은 피렌체 두오모 사진을 사무실 모니터 배경화면으로 설정했다. 두고두고 봤다. 살만한 가치가 있다는 말을 좀 더 믿게 됐다. 결국 돌아올 수 있었기에, 돌아올 곳이 있기에 가능한 생각들. 여행이란 결국 돌아오는 것이었다. 돌아올 수 있기에 떠날 수 있었다.

그 뒤로 나는 지금의 아내를 만나 연애하던 시절에도, 결혼한 뒤에도 1년에 한 번 이상 여행을 떠났다. 프라하, 홍콩, 마카오, 방콕, 치앙마이, 오사카, 교토, 마쓰야마, 다카마쓰와 나오시마, 세비야와 론다와 그라나다와 바르셀로나, 파리, 암스테르담 등등, 나름 적지 않은 나라에 입국한 흔적이 여권에 빼곡히 박혔다. 그리고 또 한 번 피렌체에 가게 됐다. 베네치아와 피렌체, 로마에 가는 여정에 나섰다. 20대 마지막 해의 바람이 5년 만에 정말 이뤄진 것이다. 게다가 예전과 달리 혼자가 아니라 둘이었다. 물론 애초에 '달디달고 달디 단' 사이도 아니었던 데다가 '닳디닳고 닳디 닳은' 사이까지 된 아내와 함께였지만 30대 중반의 나이에, 결혼한 몸이 돼서 다시 한번 피렌체 두오모에 오르니 5년 전 이곳에서 품었던 다짐이 다시 떠올랐다. 감회가 새롭다는 말의 의미가 선명하게 다가왔다.

일찍이 피렌체 두오모에 오를 날을 생각해본 적이 없었다. 바라지도 않았다. 하지만 현실은 때때로 꿈꾸지 못한 것을 이루게 함으로써 새롭게 꿈꾸길 권하기도 한다. 한 번, 또 한 번, 두오모에서 내려다본 두 번의 피렌체는 그런 날이었다. 그렇게 다시 돌아온 이후에도 가능한 날을 기대하게 됐다. 꿈같은 시간은 지났으니 다시 현실을 살아야 한다는 것도 명확하게 각오하고 다짐하게 됐다. 천국도 지옥도, 묵묵히 오르듯 살아가야 당도하는 곳이다. 그렇게 실현가능한 꿈을 하나쯤 품을 수 있다면 삶이 보다 나아질 수도 있다는 것을 믿게 됐다. 다만 바라지 않던 것까지 간절히 바라며 살 필요는 없는 것 같다. 특별히 당장 이루고자 하는 바가 아닌 일이 이뤄진다면, 예상하지 못한 선물을 받는 기쁨처럼 누리면 될 일이다. 피렌체 두오모에서 바라본 풍경이 알려준 것이었다.

뜻밖의 피렌체행 덕분에 받은 나의 첫 여권은 지난 2020년에 만료됐다. 팬데믹으로 인해 해외에 나갈 일이 당분간 없을 것 같아 갱신하지 않다가 지난 연말에 대만행을 결정하면서 비로소 새 여권을 신청했다. 그래서 지난 여권을 채운 수많은 흔적을 살펴보았다. 도장 하나하나에 얽힌 기억들이 새삼 새롭고 신기했다. 틴박스를 채운 동전들과 함께 쌓인 기억들이 여권 안에도 가득했다. 그렇게 지난 추억들이 각기 다른 형태로 내 곁에 자리하고 있었다. 보이지 않지만 끝내 가져와 여전한 것들이 선명해질 때 여행의 의미를, 그 시간을 되새기게 된다.

이국의 땅으로 날아와 두 발을 디디면 이곳의 시간을 살게 된다. 그러다 내가 머물렀고 돌아가야 하는 그곳의 시간을 확인하며 시차를 느낀다. 내가 살아온 그곳의 시계는 멀리 날아와 머물게 된 이곳의 시계보다 7시간을 먼저 달려가 있다는 걸 확인하고 나니까, 내가 아는 이들이 7시간 전에 밀어낸 시간을 내가 딛고 있는 것 같다는 생각도 밀려왔다. 동시에 존재하고 있지만 각기 다른 곳에 놓인 시계바늘을 보며 살아가는 어머니의 시간, 친구들의 시간, 나를 아는 모든 이들의 시간. 그 모두가 7시간 전에 애써 보내고 밀어낸 시간을 비로소 내가 이어받은 것 같다는 감각. 그렇게 생각하면 그 시간이 문득 신묘하고 애틋하다. 우주의 시간이 된다. 그렇게 잘 받았으니 귀하게 빚어 이 세상에 좋은 이야기를 보태고 싶은 마음이 일어난다. 여행이란 결국 그런 마음이다. 그렇게 만난 시간으로 빚어낸 마음과 함께 잘 돌아오는 것. 이미 그러했다면, 이제 그럴 수 있다면, 바라고 바랄 뿐이다. 자꾸 말하고 싶고, 떠올리게 되는 어느 멋진 영화처럼.

코로나19에 걸린 김에
생각해본 것들

"코로나19 유전자검출검사PCR 결과 '양성'입니다. 확진되셨으므로 집에서 자택 격리 부탁드립니다." 문자메시지를 보는 순간 '악!' 소리가 절로 나왔다. 옆에 있던 아내도 곧 '악!' 소리를 냈다. 오전 11시 30분쯤이었다. 전날 PCR 검사를 받고 결과를 기다렸는데 양성이라면 대체로 오전 일찍 통보가 온다고 했다. 그런데 11시가 넘도록 연락이 없어 역시 음성인가 싶었는데 아니었다. 아무래도 확진자가 늘면서 관련 기관 업무가 가중되어 통보가 늦어지는 모양이었다. 그 바람에 아내한테 타박만 받았다. 결국 아내도 검사를 받았고 다음날 마찬가지로 확진 통보를 받았다. 진정한 '위드 코로나' 가정으로 거듭난 것이다.

2021년 12월 3일부터 10일간의 자택 격리가 시작됐다. 앓을 만큼 앓은 뒤라 증상은 이미 어느 정도 완화된 상황이었다. 사흘 전쯤 몸살이 났지만 코로나19 주요 증상이라는 발열 증세가 없어서 처음에는 의심하지 않았다. 보통 몸살감기를 앓을 때는 이불을 꽁꽁 싸매고 땀을 빼며 잔다. 체온을 올리며 잠을 푹 자면 어느 정도 증상이 경감됐고 빠르게 회복되는 편이었다. 이번에도 어느 정도 효과는 있었다. 그런데 다시 몸살 기운이 올라오면서 근육통과 오한까지 찾아왔다. 잔잔하게 지속되는 두통과 미세한 어지럼증도 있었다. 이런 유의 몸살감기를 앓아본 적이 없어서 이상했다. 점점 의심스러워졌다. "설마 이거 코로나19?" 아내는 "에이, 설마" 하며 웃었다. 나는 웃지 않았다. 아내도 곧 웃지 않았다. 불길했다. 하필 며칠 뒤 모임 약속이 있었다. 이렇게 넘길 일이 아닌 것 같았다. 생애 첫 코로나19 검사를 받았다. 그리고 끝내 '악!' 소리 나는 결과를 받은 것이다.

확진 통보를 받은 뒤 병에 걸렸다는 두려움보다 누군가에게 옮겼을지도 모른다는 두려움이 더 컸다. 신체를 넘어 마음의 병이 될 수도 있다는 걸 몸소 실감했다. 이 고약한 감염병이 유행하기 시작했을 때 확진자들이 거짓말을 한 것까지 이해할 필요는 없겠지만 무엇이 두려워서 거짓말을 했는지는 납득이 됐다. 병을 옮긴 게 죄처럼 느껴지는 상황은 겪어 봐야만 알 수 있는 마음이었다. 어쨌든 확진자가 된 이상 지 체하지 않고 지난 일주일 사이 나와 접촉한 걸로 추정되는 이들에게 연락을 돌려 상황을 전하고 혹시라도 의심 증상이 있다면 검사를 권했다. 불미스러운 소식을 전하게 돼서 미안 했고, 민망했다. 병에 걸리려고 걸린 건 아니지만 병에 걸린 것이 민폐처럼 느껴지니 자연스레 그런 마음이 동했다. 그런 마음을 갖는 내가 이해되면서도 이상했다. 아픈 것도 억울 한데 아픈 게 죄처럼 느껴지다니, 이거 정말 빌어먹을 병이 구나. 그래도 하나같이 위로해주고 안부를 물어주니 고마웠 다. 내가 그렇게까지 쓰레기처럼 산 건 아닌가 보다. 본의 아 니게 살을 날렸다는 자괴감에 빠졌는데 알고 보니 원기옥을 모은 수혜주가 된 기분이랄까. 한편으로는 손에 닿아서도 안 된다고 공언한 바이러스를 몸 안에 품게 됐다고 생각하니 기 분이 이상했다. 악마의 씨를 밴 숙주가 된 것 같기도 하고, 별 능력 없는 빌런이 된 거 같기도 하고. 이참에 할 수 있는 게 민폐밖에 없는 존재로 태어난 자가 주인공인 이야기를 잠시 떠올려봤다. 재미없을 거 같았다.

　보건소에서 보낸 확진 문자에는 추후 전화를 할 테니 유선 문의는 자제해 달라는 내용이 있었다. 하지만 좀처럼 전화 는 오지 않았다. 아무래도 하루에 5천여 명씩 확진자가 나오는 시국이라 일일이 대응하기가 만만치 않은 모양이었다. 하지만 확진된 이상 그 이후 어떻게 대비하고 대처해야 하는지 알고 싶은 마음이 간절했다. 그러다 오후 4시 30분쯤 연락을 받았다. 증상과 경위를 묻는 질문이 오가는 와중에 반려동물 상태를 묻는 것이 흥미로웠다. 우왕좌왕하는 국면 중에도 생각지 못한 부분까지 신경 쓰는 것 같아서 내심 신기했다. 그런 마음으로 통화를 마쳤을 때, 서울 국번으로 다시 한번 전화가 걸려와 냉큼 받았더니 "안녕하십니까. 허경영입니다." 욕이 나왔다.

확진자에 머릿수 하나를 더하는 입장이 되고 나서 깨달았다. 언제나 코로나19 확진자가 익숙했지 코로나19 환자라고 불러본 적은 없었다는 걸, 숫자로만 떠올렸지 사람이라는 인식이 떨어졌다는 걸 깨달았다. 그 입장이 되고 나서야 이런 생각을 한다는 게 언제나 아이러니하지만 이렇게나마 인식했으니 기록해둘 필요가 있을 것 같아서 어딘가 적어두고 싶었다.

하루는 곱창이 먹고 싶었다. 미각은 사라졌지만 곱창은 먹고 싶어. 코로나19에 감염되면 미각이 사라진다더니 정말 그랬다. 정확히는 미각보다 후각이 한발 앞서 사라진다. 맛과 향을 전혀 느낄 수 없게 되니까 그전까지 씹고, 먹고, 맛보고, 즐긴 것들이 하나같이 생소했다. 좀 더 정확히는 미각이 99%

사라졌다면 후각은 100% 사라진 상태였는데, 미각이 1% 정도 덜 상실됐다고 여기는 건 음식이 혀에 닿았을 때 0.1초 정도 맛이 '반짝' 느껴지는 찰나가 있었기 때문이다. 섬광처럼 느껴졌다가 거짓말처럼 증발했다. 그러니까 하느님께서 "맛이 있으라"라고 외치시자 태초에 맛이 생겨났다는 것처럼. 고로 너희는 모두 이것을 받아먹으라. 이르시니 행하노라. 아멘. 마치 복음처럼 느껴지는 찰나였다. 그래서 참 이상한 심보 같긴 하지만 문득 평소 기억하는 맛이 제대로 느껴지지 않는 상태를 너르게 경험해보고 싶었다.

한편으로는 후각과 미각이 증발한 뒤로 배고픔을 느끼는 게 굉장히 값싼 욕구 같았다. 먹고 싶다는 욕구를 생성할 권리는 없어졌는데 먹어야 한다는 책임만 남은 느낌이랄까. 그래서 미각 상실의 시대가 길어진다면 먹는다는 행위가, 식욕이라는 욕구가, 과연 어떤 의미로 남게 될까 궁금했다. 이제는 다행인지 불행인지 미각도 돌아오고, 입맛도 돌아왔는데 미각이 사라진 그 며칠 동안 나는 후각과 미각 상실을 신비한 유희로 받아들이며 실험하듯 이거저거 씹고, 먹고, 맛보고, 즐겼다.

배달 앱에 등록된 음식점에서만 배달을 시켜야 하니 단골 중국집에 전화로 주문을 할 수 없다는 게 무척이나 아쉬웠다. 아무래도 대면으로 카드 결제를 해야 하므로 배달은 불가능한 일이었다. 물론 그 며칠 단골 중국집 배달 참는다고 죽을 일은 아니지만 미각이 사라졌을 때 단골집 음식을 맛보고 싶었다. 하지만 그럴 순 없는 일이었다. SNS에 이런 쓸데없는 이야기를 올리니 몇몇 사람이 성의 있게 해결책을 제시해주기도 했다. 무통장입금으로 배달 요청을 해보라는 거였다. 하지만 역시 안될 일이었다. '코로나19에 걸려서'라는 이유를 대는 순간 우리 집 앞까지 와야 할 배달 기사에게 지나친 불안을 안겨줄 거 같고, 당사자도 꺼림칙할 거 같았다. 내혀가 그렇게까지 무리수를 두면서 노력할 가치가 있는 상태도 아니었고, 여러모로 불미스럽고 소모적이라고 판단했다. 게다가 단골 중국집은 전화만 걸어도 이제 우리 집이 어딘지너무 잘 아는 곳이라 그런 단골집에 내가 잠시 코로나19 확진자였다는 걸 알리는 것도 썩 유쾌하지 않았다.

초인종 소리가 나면 대체로 긴장했다. 팬데믹 이후로 택배배달의 에티켓이 벨을 누르고 별다른 반응이 없으면 문 앞에두고 가는 것으로 변화했지만 간혹 문을 꼭 열어야만 하는일이 생길까 봐 걱정이 됐다. 그럴 때는 내가 코로나19 확진자라 문을 열어줄 수 없다는 사실을 말해야 하니까 서로에게이래저래 껄끄러운 상황이 될 수밖에 없을 것이다. 옛말에틀린 말 하나 없는 건 아니지만 모르는 게 약이라는 말은 참용한 것이다. 대개 벨이 울리는 순간 숨을 죽이고 집에 아무도 없는 행세를 했는데 그럴 때마다 남의 집에 숨어 있는 거 같고, 〈기생충〉 생각도 나고, 갑자기 짜파구리 먹고 싶고 그 랬다. 짜파구리 위에 한우 채끝살을 얹어 먹기엔 너무 아까 운 혀 컨디션이었지만.

미각이 사라진 상황에서도 매일 커피 한 잔씩은 음용했다. 향도, 맛도, 내가 알던 그것이 아님에도 꾸준히 마신 건 내가 그 향과 맛을 기억하는 까닭이었다. 감각이 온전히 느껴지지 않는데도 과거에 입력된 정보를 떠올리며 행위를 답습한 것이다. 코와 입이 아니라 머리로 마신 셈이랄까. 감각하는 센서가 제 기능을 못 해도 백업된 경험 데이터로 행동 욕구가 반복적으로 작동한 것이다. 당장의 행동 욕구를 생성하는 버튼이 꼭 감각에 달린 것만은 아니랄까. 롤러코스터의 노랫말처럼 '습관이란 게 무서운 거더군.'

한편으로는 미각과 후각을 직업적 기술로 단련한 이들에게 코로나19란 두렵고 치명적인 병일 수도 있겠다는 생각이 들었다. 이를테면 셰프나 바텐더 혹은 바리스타처럼 코와 혀의 감각이 절대적인 이들. 코로나19로 인한 후각과 미각 상실은 길면 몇 개월까지도 이어진다고 했다. 그러니까 미각과 후각이 기술인 이들은 격리가 해제돼도 몇 개월 동안 먹고사는 문제에 지장이 생길 수도 있지 않을까. 단순히 생업에 차질이 생기는 것을 넘어 평생 갈고닦은 전문성이 소실된 느낌이라 굉장히 허무하고 우울하지 않을까. 이런 생각을 하다 보니 코로나19가 미식 분야를 망치고 인류의 식탐을 막으러 온 구원자 같기도 했는데 미각이 느껴지지 않는다면서도 이렇게 꾸역꾸역 성실하게 처먹는 나를 보니 확실히 실패한 거 같다. 인류는 안될 거 같아요.

프리랜서가 자택 격리 대상이 된다는 건 밥벌이에 적잖은 타격을 받는다는 의미이기도 했다. 쓰는 일이야 집에서도 무방하지만 출연이나 진행 같은 일은 할 수 없게 됐으니 양해를 구해야 했다. 그 과정에서도 코로나19 확진자라고 말하는 게 좀 찝찝했지만 어쩔 수 없는 일이었다. 그것만큼 명확한 이유도 없었다. 그래도 초기와 달리 코로나19에 감염됐다는 사실이 기피 대상으로까지 분류되지 않는 분위기였다. 심지어 어떻게 알았는지 오랜만에 연락하며 안부를 묻는 지인들도 있었다. 마치 은하계 너머로 띄워 보낸 탐사선에서 송신한 신호를 몇 년 만에 확인하는 기분 같기도 하고, 사람들이 괜찮냐고 물어볼 때마다 오늘 저녁은 뭘 먹을까 고민하는 내 모습이 민망하기도 했다. 뜻밖의 고마움이 우주 저편에서 날아오는 것 같았다. 이럴 줄 알았으면 SNS에 후원 계좌라도 적어둘걸. (응?)

나는 격리되기 전에도 별일이 없으면 집에서 나가지 않는 사람이었다. 심지어 코로나19가 유행한 이후로는 더더욱 그랬다. 그래서인지 그런 사실을 잘 아는 후배 하나는 나처럼 집에서 나가지 않는 사람이 대체 무슨 일이냐고 문자를 보내오기도 했다. 실제로 양성 판정을 받은 날짜를 기점으로 2주 동안 외출 횟수는 정확히 4회에 불과했다. 3주까지 확대하면 7회였고, 이 중 업무적인 이유를 제한 사적 모임을 위한 외출은 단 2회였다. 그러니까 코로나19 감염 여부는 확률 게임이 아니었다. 어느 날 갑자기 지옥에서 온 사자를 만나 며칠 뒤에 '넌 죽는다'는 식의 고지를 받는 〈지옥〉의 설정과 다르지 않다는 것이다. 나는 코로나19로 겪고 느낀 바를 알리고 싶었다. 확진자가 됐다는 사실로부터 느낀 당혹감과 죄책감의 기이함에 대해 말하고 싶었고, 실상은 질병이며, 죄책감을 느끼기보단 치료받고 회복하고 위로받아야 할 일이라는 사실을 알리고 싶었다. 그래서 꾸준히 SNS에 일지 형식의 기록을 남겼다. 지금 쓰는 글도 그때 남긴 기록에 많은 부분 의존한 것이다. 그나마 다행스러운 건 어느 정도 사례가 늘어난 탓인지 사람들도 이 질병을 더 이상 개인의 일탈 문제로 의식하지 않는 수준까진 다다랐다는 것이다. 그런 면에서 나는 운이 좋았다. 적어도 병에 걸렸다는 사실이 누군가에게 알려질까 봐 겁내지 않아도 되는 시기에 앓았으니까, 되레 생각지 못한 위로와 격려를 받았으니까, 정말 다행 아닌가.

SNS에 코로나19 감염 사실을 알리고 이를 통해 알게 된 바를 공유하다 보니 DM이나 댓글로 관련된 문의를 받기도 했다. 그때마다 아는 바를 가능한 한 성실하게 설명해주었다. 당시에는 위드 코로나 이후 예기치 않게 확진자가 폭발적으로 늘어나면서 보건소 업무도 지나치게 가중되는 상황이라 확진자 대응도 늦어졌을 거라 판단했기 때문이다. 양성 판정 문자를 받게 되면 동공 지진만 일어나는 게 아니라 심장도 쿵쾅거린다. 문제는 당장 어떻게 대응해야 할 일인지 모른다는 답답함이 심하다는 것이다. 집 밖으로 나갈 수는 없는데 어떻게 하면 된다고 알려주는 사람이 없다는 막막함 때문이다. 이럴 때 확진 경험자가 조언해줄 수 있다면 조금이나마 도움이 될 거 같았다. 증상에 대해 조언할 필요는 없었다. 전문의가 아닌 이상 병세를 판단할 실력도 없고, 증상에는 개인차가 있는 법이니까. 그보단 양성 판정 문자를 받은 이후, 국가 관리 차원에서 진행될 것들은 늦더라도 반드시 진행될 테니까 안심하고 기다리라는 이야기를 해주는 게 나았다. 나도 불안하고 답답한 마음이 들었기 때문에 가능하다면 그런 심정이나마 경감시켜주고 싶었다.

그러니까 겪어봐야 알게 되는 일이 있다. 확진자로 분류되고 나서 작동하는 시스템이 있긴 있다는 사실에서 안도감을 느꼈다. 보건소에서 전해준 자가진단 키트로 하루에 두 번씩 체온과 산소포화도를 측정했고, 자가진단 앱에 지정 시간을 맞춰 그 수치를 기입했다. 자택 치료 담당 의료기관 직원과 하루 두 번씩 직접 통화도 했다. 나 같은 경증 환자는 일반 약국에서 구입 가능한 아세트아미노펜 해열 진통제 외에 특별히 처방해주는 약도 없고, 실제로 대단한 치료 같은 게 필요한 상태도 아니었지만 전화를 건 의료기관 직원은 일관된 멘트를 매일 두 번씩 반복했다. "호전되는 상황에서도 갑자기 병세가 악화되는 경우가 있으니 그럴 때는 꼭 매뉴얼대로 호출을 달라"는 말이었다.

갑자기 비행기 승무원들이 늘 복기한다는 매뉴얼이 생각났다. 비행기가 이륙하거나 착륙할 때, 혹은 난기류로 승무원조차 안전벨트를 하고 착석할 때 좌석에 앉아서 비상시 행동 규칙에 대해 거듭 복기한다는 이야기를 들은 적이 있다. 그래서 실제 상황 시 매뉴얼에 따른 일사불란한 대응이 가능하다는 것이다. 모든 승무원이 정말 그런지는 모르겠지만 그말을 들은 이후로 승무원들이 든든해 보였다. 그러니까 언제나 매뉴얼은 중요하다. 긴급한 상황에 대비하는 건 인간의 이성적 판단이 아니라 무릎반사처럼 반응하듯 당장 튀어나오는 반복된 숙련과 훈련의 결과인 것이다.

10일의 격리 기간 동안 스스로 문밖을 나가지 않는 것과 국가가 제한해서 나갈 수 없게 된 것 사이에는 현격한 차이가 있다. 나갈 수 있을 때 나가지 않는 건 내가 선택한 자유지만 마음대로 나갈 수 없어서 나가지 못하는 건 끝내 억압일 수밖에 없다. 10일간의 격리가 심각하게 답답한 건 아니었지만 유쾌하진 않았다. 그나마 살고 있는 집이 앞뒤로 창이 트여 가깝든, 멀든, 세상과 동떨어진 기분을 해소해준 덕분에 큰 답답함 없이 보낼 수 있었다. 그래서 누군가가 참지 못하고 집 밖으로 나갔다고 해도 그 사람이 정말 이상한 사람이라 그런 건 아닐 수도 있을 거라 생각하게 됐다. 10일 동안 집에 머무는 것이 익숙하지 않은 사람도 있을 것이고, 갇힌 기분을 느끼게 하는 주거환경에 봉착한 사람도 있을 것이다. 만약 내가 볕도 안 드는 반지하 방에 사는 입장이었다면 10일간의 자택 격리는 생각 이상으로 끔찍했을지도 모른다. 사건으로 명명되는 수많은 일을 세심하게 들여다보면 각자의 사정이 있고, 피치 못할 마음 같은 것도 있는 법이다. 질병에 걸린 이후의 상황을 모두가 공평한 환경 속에서 감당할 수 있는 건 분명 아닐 테니까.

만에 하나 10일 안에 증상 완화가 안 된다면 어떻게 해야 하는 걸까 조금 두려웠다. 문득 병이 낫지 않는 것을 걱정하는 건지, 10일 이후로도 집 안에 격리되는 상황을 걱정하는 건지, 잠시 헷갈렸다. 그러니까 열흘 뒤 내 증상을 증명하는 것도 내 몫이니 일종의 양심 게임 같았다. 증상이 완화되지 않아도 관리 앱에 괜찮다고 표시하고, 매일 걸려 오는 전화에도 아무렇지 않다고 하면 격리 해제 대상이 될 수 있다는 게 불안했다. 시스템이 너무 안이한 것 아닐까 의심하기도 했다. 하지만 막상 거짓으로 보고하는 것도 쉬운 일은 아닐 것 같았다. 타인에게 피해를 입혀도 상관없다는 마음은 웬만큼 엉망인 마음이 아니고서야 생각보다 쉽게 품기 어려운 것이다. 세상의 질서란 엄격한 규범에 따라 정리되는 것 같지만, 마음에서 마음으로 연결된 신뢰의 선을 통해 정렬되는 힘이기도 하다. 믿을 수 없을지 몰라도 세상은 그렇게 작동돼야 한다는 심연의 믿음에 어느 정도 기대며 유지되고 있을 것이다. 국가가 통제하는 환자가 되고 나니 오히려 만인의 의지로 수호하고 유지하는 자유의 가치를 조금 더 피부로 느꼈다고 할까.

10일간 많은 생각과 정리를 하며 드디어 격리의 끝을 맞이했다. 국가가 허락하는 외출이 가능해졌다니 당장 밖으로 나가 "프리덤!"이라도 외쳐야 하나 싶었지만 코로나19 감염 이후로 뇌가 이상해진 사례로 보도될 순 없는 노릇이었다. 당장 문을 열고 나가야 할 계획도 없었지만 나갈 자유를 되찾았다는 것만으로도 이상하게 마음이 편했다. 적어도 당장 문을 열고 나가는 건 내 의지에 따른 결정이란 것이 새삼 소중했다. 그렇게 나는 다시 자유의 몸이 되었다. 만나서 더러웠고 다신 보지 말자. 내 인생에서 꺼져! 코로나19!

백로白露 » 이슬이 맺히다

"아침의 고요는 밤의 고요와 달라."

"어떻게?"

"밤의 고요는 침잠해서 홀로 고요한 사유지 같지만

아침의 고요는 생동해서

뛰쳐나가 어울려야 하는 공유지 같아.

전자가 각기 잠들어 나만 가질 수 있는 시간이라면

후자는 저마다 깨어나

함께 나눌 수밖에 없는 시간이지."

"어렵다. 그냥 둘 다 조용하면 좋은 거 아냐?"

"그건 단지 조용하기만 하다는 의미가 아냐.

그런 밤과 아침을 보낼 수 있는 사람이라는 건

단지 아침과 밤이라는 시간을

어떻게 보낸다는 의미가 아니라고.

나라는 시간을 정말 온전하게 쓰는 사람 아닐까?

아침도, 밤도, 내가 누군지 모르게

분주하고 시끄럽게만 늙어가기 싫어."

"그래? 나는 그냥 자고 싶을 때 자고,

일어날 수 있을 때 일어나면 좋을 거 같은데.

넌 그냥 너무 심각해."

그와 헤어지고 나서도 여전히
아침의 고요와 밤의 고요를
예민하게 구별할 수는 없었다.
그래서 종종 그가 밤과 아침의 고요를
잘 보내고 있는지 궁금해졌다.
그는 성녕 자신이 바라는 사람이 됐을까,
아니면 그런 말을 했던 자기 자신도 잊은 채
그저 밤과 아침을 스쳐 가는 사람이 돼버렸을까.
아주 가끔 고요를 느낄 때 그의 안부가 궁금해졌다.

당신은 여전히 밤과 아침이 다른 세계에 있나요?
더 이상 구별이 무의미하게 허물어지진 않았나요?
여전히 당신의 세계는
고요의 의미를 간직하고 있나요?

꼿꼿하게 걸어가고 살아가고 싶어서

"서래 씨는요. 몸이 꼿꼿해요. 긴장하지 않으면서 그렇게 똑바른 사람은 드물어요. 난 그게 서래 씨에 관해 많은 걸 말해준다고 생각합니다."〈헤어질 결심〉에서 해준이 서래에게 하는 이 대사를 듣고 나는 이런 질문을 떠올렸다. '서래 씨는 필라테스를 합니까?'

2018년 6월 1일에 필라테스를 시작했고, 2024년 8월 29일에 정확히 460회 차를 찍었다. 지난 6년간 꾸준히 일대일 PT로 필라테스를 해왔으니 적지 않은 비용을 써왔다. 필라테스 비용을 대느라 허리가 휘어서 필라테스로 코어를 단련하는 셈이랄까. 처음에는 거듭 의심했다. '이게 사람 몸으로 가능한 자세라고?' 쇄골을 들고, 갈비뼈를 내리고, 꼬리뼈는 말아서 골반이 나를 쳐다보게 만들고, 정수리는 누가 당기듯이 들어올리고, 이렇듯 강사님은 이해할 수 없는 말로 나의 심신을 힘겹게 만들었다. 사람다운 몸을 가져보려고 시작했는데 트랜스포머 변신 로봇이 되는 건가? 하지만 이제는 안다. 정확하게는 내 몸이 이해한다. 쇄골을 들려면 등을 활처럼 팽팽하게 당기며 가슴을 펴야 한다. 어깨가 펴지면서 양쪽 쇄골이 들려 일자를 이룬다. 그때 자칫 잘못하면 허리가 꺾여서 늑골이 뜨고 과도한 흉추 신전이 일어날 수 있기에, 주변 근육으로 늑골을 눌러주고 배에 힘을 줘서 복근으로 허리가 휘는 걸 막아줘야 한다. 그런데 '배에 힘을 준다'는 건 단지 배를 밀어 넣는 게 아니라 엉덩이에 힘을 주면서 꼬리뼈를 말아서 집어넣듯 골반을 굴려 들어 올린다는 의미다. 그러면 전방으로 누워 있던 골반이 내 머리를 올려보듯 살짝 위로 향하며 납작하게 펴지고, 동시에 허벅지 앞쪽에 힘이 들어가면서 무릎 뒤 오금을 펴게 된다. 이때 발가락을 들어 올려도 몸이 앞으로 기울어지지 않게 발뒤꿈치에 무게중심을 둬야 한다. 정수리를 하늘로 밀어 올리듯 목뒤를 팽팽하게 잡아주고 턱이 과도하게 올라가지 않도록 고개를 조금 내려 당겨주는 것이 좋다. 그렇게 몸이 일자로 정렬된다.

사람이 어찌 이렇게 선단 말인가? 혹시 원래 이렇게 될 수 없는 몸인데 돼야 한다고 현혹해서 주머니만 털어가는 거 아닌가? 설마 가스라이팅? 이런 불경한 생각을 반쯤 농담처럼 품었던 적도 있었으나 이제는 믿는다. 가능한 동작인 것은 당연하고 이렇게 살아야 한다는 것을. 매 순간 이렇게 정확한 자세를 취하며 살 순 없지만 적어도 알 순 있다. 지금 내자세가 흐트러졌구나. 허리와 등이 굽고, 어깨가 말리고, 목을 일자로 쭉 뻗고 있는 상태가 이상하다는 것을 모를 때와는 천차만별의 삶이다. 적어도 지금 교정이 필요한 자세를 취하고 있다는 것을, 어딘가 힘이 잘못 들어가고 있다는 것을 스스로 인지하고 개선하려 노력한다. 머리로 생각하기 전에 몸으로 느낀다. 그러니까 이제 강사님이 요구하는 동작이 문제가 아니라 내 몸이 문제라서 안 된다는 것 정도는 충분히 이해하고, 그것이 될 때 내 몸이 예전보다 나아졌다는 걸 실감하고 즐기는 수준까진 왔다. 이는 일상에서도 요긴한 태도다. 지금 내가 뭔가 잘못돼 있다는 것을 빨리 알아야 그만큼 빨리 바뀔 수 있는 법이다. 잘하는 것만큼이나 잘못하고 있다는 것을 아는 게 가끔은 더 중요하다.

"이제 나도 운동 좀 해야지." 30대 초반부터 입버릇처럼 말했다. 입으로만 운동을 했다. 주변에 운동을 열심히 하는 친구가 많아서 종종 자문을 받기도 했다. 피트니스센터를 다니고, 러닝도 하고, 크로스핏도 하고, 다들 정말 열심이었다. 그

때마다 양치기 소년처럼 운동할 거라는 말만 했고, 친구들은 점점 귓등으로도 안 들었다. 그러다가 문득 주짓수나 복싱을 해보면 어떨까 싶어서 상담을 받아보기도 했지만 당시 내 몸 상태로는 그런 걸 해선 안 될 것 같았다.

한번은 버스를 타려고 부리나케 뛰어가던 중 날개뼈 주변으로 형언할 수 없는 통증이 밀려왔다. 뭔가 잘못됐다는 걸 직감했다. 《슬램덩크》에서 강백호 등에 통증이 생겼을 때 선수 생활이 위험할 수도 있다고 하지 않았던가? 나의 영광의 시대는 아직 오지도 않았는데!' 알게 모르게 이미 거북이가 된 모양이었다. 직업 특성상 컴퓨터 앞에 오래 앉아서 거북이처럼 목을 쭉 빼고 턱이나 괴며 앉아 있던 나날이 뻐근한 통증으로 돌아왔다. 그렇게 거북목과 라운드 숄더를 가진 몸이 됐고, 달리면 등이 아픈 인간이 됐다. 이런 몸으로 주짓수나 복싱은 무리였다. 이렇게 살 수는 없었다. 필라테스를 하게 된 결정적인 계기는 방송 출연이었다. 지금은 폐지된 어느 연예프로그램에 고정 패널로 출연할 일이 생기면서 종종 모니터링을 했는데, 내 자세가 좋지 않아 보였다. 앞으로 구부정하게 굽어 기운 모습에서 인생이 기우는 듯한 위기감을 느꼈다. 사실 등받이가 없는 의자에 한 시간가량 앉아서 허리를 꼿꼿하게 펴는 게 쉽지는 않았다. 긴장하지 않으면서 그렇게 똑바른 사람은 드물다. 하지만 내 몸은 그렇게 나빴다. 뭔가 시작할 결심을 했다. 수기 치료 같은 것에 의존하고 싶진 않았다. 일시적으로 근육을 푸는 게 아니라 근본적으로 자세를 교정하고 체형을 바로잡을 때였다.

　고심 끝에 필라테스 센터를 찾아갔다. 이것저것 찾아보던 중 필라테스가 재활과 교정을 목적으로 만들어진 운동이라는 사실을 알게 됐고 믿음이 갔다. 척추와 골반을 지지하는 코어 근육을 단련하고 거북목이나 라운드 숄더로 무너진 몸의 균형을 잡아주는 데 적절한 운동이라는 생각이 들었다. 필라테스가 사람 이름이었다는 사실은 뒤늦게 알았지만 그건 딱히 중한 일이 아니었다. 필라테스 센터를 알아보는 과정에서 가장 중요한 기준은 '집과 가까울 것'이었다. 고교 농구 유망주로 꼽히는 서태웅이 도내 강호인 능남고와 해남고의 제안을 뿌리치고 약체로 꼽히던 북산고를 선택한 이유도 집과 가깝기 때문 아니던가. 꾸준히 운동을 하려면 일단 나와의 싸움부터 이겨야 했다. 가뜩이나 힘들어서 하기 싫을 수도 있는데 센터가 멀면 가는 것부터 싫을 것 같았다. 리바운드도, 필라테스도, 위치 선정이 중요하다. 다행히 집 가까이 자리한, 괜찮아 보이는 센터를 찾았고, 상담을 받았다.

　나의 첫 필라테스 강사님은 남자였다. 낮에는 요양병원에서 물리치료사 업무를 보고 저녁에만 필라테스 강사로 일한다고 했다. 당연히 여자 강사만 있을 거라 생각했는데 아니었다. 인바디를 측정한 뒤 간단한 상담을 했고 서 있는 자세부터 진단했다. 그 과정에서 지난 인생의 과오가 서 있는 자세에도 반영된다는 걸 알게 됐다. 목은 일자로 내려앉았고, 어깨는 앞으로 말렸으며, 오금을 살짝 접은 채 배를 내밀고 서 있는 상태로 골반도 한쪽으로 쏠려 있다고 했다. 그 모습을 따라 보여주는데 뭔가 기분이 나빠지는 것 같았다. 내 몸이 그렇게 나쁩니까? 그건 사람이 아니라 E.T. 아닙니까? 솔직히 내가 그 정도는 아니지 않습니까? 물론 발음할 수 없는 생각이었다. 치욕적이었다. 분했다. 효과는 있었다. 일종의 충격요법이자 확실한 동기부여. 개선이 아니라 변신이 필요한 몸뚱이라는 것을 납득했다. 이르시니 행하노라. 하지만 시작부터 '네? 뭘 하라고요?' 하는 난관에 봉착했다.

앞서 기술한 것처럼, 오금에 힘을 줘서 다리를 쭉 펴고, 꼬리뼈를 말아 골반을 들어 올려 배를 밀어 넣어 힘을 주고 가슴을 펴서 쇄골을 들어 올리면서 옆구리에 힘을 줘 어깨를 끌어내리고 정수리를 잡아채듯 머리를 들면서 턱은 적당히 당겨 내리면서 목을 세우라고 하는데, 한국말이 간만에 너무 어려웠다. 그런데 강사님의 손에 따라 조금씩 몸이 교정되면서 요령이 생겼다. 거울 속엔 로봇 같은 내가 서 있었다. "조금 어색하시죠? 그런데 원래 이렇게 서 있어야 해요. 옆 거울 한번 보실래요?" 옆에서 보니 몸이 일자였다. 제대로 된 몸은 참 어색한 거구나. 아니다. 평상시에 엉망으로 서 있던 탓에 제대로 서 있는 게 힘들었을 뿐이다. 이젠 정상인이 될 시간이었다. 그리고 알았다. 거북목이라는 게 목을 들어 올리는 것만으로 개선될 증상이 아니라는 것을. 머리부터 발끝까지 죄다 엉망으로 구겨진 몸을 팽팽하게 펴야 했던 것이다. 전신 개조가 필요했다.

"확실히 오른쪽 골반 근육이 짧네요. 그래서 자꾸 오른발에 힘을 주고 서게 되고, 몸이 그쪽으로 기울어 있어요." 짝다리를 짚고 삐딱하게 서 있거나 다리를 꼬고 앉아 있던 세월이 업보처럼 내 몸에 온전히 반영돼 있었다. 오늘의 나를 개선하기 위해서는 어제의 나를 마주해야 했다. 그래야만 내일의 나를 계획할 수 있었다. 몸을 잘못 굴려왔다는 것을 나는 잘 몰랐지만 내 몸은 다 기억하고 있었다. 어떤 의미에서는 내가 멋대로 써온 몸이 나름대로 균형을 잡기 위해 부단히 노력해온 셈이다. 내가 너무나 손쉽게 몸의 균형을 무시해 왔다는 것을, 그럼에도 내 몸은 끊임없이 무너져 가는 육체 불균형을 이겨내기 위해 안간힘을 써왔다는 것을 이제서야 알게 됐다. 이제는 내가 노력해야 할 차례였다.

한 주에 두 번씩, 많으면 네 번까지 업보 청산의 시간을 가졌다. 50분 남짓한 운동 시간은 때가 되면 지나갔지만 몸에 힘을 주고 빼는 순간순간이 억겁의 시간처럼 더디게 흘렀다.

처음에는 힘을 빼고 넣을 때마다 코로 들이쉬고, 입으로 내쉬는 숨을 반복하는 것도 헷갈렸다. 온몸의 근육을 분절하듯이 제각각 힘을 주고 동작을 유지하는 것 자체가 고역이었다. 온몸 구석구석에서 느슨하게 방치돼 있던 근육들에 제각각 힘을 주면서 정교한 동작을 해내는 건 결코 쉬운 일이 아니었다. 균형을 잡다 보면 근육에 힘이 빠졌고, 근육에 힘을 주면 균형이 어긋났다. 내 몸이라고 하는데 내 몸이 아니었다. 군기 빠진 병사들이 집합해 오합지졸 대회를 여는 느낌이었다. 내 몸의 주인 노릇을 제대로 못 했다는 패배감을 매번 실감했다. 그 패배감이 좋았다. 더 늦기 전에 지금이나마 패배해서 다행이라고 안도했다. 미약하지만 이제라도 내 몸의 주인 노릇을 하며 승리를 다짐하고 싶었다.

"남자들은 대부분 이 근육이 약해요." 강사님이 말한 건 '모음근'이라는 근육이었다. 허벅지 안쪽 고관절 주변 근육을 의미하는 것으로 정식 명칭은 내전근이라는데 다리를 모을 때 사용하는 근육이기에 모음근이라 부른다고 하니, 모음근이 조금 더 와닿았다. 허벅지를 가지런히 모아서 무릎을 딱 붙였을 때 힘이 들어가는 곳이 바로 이 근육이다. 이 글을 읽고 있는 남자라면 의자에 앉아서 허벅지와 무릎을 딱 붙이고 버텨보길 권한다. 자기 모음근이 얼마나 연약한지 알게 될 거다. 나 역시 37년 동안 살아오면서 특별히 인지해본 적 없던 모음근을 이날만큼은 내 몸의 어떤 근육보다도 뜨겁게 느꼈다. 침대 형태의 매트가 좌우로 움직이는 리포머에 균형을 잡고 서서 모음근에 힘이 들어오는 것에 집중하며 다리를 벌렸다가 오므리는 동작을 반복했다. 강사님이 '하나'를 셀 때는 '모음근이 이런 것이군' 생각했고, '열'을 셀 때쯤에는 '모음근으로 사람을 죽일 수도 있나?' 생각했다. 그날 집으로 걸어가는 두 다리가 허벅지에 붙어 있는 거 같지 않았다. 내 다리 같지 않아서 손으로 걸어야 할 것 같기도 했다. 그 뒤로도 며칠 동안 모음근이 "나 여기 있어" 하고 말을 거는 느낌이었다. 지난 인생의 과오 같은 통증이 잔잔하게 지속됐다.

남성의 모음근이 약한 건 애초에 이 근육을 단련할 필요가 없었기 때문이다. 여자들은 어릴 때부터 다리를 모으고 앉도록 교육받지만 남자들은 그런 일이 없으니까. 여자들에게는 일상에서 단련되는 근육이지만 남자들은 방치해도 무방한 근육이었던 것이다. 사회적 관습으로 성별에 따른 근육 단련 정도에 차이가 생길 수 있다는 것이 흥미롭게 다가왔다. 그러니까 대한민국 남자들의 모음근은 특별한 계기가 없는 이상 일찍이 방치해도 무방하게 여겨진 근육이란 말이다. 오므릴 줄 몰라서 나쁜 짐승, 만인의 눈총을 받는 '쩍벌남'이 된다. 모음근을 단련한다는 게 내 미래를 결정하는 일처럼 느껴졌다. 적어도 쩍벌남은 될 수 없다는 육체의 약속. 운동을 하고 근육을 단련한다는 건 지금의 나를 바라는 마음을 넘어 앞으로 어떤 사람이길 바란다는 다짐이자 기약이자 선언일 수 있음을 알았다. 나이가 들수록 체력은 예전 같지 않고 그 만큼 정신력도 쇠약해짐을 느낀다. 나날이 무거워지는 세월의 중력을 견디려면 불필요한 군살과 잡념을 끊임없이 덜어내고 비워내는 수밖에 없다. 몸과 마음을 단련하면서, 힘을 줘야만 단단해진다는 걸 매번 깨달아야 한다. 정신은 육체를 지배한다. 하지만 쇠락한 육체를 지배하는 건 그에 걸맞게 쇠락한 정신일 뿐이다. 그러다 보면 점점 육체가 정신을 지배할 것이다. 그렇게 쩍벌남이 된다. 나를 방치한 안이함이 타인의 눈살을 찌푸리게 만드는 불편함이 된다. 스스로를 귀하게 여기지 않으면 타인에게 무례한 사람이 된다. 이게 다 필라테스가 알려준 것이다. 필라테스가 이렇게 훌륭한 운동이다. 그러니까 다들 모음근을 단련하시라.

몇 개월 전 두 번째 강사님을 배정받았다. 첫 강사님이 개인 사정상 일을 할 수 없게 됐기 때문이다. 5년 넘게 함께한 강사님이 사라진다니 아쉽기도 했고, 처음으로 여자 강사님을 만난 터라 걱정도 됐다. 하지만 막상 PT를 시작하니 잡념 따윈 끼어들 틈이 없었다. 끝없이 이어지는 루틴의 강도가 상당해서 중간중간 집중하며 속으로 되새길 정도였다. 정신을 똑바로 차리자. 첫 강사님과는 확실히 다른 스타일이었는데 만족스러웠다. 덕분에 첫 강사님이 호흡과 자세의 기본기를 잘 가르쳐줬다는 걸 알았다. 새로운 강사님은 호흡을 신경 써서 잘한다고 칭찬해주셨다. 돈 쓴 보람을 느낀다. 나름 강사님의 지시를 똑바로 듣고 힘들어도 포기하지 않으며 잘해내려 노력하는 편이다. 그래야 필라테스 비용을 대느라 휘는 허리를 잡을 수 있다. 어느 날 강사님이 해맑고 사악하게 웃으면서 "오늘은 용준 님한테 무슨 운동을 시킬지 생각하면서 왔어요." 하셨을 땐 아주 보람찼다. 계속 그렇게 대해주세요. 돈 아깝지 않게 마구마구 조져주세요.

필라테스를 마치고 집으로 걸어갈 때는 내 몸에 집중해본다. 쇄골과 가슴을 들어 올리고 등과 배와 엉덩이와 허벅지에 들어가는 힘과, 좌우로 움직이는 어깨에 따라 자연스럽게 흔들리는 양팔의 리듬을 느끼며 발뒤꿈치로 딛고 발가락 다섯 개로 밀어내는 감각에 집중해서 빠르게 앞으로 나가본다. 나이를 한 살 한 살 먹을수록 어떻게 살 것인가 막막해지는 기분을 느끼지만 이럴 때일수록 할 수 있는 일을 해내려 하기보단 해야 할 일을, 하고 싶은 일을 찾아가는 것도 중요하다고 생각하게 된다. 그렇게 될 수 있는 나를 넘어 되고 싶은 나를 바라보며 꼿꼿하게 걸어가고, 살아가고 싶다. 긴장하지 않으면서 그렇게, 똑바른 사람으로 드물게.

난 지금입니다

아마 2012년 9월경이었으니 이제 10년도 더 된 일이다. 독일의 소도시 부퍼탈을 세계적인 고유명사로 만들어낸 전설적인 무용가 피나 바우쉬의 무용단 부퍼탈 탄츠테아터에 입단한 유일한 한국인, 김나영 무용가를 만났다. 인터뷰가 끝나고 그에게 뜻밖의 질문을 받았다. "이 일을 계속하실 건가요?" 내가 뭐라고 대답했는지 정확히 기억나지 않지만 '하는 데까지 하지 않을까요?' 정도로 그저 그런 말을 하지 않았을까 추정한다. 잘 기억나지 않는 것으로 보아 시시한 소리나 했겠지. 하지만 내 대답을 들은 김나영 무용가가 잊을 수 없는 말을 했다.

"자신이 아니면 안 된다고 생각해야 해요. 마냥 좋게만 생각하라는 것이 아니라 진정으로 자신이 가능성 있는 사람이라고 믿어야 해요."

'크레셴도(점점 세게)'도 아닌 '크레셴도 몰토(아주 큰 크레셴도로)'처럼 다가오는 말이었다. 인상적이었다. 단호하고 힘있는 말이 곱씹을수록 거세게 다가왔다. 이전까지의 내 생각이 어떠했든 그 말을 듣는 순간 정말 그래야 한다고 수긍할 정도로 차돌처럼 단단했다. 물론 그런 말을 들었다 하여 내 삶이 획기적으로 변한 건 아니다. 하지만 지금껏 기억하고 있으니 그만한 영향력도 있었을 것이다. 슬픔이 파도처럼 덮치는 사람이 있는가 하면 물에 잉크가 퍼지듯 서서히 물드는 사람도 있는 것처럼, 누군가의 말이 삶에 영향을 끼치는 속도와 정도도 각기 다른 법이다.

가끔 어떻게 영화기자가 됐냐는 질문을 받는데, 사실 우연이었다. 일찍이 음악 전문기자가 되면 어떨까 생각해본 적은 있다. 지금은 사라진 《핫뮤직HOT MUSIC》이라는 음악 전문 잡지를 꽤 오래 정기구독한 적이 있다. 덕분에 잘 몰랐던 뮤지션에 대한 정보도 많이 알게 됐고, 음반을 사느라 탕진한 비용도 상당하다. 그 시절에는 가끔씩 음악 전문기자가 되면 좋겠다고 생각했다. 음반을 공짜로 받을 거 같아서. 한심한 시절이었다. 그래서 최근에는 이런 생각도 해보았다. 만약 내가 음반이나 책이 아니라 고가의 자동차나 시계에 소유욕을 느끼는 인간이었다면 삶이 달라지지 않았을까? 최소한 운전면허는 있겠지. 그러니까 여러분, 이왕이면 값비싼 소유욕을 추구하십시오. (응?)

　대학을 자퇴하고 군대에 다녀온 이후, 당장 내 몸을 건사하려면 일을 해야 한다는 사실을 깨달았다. 기댈 사람도, 그럴 염치도 없었다. 내가 저지른 일이니 스스로 수습해야 했다. 아르바이트 자리를 구하다가 조금이나마 시급이 낫다고 느껴지는 가게로 범위를 좁혀보니 강남에 있는 고급 중식 레스토랑 홀 서빙 아르바이트가 눈에 띄었다. 부자들이 산다는 주상복합 아파트 인근에 자리한 가게였는데 연예인도 자주 왔다. 소믈리에 나이프를 써서 와인을 오픈해본 경험도 처음이었고, 팁도 처음 받아봤다. 나름 격식을 차려야 하는 곳이었기에 자잘한 실수도 해선 안 된다는 마음에 와인 오픈 서비스를 할 때마다 심장이 쿵쾅거렸다. 덕분에 시간이 흘러 전동 와인 오프너를 써본 날 문명의 위대함을 실감했다. 역시 과학은 다 계획이 있구나! (응?)

　군대에 가기 전에도 적지 않은 아르바이트를 했다. PC방에서 밤샘 알바도 해봤고, 새벽 일찍 인력사무소에 나가 공사장 '노가다'도 뛰었다. 특별한 기술이 없는 입장에서 팔 수 있는 건 젊음밖에 없다. 힘을 쓰거나 자질구레한 일을 하면 몸이 편하거나 마음이 편하거나, 둘 중 하나다. 이를테면 지하 노래방 공사장 같은 곳에 가기도 하는데 그곳에서 하는 일이란 사방에 널브러진 다양한 쓰레기를 치우는 일이다. 쓰고 남겨진 목재 조각부터 사소한 쓰레기까지, 쓸모가 없어서 버려진 것들을 한데 모아 밖으로 빼내고 쓸어 담는 일이다. 일 자체가 힘들진 않지만 아무래도 지하다 보니 환기가 잘 되지 않아서 공기질이 심각하게 나빴다. 오래 할만한 일은 확실히 아니었다. 한편 벽돌이나 시멘트처럼 무거운 걸 들고 날라야 하는 공사장 같은 곳에 가면 엄청나게 긴장이 됐다. 긴 철근 같은 건 엄두도 내지 못했다. 힘을 쓰는 요령도 굉장한 기술이다. 어설픈 초심자가 함부로 덤볐다간 '허리가 나간다'는 의미를 몸으로 기억하게 된다. 다행히 그런 호기심은 없었다. 자칫하면 나도, 남도 다칠 테니 방심해서는 안 될 일이었다. 그래도 지하에 비해 환기가 잘 되는 실외 공간에서 일할 때는 상대적으로 쾌적했고, 몸을 쓰다 보면 기이하게 마음도 상쾌해졌다. 현장에 계신 아저씨, 아주머니는 어린놈이 왔다며 골리기도 했지만 알고 보면 나름대로 귀엽게 봐주고 챙겨주는 일이었기에 반가웠다. 요령 피우지 않고 최선을 다하면 동료들도 진심으로 대해준다는 걸 알게 되는 일이었다.

　서빙 아르바이트를 해보고 싶던 건 그것이 일찍이 실패한 경험이었기 때문이다. 생고기와 갈비탕으로 유명한 강남의 한 식당에서 서빙 아르바이트를 한 적이 있다. 펄펄 끓는 갈비탕을 무거운 돌솥에 담아주는 것으로 유명한 가게였고, 그 펄펄 끓는 돌솥 갈비탕을 옮기는 것이 주업무였다. 너른 사각 스테인리스 쟁반에 갈비탕을 여섯 개씩 얹고, 어깨 위로 들어 올린 채 테이블 사이를 휘젓듯 오가는 일. 무겁기도 했지만 자칫 균형이 어긋나 이 뜨거운 것들이 와르르 쏟아지기라도 한다면 큰일이었다. 그 와중에 홀 매니저는 쟁반을 2층으로 쌓아 돌솥 열두 개는 들고 날라야 제대로 일하는 것이라고 으름장을 놓았다. 실제로 그는 그렇게 했다. 하지만 초심자 입장에선 그럴 엄두를 낼 수 없었다. 내가 봐도 일을 잘하는 편은 아니었다. 나만 그렇게 생각하는 게 아니었던 모양이다. 2주를 채우지 못하고 해고 통지를 받았다. 쉽게 말해 잘렸다. 그 며칠간 일한 급여를 받지 못해 가게를 찾아가 따져 묻고 지랄한 끝에 돈을 겨우 받아내기도 했다. 이래저래 유쾌하지 않은 경험이었다. 그때의 실패를 극복하고 싶었다. 서빙 일에 인생을 걸겠다는 야심은 없었지만 실패를 만회하고 싶었다. 여기서도 난관은 뜨거운 국물이었다. 사람이 몰리는 점심시간에는 짬뽕이나 사천탕면 같은 뜨거운 메뉴가 담긴 커다란 그릇을 원형 쟁반에 세 개씩 꽉 채워서 빠르게 서빙해야 했다. 게다가 고급 레스토랑이니 쟁반을 '한 손'

으로 드는 서빙의 기본 자세를 지켜야 했다. 쟁반 아래 한가운데를 다섯 손가락으로 지탱하며 균형을 잡고 다른 한 손은 가급적 자유롭게 돼야 한다. 그래야 테이블에 쟁반을 내려놓지 않고 한 손으로 그릇을 하나씩 집어 내릴 수 있다. 몸에 익기만 하면 유용한 기술이었다. 두 손으로 쟁반을 들고 나르면 양손이 모두 묶여버린다. 유사시 대응이 어렵다. 하지만 한 손으로 쟁반을 들고 나를 수 있다면 다른 한 손은 자유롭다. 대응할 수 있는 일이 많아진다. 그저 보기 좋아서 익히는 자세가 아니라 실제로 필요한 기술이다.

그래도 돌솥 갈비탕 여섯 개를 얹은 스테인리스 쟁반에 비하면 탕면 세 개쯤은 만만한 일이었다. 상대적으로 쟁반의 크기도 작아서 균형을 잡는 게 어렵진 않았다. 물론 방심할 일은 아니었다. 뜨거운 탕면을 잔뜩 들고 손님이 앉은 테이블 사이를 오가다가 실수하면 나도, 남도 다칠 수 있는 일이었으니까. 서비스를 하는 게 아니라 사고를 칠 수도 있고, 자칫하면 감당할 수 없는 일이 될 수도 있었다. 하지만 다행히 큰 실수는 없었고, 점차 일이 능숙해지면서 일하는 재미도 늘었다. 몸 쓰는 요령이 발달한다는 건 즉각적이고 육감적인 낙이 된다. 덕분에 가게에서 지키는 자리도 점점 달라져 갔다. 처음 일을 시작할 때는 주방에서 나오는 음식을 각 홀 담당자에게 날라주는 딜리버리 역할을 했다. 서빙 경험이 드물고 동선 파악이 낯선 초심자는 빠르게 음식을 전달해주는 역할을 하며 일을 익힌다. 그 과정에서 틈틈이 물잔이나 유리잔 설거지를 보조한다. 그러다 어느 정도 일이 늘고 홀을 보는 눈이 생겼다는 판단이 섰는지 매니저로부터 홀 한 구역을 담당하라는 지시를 받았다. 그때부터는 내가 담당하는 홀에 자리한 손님들을 주시하며 그들이 바라는 서비스에 충실하면 된다. 그렇게 서너 개 정도 되는 홀을 돌면서 경험 횟수가 늘면 전체적으로 돌아가는 흐름을 파악하게 되는데 그땐 주방 앞에서 붙박이 노릇을 하게 된다. 주문서를 차례대로 정리하고 주방에 요청하면서 나가야 할 음식의 순서를 파악하고, 주방의 셰프들과 홀의 서버들 사이를 연결하고 중개하는 역할을 맡게 되는 것이다.

홀을 오갈 필요가 없으니까 편할 것 같지만 누구보다 정신을 똑바로 차려야 하는 업무라 일이 끝날 때쯤이면 진이 다 빠졌다. 음식이 먼저 나가야 할 테이블을 착각하거나 주문서를 깜빡해 버리면 날벼락이 떨어진다. 손님들 항의도 끔찍하지만 중식 셰프들은 지나치게 터프하다. 평소에는 농담도 주고받으며 친하게 지내지만 일할 때 실수하면 지랄 맞기 짝이 없다. '왕쓰부'라 불리는, 주방의 대장격인 헤드 셰프는 특히 무서운 사람이었다. 일을 잘하면 재미있는 사람이지만 일을 못하면 '혀로 사람을 팬다'는 말을 실감하게 만들었다. 모든 서버는 유사시에 소통할 수 있도록 귀에 리시버를 끼고 있는데, 주방 앞을 지키는 날엔 특정 홀이 너무 바빠 보이면 무전기로 다른 홀 직원에게 지원 요청을 한다. 하지만 모든 홀이 바빠 보이면 구원 등판하듯 직접 음식을 서빙하고 재빨리 제자리로 돌아왔다. 야구로 치면 포수 같은 안방마님 역할이랄까. 그런 면이 고되기도 하지만 큰 가게의 전체적인 흐름을 파악하는 자리를 능숙하게 채웠을 땐 나름의 만족감도 느꼈다. 적어도 과거의 실패는 극복했다는 자부심을 얻었으니까.

'여기 인생을 걸어봐도 되지 않을까?'라고 생각해본 적도 있다. 일이 능숙해지고 재미를 느끼기도 했고 제법 잘한다는 소리를 듣게 되니까 자연스레 갖게 된 생각이었다. 그 당시 나에게는 꿈이 없었다. 미래도 막연했다. 그런데 반년 넘게 그 일을 해보면서 알았다. 이건 내 일이 아니었다. 건방진 소리처럼 들릴지 모르겠지만 일이 익숙해지니 재미가 없었다. '아, 이 이상은 없겠구나'라고 느꼈다. 그렇다고 해서 당장 일을 그만둔 건 아니었다. 이것이 평생을 걸고 싶은 일이 아니라는 걸 알게 됐을 뿐. 그러면서 원래 내가 하고 싶던 일이 무언가를 쓰는 일이라는 걸 깨달았다. 그렇다면, 그대는 무엇을 쓸 것인가.

스무 살에 극장에서 스티븐 스필버그의 〈A.I.〉를 보고 연습장에 긴 감상을 남겼다. 진지하게 써본 인생 첫 영화 글이었을 것이다. 아마 지금 본다면 여러모로 어설픈 문장과 설익은 감상으로 점철된 글일 것만 같아 그걸 읽는다는 생각만으로도 손발이 오그라들 것 같다. 다행히 그 연습장을 잃어버린 덕분에 손발을 지킬 수 있게 됐지만 그럼에도 불구하고 그 당시에 쥘 수 있었던 열의와 진심 같은 것이 원형처럼 담겨 있지 않을까, 문득 궁금하다.

군입대 전에는 온라인 포털사이트나 영화 전문 웹사이트의 영화 리뷰 게시판에 글을 썼다가 영화 예매권을 받아본 적도 있다. 넉넉하지 않은 형편에서 할 수 있는 문화생활을 찾아가다 보니 만난 길이었다. 그때 받은 예매권 두 장으로 코엑스 메가박스에서 〈헐크〉와 〈컨페션〉을 연이어 봤다. 그 두 편의 영화 리뷰를 써서 다른 시사회에 초대받았다. 영화 글을 썼더니 영화를 볼 수 있는 기회가 생겼다. 그 경험이 떠올랐다. 그래서 다시 한번 공짜로 영화를 볼 수 있는 방법을 탐색해 봤다.

지금은 어떨지 모르겠지만 2006년에는 일반 관객을 대상으로 한 영화 시사회가 참 많았다. 일반 관객을 대상으로 한 시사회가 적지 않았다. 그리고 응모해서 당첨돼야 참석할 수 있었지만 당첨된 뒤 참석하지 않으면 이후 응모 자격이 제한되는 페널티가 있는 모양이었다. 그래서 페널티를 피하고자 당첨된 티켓을 양도하는 이들이 있었다. 페널티를 피하기 위한 양도라 꼭 시사회에 참석한다는 믿음의 벨트가 단단한 사람일수록 양도받을 확률이 높았다. 나는 닥치는 대로 티켓을 구했고, 늘 시사회에 참석했다. 그렇게 신뢰를 얻었다. 그 덕에 진짜 구하기 힘들다는 시사회 티켓을 얻는 것도 그다지 어렵지 않았다. 티켓을 받으면 반드시 참석하는 사람으로 알려진 덕분이었다. 단지 영화만 보는 게 아니었다. 군입대 이전처럼, 어떤 영화를 보든 그 영화에 대한 리뷰를 썼고, 게재 가능한 온라인 영화 플랫폼 게시판에 죄다 올렸다. 하루에 한 편을 봤건, 두 편을 봤건, 일주일에 아홉 편을 봤다면 아홉 편의 글을 썼다. 그 글들을 다시 읽고 싶진 않지만 지금 생각해 봐도 참 열심이었다. 대가가 있는 것도 아닌데 그만큼 채우고 비우고 싶은 열기가 내 안에 있던 것이다. 이제와 생각해보니 글을 쓰기 위해 영화를 본 것 같기도 하다.

사실 당시에는 이렇게 부질없는 짓에 왜 집착하는 것일까 고민하기도 했다. 오전부터 저녁까지 하던 서빙 일을 낮에 끝내는 파트타임으로 줄이고 퇴근 후에는 시사회 티켓을 구하며 영화를 보러 다녔고, 새벽까지 글을 썼다. 두 편의 영화를 보고 오면 두 편의 리뷰를 써야 했으니 늦은 새벽까지 잠들지 못하는 날도 제법 있었고, 다음 날엔 여지없이 아침 일찍 집을 나서야 하니 대체로 피곤했다. 주말에도 일했기 때문에 쉴 날이 별로 없었는데 그래도 주말에는 시사회가 없어서 상대적으로 편했다. 하지만 돈 되는 일도 아니고, 되레 돈이 되는 일은 줄이고 피로만 쌓고 있다는 생각에 스스로를 한심하다고 여기기도 했다. '대체 뭘 하겠다고 이렇게 살고 있는 걸까?' 다행히도 헛된 고민만은 아니었다.

"아니, 돈 드는 것도 아니고, 공짜잖아. 그럼 본전 아니야?" 내 인생을 바꿔준 말이었다. 일반 시사회에서는 티켓을 1인 2매씩 제공하는데 혼자 영화를 보러 다니면 한 자리가 남기 때문에 종종 그 자리를 나누는 경우가 있다. 나 역시 일면식도 없는 이에게 그렇게 자리를 얻어 영화를 보기도 했고, 그러다 보면 우연찮게 아는 사람이 생긴다. 그런 경로로 몇 번 보고 친밀해진 분이 있는데 그분은 내가 영화를 보고 나면 꾸준히 글을 쓴다는 사실을 알고 계셨다. 어느 날 그분이 뜻밖의 권유를 했다. 영화 전문 웹진을 표방하는 〈무비스트MO-VIST〉에서 인턴 기자를 구하니까 지원해 보라는 것이었다. 무릎반사처럼 회의적인 생각이 튀어나왔다. '대학 졸업장도 없는 내가 무슨 영화기자를 할 수 있겠어?' 그래서 미적지근한 반응을 보이니 그분이 되물었다. "아니, 돈 드는 것도 아니고, 공짜잖아. 그럼 본전 아니야?" 뇌를 알코올로 닦아내는 기분이었다. 학력을 보지 않는다고 하니 공짜 지원서를 내보고 안 되면 말 일이라는 것이었다. 웹사이트에 접속해 공고를 확인해보니 '자기소개서가 한 장 이상 넘어가면 탈락'이라는 문구가 인상적이었다. 그래서 반 장만 썼다. 그 이후로 특별한 연락이 없어서 깜빡 잊고 있었는데 2주쯤 지난 어느 날 모르는 번호로 연락이 왔다. 받아보니 〈무비스트〉 서대원 편집장이라고 했다. 면접을 보러 오라는 것이었다. 심장이 쿵쾅거렸다. 약속된 날짜에 찾아갔고 담배를 권하길래 맞담배를 피우면서 면접을 봤다. 당시에는 나도 담배를 피웠고 실내에서도 흡연을 하던 시대였다. 21세기였지만 그랬다. 나도, 세상도, 참 많이 변했다. 말이 면접이지 1시간 가까이 수다만 떨었다. 좋아하는 영화 얘기, 요즘 본 영화 얘기, 사적인 이야기까지 별의별 소리를 다 했다. 사실 나는 〈무비스트〉에서 운영하는 리뷰 게시판에도 적지 않은 글을 남겼다. 편집장 입장에선 신작 영화 리뷰를 이렇게나 많이 남기는 일반인이 궁금했는데 그 인간이 지원서를 냈으니 꼭 한번 만나보고 싶었다고 했다. 자기소개서 반 장 쓴 놈도 처음 봤다고 했다. 그리고 정확히 이틀 뒤 주말에 연락이 왔다. "언제부터 출근할 수 있겠어?" 언제든 된다고 했다. "그럼 다음 주 월요일에 보자." 그렇게 영화기자가 됐다. 2006년 10월에 벌어진 일이었다.

가끔 궁금하다. 18년 전의 내가 〈무비스트〉에 지원하라는 권유를 흘려듣고 말았다면, 그 이전에 어두운 새벽마다 영화에 대한 글을 쓰지 않았다면, 지금 나는 어떤 삶을 살고 있을까? 그때 경험이 내게 준 교훈은 뭐든 바라는 게 있다면 일단 해보라는 것이다. 당장 눈앞의 이득은 없어도 마음을 끌어당기는 일이 있다면, 적어도 그것이 사회에 물의를 일으키거나 타인의 삶을 침해하는 종류의 민폐나 범죄가 아니라면 해보라는 것이다. 그것이 꼭 대단한 보상으로 돌아오지 않을 수도 있지만 시도한다는 것만으로도 예전엔 알 수 없던 곳으로 나를 이끌어줄 거라는 기대를 갖게 됐다. 한순간의 열의가 훗날 내 삶을 어떤 형태로 매만져줄지 모르는 것이다. 그러므로 그 마음을 모른 척하지 말자고 다짐했다. 나를 만족시키는 일은 때때로 세상에 필요한 일이 될 수도 있다는 믿음을 갖기로 했다.

가끔 글쓰기 강연을 할 때가 있다. 글을 어떻게 써야 하는지는 아직도 잘 모른다. 그냥 쓸 뿐이다. 솔직히 말하자면, 어차피 쓸 사람은 쓰게 돼 있다고 생각한다. 그러므로 쓰고 싶다면 무조건 써보는 것이다. 요즘은 마음만 먹으면 어디에든 쓸 곳이 넘쳐나지 않은가. 꼭 그게 글이어야 할 필요는 없다. 어떤 식으로든 내 생각을 표현하고 싶다면 해보는 것이다. 해봐야만 알 수 있는 것들이 있다. 내가 정말 그것을 하고 싶은지, 더 잘하기 위해서 무엇을 해야 하는지, 알게 되는 것이다. 그렇게 알게 된 것들은 결국 내 모든 것이 된다. 나로 수렴하는 의식과 행위일 수밖에 없으므로, 비로소 내가 어떤 사람인지 알게 해준다. 나에게는 그것이 글을 쓴다는 행위로 구체화된 것 같다. 그래서 이제는 "이 일을 계속하실 건가요?"라는 질문 앞에서 어떤 답을 하고 싶은지 조금은 알게 됐다. 나라는 사람을 조금 더 알게 됐으므로. 농구가 하고 싶던 정대만의 마음을 조금 이해할 수 있게 됐다고나 할까? 이제 림밖에 보이지 않는 자신의 불꽃을 뒤늦게 찾아낸 정대만의 삶이 끝내 어떻게 흘러갈지 알 수 없어도, 코트에 서 있는 순간만큼은 그의 인생에서는 두고두고 기억날 영광의 시대 아니었을까? 그러니까 안 선생님, 저는 계속 쓰고 싶어요. 비록 그것이 영광의 시대로 기억될지는 모르겠지만 적어도 무언가를 쓸 수 있는 나라면, 가급적 그것이 나의 한계를 마주하는 괴로움이라 해도 투명하고 솔직하게 나를 마주할 수 있는 시간이라면 그렇게 살고 싶다. 그렇다면 늘 '지금'일 수 있지 않을까? 그 누구도 아닌 나를 위한, "난 지금입니다!"라고 자신 있게 말할 수 있는.

옷깃이 스쳐서
다다른 이야기

지하철에 서 있는데 앞에 앉아 있던 이가 일어섰다. 몇 정거장 남지 않아 앉을 생각이 없었는데 한 아주머니가 당연하다는 듯 내 몸을 밀치고 들어오더니 빈자리에 앉아버렸다. 그래서 내심 앉아버릴 걸 그랬나 생각하던 찰나에 내려보이는 그 얼굴을 보고 짐작했다. 어머니 나이쯤이겠구나. 이름도 성도 모르는 당신의 삶이 한순간 무겁게 느껴져서 마음에 불이 꺼졌고, 희미하게 연민이 피어올랐다. 누군가의 어머니일 당신도, 당신의 딸 혹은 아들도 모르는 당신과 나 사이라 해도. 이 모든 것이 나만의 오해라고 해도.

어느 연말 새벽, 수다스러운 택시 기사님을 만났다. 피곤

해서 눈을 감고 싶었지만 자꾸 말을 걸어오니 그럴 수 없었다. 못 들은 척하기엔 너무 신이 난 목소리였고, 딱히 기분 나쁜 말투는 아닌지라 추임새를 넣어 대답하게 됐다. 언뜻 보니 아버지보다 조금 더 나이가 있어 보였다. 푸념조로 삶의 애환이 담긴 이야기를 하면서 껄껄 웃으시는데 짠하기도 하고, 어쩐지 외면하고 싶지가 않았다. 내릴 때 뒤를 돌아보며 고개를 꾸벅 숙이곤 '새해 복 많이 받으라'고 하시는 것이 자기 이야기를 들어줘서 고맙다고 하시는 것도 같았다. 10년간 택시 운전을 했다던 당신도 어쩌면 누군가의 아버지이리라. 이 깊은 새벽의 만남이 당신에게 잠시나마 좋은 아들과 대화하는 시간 같았으면, 진심으로 기도했다.

이른 아침 지하철에서 자리에 앉아 책을 읽는데 도무지 집중하기가 힘들었다. 구석에 앉아 있는 노인이 정치인 욕을 쩌렁쩌렁 하고 있었다. 무례하기 짝이 없어서 짜증이 났다. 누구도 당신에게 물어본 적 없는데 말이야. 잠시 후 한 아주머니가 통로 문을 열고 옆 칸에서 넘어오더니 차량 한가운데 서서 물건을 꺼내 들고 이 물건이 얼마나 유용한지, 얼마나 값싸게 파는지 외치기 시작했다. 덕분에 역시나 책을 읽기 힘들었지만 살기 위한 호소 같아서 감히 찡그릴 수 없었다. 법적 제재가 무색한 불쾌와 법적 제재가 가능한 연민 사이에서 책을 읽어나갔다. 한 문장을 두 번씩 반복하면서.

회사에 다니던 시절 퇴근 후 급히 갈 곳이 있어서 택시를 잡았는데 어디선가 손이 나타나 닫으려는 문을 잡았다. 일면식 없는 아주머니께서 "저 신사역까지만 태워주면 안 돼요?" 물으시기에 '뭐지?' 싶었지만 어차피 지나갈 길이니 그러시라고 했다. 본의 아니게 합승을 하게 됐다. 신사역에 다 와갈즈음 아주머니가 지폐 세 장을 꺼냈다. 어차피 지나는 길이라 괜찮다는 말이 끝나기도 전에 아주머니는 던지다시피 돈을 좌석에 내팽개치고 내려버렸다. 택시 기사님은 "내가 태워줬는데 왜 나한테 주지 않는 거야?"라며 툴툴거렸다. '그건 진짜 불법 합승 아니에요?' 하고 정색할까 하다가 조용히 지폐 세 장을 집어 주머니에 넣었다. 집에 돌아와 옷을 갈아입다가 그 지폐 세 장이 떠올라 주머니를 뒤져 꺼냈는데, 맙소사. 세 장 중 한 장이 1만 원짜리였다. 3천 원을 주려 했는데 어두워서 지폐를 잘못 구분한 게 아닐까 추정했다. 어쩌지 싶었지만 뭘 어쩌겠나. 좋은 곳에 잘 썼습니다.

지방에 볼 일이 생겨서 KTX를 예매했다. 옆자리 복도석에 한 아주머니가 앉으셨는데, 가운데 통로를 두고 그 옆 복도석에는 딸이 앉았다. 창가석이 모두 매진이라 통로를 가운데 두고 복도석을 한 자리씩 예매한 모양이었다. 자리에 앉아 가는 내내 고개 한 번 제대로 돌리지 않아 인상착의를 제대로 보진 못했고 그런 정황만 파악한 정도였다. 잠시 눈을 붙이다 깨서 음악을 들으며 책을 읽다가 목적지가 얼마 남지 않았다고 예감할 때쯤 시야로 손이 쓱 들어왔다. 후라보노 껌이었다. 그제야 고개를 돌려보니 아주머니가 상냥하게 웃고 있었다. 먼저 말을 건넨 모양인데 이어폰을 끼고 있어 듣지 못한 것 같다. 노이즈 캔슬링이 차단한 친절이 애써 건넨 손 덕분에 비로소 시야에 들어왔다. 고맙다는 인사를 드리고 1초 정도 껌을 내려다보다가 포장을 벗기고 씹었다. 친절한 맛이었다. 오랜만에 느끼는 대가 없는 친절함.

GV 일정으로 대구에 내려갔다가 일정이 끝난 뒤 인근 라멘집에서 요기를 하게 됐다. 예전에도 GV로 대구에 내려왔을 때 들른 곳이라 찾아가는 게 어렵지는 않았다. 나를 포함해 혼자 식사하는 사람이 제법 많았고 대체로 젊었다. 주말 오후 5시쯤 대구 동성로 라멘집에서 홀로 식사하는 젊은이가 이렇게 많은 이유는 무얼까 생각하며 면을 삼켰다. 식사하고 나와 지하철을 타러 가는 길에 젊은 여자 둘이 다가왔다. 갤러리에서 전시를 준비 중인데 설문조사를 하고 싶다고 했다. 서울에서 왔다고 하니 대상이 아닌 모양인지 아쉽다는 표정을 짓다가 한 여자가 웃으며 말했다. "대구 또 놀러 오세요." 상냥한 인사였다. 덕분에 내가 기억하는 대구는 현재로서는 상냥한 도시다.

지하철에 인적이 드물던 어느 늦은 밤, 시청역 플랫폼 구석에 머리를 박고 서 있는 남자를 봤다. 처음에는 뜨악했다. 설마 여기서 노상방뇨? 자세히 보니 취객이 벽 모서리에 머리를 기대고 서서 꿈틀거리는 것이었다. 그러다 문득 20대 초반에 일찍이 세상을 뜬 친구가 떠올랐다. 그해 겨울, 술에 취해 집으로 가던 친구는 계단에서 미끄러져 뇌진탕으로 기절했고, 추운 날씨 탓에 결국 동사했다. 뒤늦게 소식을 듣고 어안이 벙벙했다. 동사라니, 이 친구야. 그 뒤로 그 친구 네이트온이 계속 로그인돼 있는 것을 보며 만감이 교차했다. 무려 1년 가까이 로그인 표시가 꺼지지 않았다. 친구 목록에서 삭제할까 고민했지만 그럴 순 없었다. 불경한 기분이 들었다. 그렇게 한참을 지나 다음해 가을쯤 로그아웃되었다. 비로소 불이 꺼진 로그인 표시를 보며 명복을 빌었다. 그리고 계정을 삭제했다. 곁에 머물던 무엇이 툭 하고 꺼졌다. 그런 기분이었다. 쌀쌀함이 밀려들 즈음엔 어김없이 그 기억이 난다.

불가에서는 길을 가다 옷깃만 스쳐도 전생의 인연이라고 하던데, 그렇다면 우리가 매일 스치는 수많은 옷깃은 전생에 어떤 인연이었을까? 이생에 얼마나 많은 전생의 인연과 재회하는 걸까? 그럼에도 불구하고 옷깃을 스치는 인연밖에 안 되는 이유는 무엇일까? 그렇다면 이번 생에 스친 옷깃의 주인들과 다음 생에서 다시 만날 수 있는 걸까? 옷깃을 스치는 것만으로는 그 무엇일 순 없겠지만 그럼에도 불구하고 그렇게 스친 덕분에 단상이 떠올랐다면 그것이 이번 생에서 스쳐 지나간 의미 아닐까? 그래서 떠올리고 다짐해본다. 특별한 관계로 다다르진 못해도 독별한 기억을 남기는 데까진 다다른, 우연히 스쳐 지나간 수많은 얼굴과 찰나의 대화들을. 사소하게 스쳐 지나간 모든 표정과 언어를 샅샅이 주워 담을 순 없겠지만 적어도 무감하게 스쳐 보내진 말자고. 품고 지내다 보면 희로애락을 머금고 자라 언젠가 영감의 낟알로 여물지도 모르는 것이라고. 그럴 수 있다면 탐스럽게 여문 영감을 하나하나 정성스럽게 수확하고 도정할 날이 오고, 끝내 잘 지은 밥처럼 세상에 내놓을 수도 있을 것이다. 스쳐 지나간다는 건 이렇듯 사소할 수만은 없는 일이다. 인연까진 몰라도 모든 이야기는 본디 그렇게 태어나고 거기서 자라는 법이다.

늙어가는 탓인지, 낡아가는 탓인지 모르겠지만 살아가는 나날이 길어질수록 그런 이야기가 반갑다. 가능하다면 언젠가 그 이야기를 잘 엮어서 세상에 돌려주고 싶다. 불혹을 넘기고 다짐만 늘어놓는 게 무색한 짓일지 모르겠지만 그래도 염원한 것을 언젠가 해볼 수 있길 기대해본다. 그런 날이 오면 내 인생도 잘 물든 가을을 맞았다고 자족할 수 있을 것 같다. 늦은 밤 지연된 마감을 붙잡고 있다 보면 가끔 창밖으로 밝은 달이 저 너머 산턱에 걸리는 걸 보게 되기도 한다. 신비로운 그 풍경은 기다려서 얻은 게 아니라 때가 되면 돌아오는 세상의 표정일 것이다. 그 순간이 중요한 것 같아도 결국 그 순간을 마주하는 나의 마음이 중요한 법이리라. 그런 마음으로 바라볼 수 있다면 언젠가 할 수 있는 이야기가 있을 것이라고, 믿어본다. 그렇게 믿고 하나씩 떨어뜨려 본다. 마음 깊숙이, 쿵.

안녕, 마왕

2014년 여름이었다. 월간 패션 매거진 에디터 시절엔 매달 기획회의를 했다. 인터뷰하고 화보 찍을 셀럽 리스트를 논의하던 회의에서 편집장님이 물었다. "신해철은 어떠니?" 신해철이 새 앨범을 발매한 시점이었다. 생각지도 못한 제안에 하고 싶다는 말이 목구멍까지 차올랐다. 하지만 다른 에디터들이 회의적인 반응을 내뱉기 시작했다. 나름 '핫'한 셀럽을 다루는 패션 매거진 에디터들에겐 한물간 사람처럼 보이는 모양이었다. 바람을 일으킬 공기가 형성되지 못했다. 여론은 무시할 수 없는 법이다. 그러고는 뒤늦게 후회했다. 지나간 버스엔 미련을 버리라 했건만 좀처럼 버려지지 않았다. 악다

구니를 써서라도 하고 싶다고 할걸.

2014년 10월 27일 저녁 무렵, 방콕의 수완나품 국제공항에 있었다. 해외 출장을 다녀오는 길이었다. 무료한 대기 시간에 스마트폰으로 뉴스를 보다가 '헉!' 소리가 났다. '속보'와 '신해철'과 '사망'이라는 단어가 일렬로 나열돼 있었다. 만리타향에서 급작스럽게 듣게 된 소식에 마음이 '쿵!' 떨어진다는 의미를 실감했다. 전광석화처럼 달려든 비보에 어안이 벙벙했다. 그때 갑자기 천둥이 치고 폭우가 쏟아졌다. 비행기는 2시간 연착했다. 하늘도 우는 것 같았다. 거짓말 같은 소식에 거짓말 같은 생각만 떠올랐다.

신해철을 처음 알게 된 건 초등학교 시절이었다. 당시 그는 솔로 앨범을 낸 인기 가수였다. 대학가요제에서 대상을 탄 밴드의 멤버라고도 했다. 그 밴드가 '무한궤도'라는 건 좀 더 커서 알았다. 그에 앞서 알게 된 건 신해철 1집 카세트테이프 커버 사진을 통해서였다. 곱상한 외모에 커피잔을 든 모습이 평범해서 인기 많은 발라드 가수 정도로만 보였다. 그럼에도 그 어린 나이에 뭘 안다고 노래방에 가면 '슬픈 표정 하지 말아요'를 자주 불렀다. 그러다 그가 2집 앨범 [Myself] 활동 중 대마초를 피워 경찰에 붙잡혔다는 뉴스를 봤을 때는 의아했다. '갑자기 머리나 기르고, 불량한 옷차림을 하더니 저럴 줄 알았지'라는 식으로 혀를 차며 비웃는 어른들의 목소리를 듣고 나 역시 '저 사람은 왜 저런 걸까?' 생각했던 것 같다. '재즈 카페'를 이해하기에는 너무 어린 나이였다.

신해철을 가수로서 좋아하게 된 건 머리가 좀 더 굵어진 중학생 시절이었다. 두 살 터울의 누나가 좋아한 덕분에 나도 그의 음반을 주워듣게 됐는데 가사가 마음에 들었다. 그의 노래가 내 마음을 움켜쥐고 있다는 걸 알았다. 헤어날 수 없었다. 신해철을 중심으로 결성한 록 밴드 넥스트N.EX.T 2집 앨범 [The Return of N.EX.T Part 1: The Being]은 내 인생 최초의 명반이었다. 프로그레시브 록은커녕 록이 뭔지도 잘 몰랐지만 그냥 넥스트의 음악이 좋았다. 무엇보다 가사가 정말 심오했다. 30여 년이 지나가는 지금도 그 당시 좋아한 가사를 떠올리며 그가 나에게 무슨 짓을 한 것인지 생각해보곤 한다. 특히나 넥스트 2집 앨범에 수록된 'The Dreamer'의 가사를 정말 좋아했다.

'난 아직 내게 던져진 질문들을 일상의 피곤 속에 묻어버릴 수는 없어. 언젠가 지쳐 쓰러질 것을 알아도 꿈은 또 날아가네. 절망의 껍질을 깨고.'

이게 14세 중학생이 즐겨 부를 만한 노래 가사였나. 지금 돌아보니 생소한 기분이다. 그때의 나는 무슨 생각을 하고 살았던가. 그의 언어는 학창 시절부터 나를 움켜쥐고, 흔들고, 자꾸 말을 걸었다. 헤르만 헤세의 《데미안》을 읽고 영향을 받은 탓이려나. 새는 알을 깨고 나온다고, 세계를 깨트리고 태어나야 한다고 했던 소설의 심오함에 매혹됐던 나이라 절망의 껍질을 깨고 날아가야 한다는 꿈을 노래하는 가수도 좋았던 모양이다. 이 가사만큼 대단하고 치열한 고민을 하던 시절이었는지 몰라도, 그 어린 마음을 흔들고 깨우는 무언가가 분명 이 곡에 있었다. 나는 그의 음악을 정말 좋아했다. 그래서 그가 죽었다는 소식을 들었을 때 너무 슬펐다. 어딘가 구멍이 나서 그 어린 시절까지 그 안으로 꺼져버리는 것 같았다.

2014년 11월 2일, JTBC에서 첫 방영한 프로그램 〈속사정쌀롱〉에서 신해철을 보았다. 지금은 세상에서 사라지고 없는 그가 TV 속에서 웃고 있었다. 따라 웃다가 끝내 울컥했다. 죽은 신해철은 산 사람들을 위로하고 있었다. 실감이 났다. 타들어 가는 성냥의 끝자락을 보는 기분이었다. 정말 마지막이구나. 속이 쓰렸다. 신해철의 음반을 찾아 한군데 모아보았다. 깃발 없는 깃대를 보는 기분이었다. CD 하나를 꺼내서 플레이어에 넣고 재생 버튼을 눌렀다. 신해철은 노래했고, 내 코끝은 시큰했다. 언젠가 〈무릎팍도사〉에 출연한 신해철은 욕을 많이 먹으니 죽지 않을 수 있을 것 같다는 유세윤의 말을 유쾌하게 받았다. "불로불사할 수도 있을 거 같아요!" 연착한 비행기처럼 뒤늦게 도착한, 두고두고 회자될 슬픈 농담이 돼버렸다.

신해철은 자신의 존재 이유를, 자신이 취해야 할 삶의 노선을 노래했다. 어떻게 살아야 하는지 알았다면 삶을 방해하는 세상에 맞서 자신을 지켜내야 한다고 했다. 그는 직접 최전선에 서서 자신을 짓누르려는 사회 편견과 맞서 싸우며 자신이 뱉은 말을 스스로 지켜낼 수 있음을 증명하는 사람이었다. 그건 선생님도, 부모님도 알려주지 않은 삶의 방식이었다. 오히려 쳐다봐선 안 된다고 하던 길이었다. 신해철이 기성세대에게 내 자식을 물들이는 나쁜 친구 취급을 받은 건 그런 말을 거는 어른이었기 때문일지도 모른다.

사람들은 신해철을 독설가라고 했다. 독설가의 사전적 의미는 '남을 해치거나 비방하는 모질고 악독스러운 말을 잘하는 사람'이다. 그렇다면 신해철이 남을 해치거나 비방하는, 모질고 악독스러운 말을 잘하는 사람이었을까? 아니다. 신해철은 남에게 피해를 주지 않는 선에선 무엇이든 마음대로 할 수 있다고 말하는 사람이었다. 사람들이 기억하는 신해철의 독설이란 자유를 억압하는 집단, 힘을 가진 자들을 향한 것이었다. 약자를 향한 것이 아니었다. 불법 다운로드로 음악을 듣고 평가하는 이들에겐 '닥치라'고 일갈했고, 동방신기와 비의 노래를 유해매체로 지정하지 말고 국회를 유해매체로 지정하라고 주장했으며, 사회적 환경 여건이 갖춰지지 않은 상태에서 백수가 게으르다고 일방적으로 비난받아선 안 된다고 충고했다. 신해철의 입은 정치, 사회, 문화 등 분야를 막론하고 지성을 바탕에 둔 예리한 주관을 정확하게 뽑아 휘두르는 벼린 칼을 품은 칼집이었다. 말을 아끼지도, 몸을 사리지도 않았다. 불합리하게 권력을 휘두르며 개인의 권리를 억압하거나 집단의 논리로 개인의 자유를 제한하는 것에 저항하길 주저하지 않았고, 벼린 칼처럼 예리한 말을 뽑아 들었다. 이를테면 2007년 K리그 2군 경기 중에 FC서울 관중이 안정환 선수에게 계속해서 인격 모독이나 다름없는 야유를 퍼붓자 그가 관중석까지 올라간 일로 팬에 대한 존중이 없다고 질타받을 때, 신해철은 안정환의 편을 들었다. 그가 관중석에 난입한 것은 가족을 향한 욕을 참을 수 없던 것이기에 지지한다고 말했다. 하지만 미디어는 신해철의 언어를 숱하게 왜곡했고 대중은 손쉽게 폄하했다. 가수 따위가 주제 넘게 나대지 말라는 식이었다.

그는 한 사람에게 말을 건넬 땐 격려와 위로를 아끼지 않는 사람이었다. 흔히 독설이라 일컫는 그의 언어가 대부분 기득권의 폭력과 불합리에 맞섰다는 건 결국 그의 목소리가 폭력과 불합리에 억눌린 개인 편에 서 있었다는 의미일 것이다. 그런 점에서 그의 말은 동일한 의지를 표명한 이들과의 연대이자 응원이며 위로였다. 음악 한다는 후배가 세상 살아가기 힘들다고 트위터에서 하소연할 때 신해철은 이렇게 말했다. "세상을 바꿀 힘은 없어도 세상의 일부인 자신을 바꿀 힘은 있지 않겠냐." 신해철은 강자에겐 강자의 언어로, 약자에겐 약자의 언어로 대화를 나누는 사람이었다. 이 모든 언어가 자신의 내면을 향한다는 점에서 그는 건강한 자아의 보존을 통해 건강한 세계를 형성하고자 한 이상주의자였다.

신해철은 넥스트 해체 이후 4년간 영국 유학을 떠났다. 인기 절정의 밴드가 해체한 것도 아쉬웠지만 솔로 활동으로도 충분히 청사진을 그릴 수 있는 뮤지션이 홀연히 유학을 떠난다니, 팬 입장에서도 굉장히 의아한 일이었다. 하지만 그는 세상의 의견이 어떠하건 자신만의 길을 개척했다. 음악적 아성을 뒤로하고 새로운 음악적 자질을 빚는 길을 열었다. 영국에서 테크노 사운드를 파고들어 끝내 크롬Crom이란 이름으로 발표한 앨범들은 당시로선 보기 드문 파격적인 역량이었다. 뮤지션으로서도 한 자리에 안주하지 않고 꾸준히 정진하며 진보했다. 그런 그가 음악만 할 수 있었다면 어땠을까 상상해본 적도 있다.

신해철은 〈100분 토론〉에 나간 것을 후회한다고 고백했다. 세간의 언어에 휘말리면서 음악에 집중하기 힘들었기 때문이다. 그러면서도 도저히 그런 세상을 참기가 힘들었던 모양인지 세상을 향해 말하고 또 말했다. "이 사회에 문제를 만드는 사람들은 그런 걸 겉으로 숨기고 쉬쉬하는 사람들이 만드는 거지. 얘기를 할 수 있는 사람들은 문제를 안 만들어요. 숨기는 사람들이 문제를 만드는 거예요." 반면 하고 싶은 말을 하는 만큼 자신이 있는 것이냐는 질문에 그는 "아니요. 겁나죠"라고 답했다. "사실은 입을 꽉 다물어버리는 게 편한데 입을 다물면 상당히 이기적인 상황이 와요." 그러니까 자신 있어서 입을 여는 게 아니라 입을 닫으면 세상이 망가지는 것에 일조하는 사람이 된다는 진실을 누구보다 잘 알고 있기에 말할 수밖에 없는 사람이었다. 분야를 막론하고 벼린 주관과 깊은 공감으로, 신중하게 선별한 언어로 세상이 외면하거나 간과하는 진실과 진심을 건드리는 사람이었다. 그런 신해철의 목소리가 사라졌다.

어차피 누구나 죽는다. 모두 다 언젠간 사라질 운명이다. 하지만 누군가의 죽음은 어느 개인의 소멸이 아니라 어떤 우주의 상실이 된다. 세상에 큰 구멍을 남긴다. 나한테는 신해철의 죽음이 그랬다. 여전히 그렇게 느낀다. 요즘처럼 세상이 어지러울 때 그의 부재가 만든 구멍은 더더욱 시커멓게 보인다. 신해철의 노래는 이 세상에 대한 고민이기도 했지만, 이 세상에 속한 나와 당신 자신에 대한 고민이기도 했다. 그는 세상의 변화는 개개인의 변화에서 시작된다고 했다. 그래서 신해철의 죽음은 존 레넌의 죽음과 유사한 상흔 같았다. 난데없는 의료사고와 난데없는 총성으로 이런 영혼과 음성이 삽시간에 사라져버릴 수 있다는, 세상이 메울 수 없는 구멍처럼 뚫려버린 죽음들. 정당한 언어로서 세상의 부당함에 맞서고, 공정하지 못한 기준에 저항하고, 불합리한 억압에 위트 있는 유머로 대항함으로써 위로와 용기를 줄 수 있는 노래와 말을 부르고 전하는 사람은 드물고 귀하다. 귀한 사람의 죽음이자 귀한 언어의 소멸이다.

한동안 두문불출하다 2014년 〈SNL 코리아〉에서 무려 6년 만에 카메라 앞에 섰다는 신해철이 말했다. "여러분을 못 뵌 사이에 세상에서 가장 중요한 문장들을 찾아냈다고 생각하는데 옛날에 우리 할머니가 우리 삼촌들 시험공부하고 오면 '너 뭔데? 아프지나 마라' 하시는 것들이거든요. 딸이 아홉 살, 아들이 일곱 살일 때 들려주던 이야기를 애들이 스무 살, 서른 살이 돼도 똑같이 들려주고 싶습니다. 공부를 못해도 좋고, 학교가 뭐 어떻게 되어도 좋고, 돈 못 벌어도 좋으니까 아프지만 마. 저희 가족뿐 아니라 여러분들 모두와 나누고 싶습니다. 그냥 어떻게 되어도 좋으니까, 아프지만 마세요." 그런 그가 아픔을 호소하다 세상을 떠난 것이 벌써 10년 전 일이다. 울컥함은 현저히 줄었지만 그의 노래와 말에서 느껴지는 절절함이 깊어져 지금도 땅이 꺼질 것만 같다. 한결같은 그리움이 고이고 또 고인다. 깊고 너르게 고인 상실감 속에서 신해철이 남긴 노래와 말을 유언처럼 되짚으며 불러본다.

"남들 고민의 경중을 판단하지 마시라. '에이! 뭘 그거 가지고 그래!' 이걸 위로라고 생각하시는 분들이 있어요. 주위에 힘들다는 분에게 이런 이야기하면 안 됩니다." 신해철의 언어는 찌르는 칼이 아니라 내미는 손이었다. 냉정하게 자르는 게 아니라 따뜻하게 감싸는 것이었다. 이 글을 쓰면서 다시 한번 깨닫는다. 여전히 채워지지 않은 세상의 구멍을 또다시 실감한다. '너의 꿈을 비웃는 자를 애써 상대하지 마'라며 명백하고 순수한 용기를 쥐여주던 이가 있었다는 것을, 지금은 없다는 것을. 그 누가 대신할 수 있을까. 없을 것이다. 없다. 신해철은 그런 사람이었다. 그런 세계였다. 적어도 나에겐 너무나 큰 사람이었다.

'세상을 살아가는 것은 세상에 길들여짐이지. 남들과 닮아가는 동안 꿈은 우리 곁을 떠나네.' 나는 여전히 당신의 말을 기억하고 당신의 노래를 부르는 어른이 돼버렸다. 내가 뱉은 말처럼 산다는 것이 만만하지 않다는 걸 느끼며 살아간다. 부끄럽지만 그렇다. 나는 당신의 구멍을 바라보는 사람일 뿐, 당신의 구멍을 메우는 사람으론 자라지 못한 것 같다. 하지만 적어도 어른인 척 폼 잡지 않는 어른이 되려고 노력할 것이다. 그게 당신이라는 유산을 기억하는 자세라고 생각하므로. 산 사람은 두 발을 딛고 살아서 명복을 비는 수밖에.

안녕, 마왕. 부디 그곳에서는 음악만 하고 있길.

청소와 빨래라는
매일의 다행

배우와 인터뷰하다 보면 가끔 빨래나 청소 같은 일상 이야기를 나눌 때가 있다. 그럴 때마다 "야너두?" 같은 반가움을 느낀다. 구름 위에 떠 있는 듯한 셀럽도 일상의 중력에 묶인 사람이구나. 그들 입장에서는 너무 자연스러워서 새삼스럽고 시답잖은 사담일 수 있지만 범인의 입장에서는 톱스타가 쓰는 세탁 세제 같은 게 궁금하고 신기하기 마련이다. 그러니까 빨래와 청소는 삶의 옵션이 아니다. 해결하고 수습해야만 하는 필요조건이다.

작년에는 배우 차승원과 인터뷰하면서 집안일에 대해 이야기했다. 〈우리들의 블루스〉 1화에서 차승원이 연기한 은행

장 최한수는 서울에서 제주로 전근을 간다. 사실상 좌천이고 우울한 상황이다. 업무고 나발이고 한낮에 '깡소주'를 마시며 주사를 부려도 이상하지 않을 판이다. 그러나 그는 제주에 새롭게 마련한 비좁은 방을 구석구석 걸레질하고 청소한 뒤 비로소 허리를 쭉 펴고 커피 한 잔을 내려 마시며 창밖을 내다본다. 삶의 9할 9푼이 불행으로 끌려가고 있다 해도 1푼의 희망을 견지할 수 있는 건 일상의 리듬을 놓치지 않으려는 면모일 것이다. 그런 생활의 디테일을 만들어내는 배우가 차승원이라는 사실이 흥미롭고 생경했다.

앞서 언급한 〈우리들의 블루스〉 청소 장면에서 '이거 정말 찐'이라고 감탄한 포인트가 있었다. 바닥을 닦은 걸레의 더러워진 면을 깨끗한 면으로 바꿔 접는 상황에서 드러난, 손바닥 모양으로 묻어난 까만 먼지 자국의 선명한 디테일. 연기의 자연스러움을 넘어서 정말 해본 자만이 보여줄 수 있는 생활의 발견이었다. 호들갑 떨며 그 장면을 언급하자 차승원이 기분 좋게 웃으며 물었다. "왜? 너무 자연스러워서?" 당연히. 그는 요즘 별일이 없는 이상 좀처럼 집에서 나가지 않는다며, 그럼에도 불구하고 너무 바쁘다며 특유의 호쾌하고 단호한 톤으로 말했다. "집에 있으면 얼마나 할 일이 많은데! 하루가 모자란다니까!" 진짜, 내 말이.

생의 감각이란 대단한 업적보다도 평범한 일상의 반복을

통해 더욱 선명해지는 법이다. 이를테면 청소나 빨래 같은 것. 그렇다. 내게 있어서 청소나 빨래란 정말 중요한 일이다. 가급적 깔끔하고 쾌적하게 하루를 돌보자는 최소한의 약속이자 최선의 노력이다. 다 떠나서 그리 어려운 일도 아니다. 물론 누가 대신해준다면 좋겠지만 이번 생이 그럴 팔자는 못 될 것 같으니 스스로 돕는 자가 될 수밖에.

요즘은 청소로 하루를 시작한다. 프리랜서가 되고 집에서 생활하는 시간이 절대적으로 늘어난 이후로는 대체로 그렇다. 집에 있는 시간이 늘어나면서 일상 루틴도 자연스럽게 변했다. 회사에 출근할 때는 집에 있는 시간이 상대적으로 적었기 때문에 가능할 때 틈틈이 청소기를 잡았지만 프리랜서가 된 이후로는 아침 일찍 특별한 스케줄이 없는 이상 청소기부터 돌리는 것이 매일의 시작이다. 바닥을 밀고 주기적으로 곳곳에 앉은 먼지를 제거한다. 특히 창틀 새시의 먼지는 적정 시기에 꼭 닦아내야 한다. 너무 눌러앉으면 손댈 엄두가 나지 않아 닦기가 싫고 실제로 제거도 어렵다. 뭐든 너무 늦으면 안 되는 법이다.

누구나 그러하듯이 집이란 우선 안식처이길 바란다. 직장으로 출근을 하든, 볼일이 있어서 외출을 하든, 돌아올 때가 되면 돌아와 쉬는 곳이어야 한다. 물론 직장이나 외부에서 마무리 못한 일을 집에서 해내야 할 때도 있다. 나 역시 회사에 다닐 때 집에서 적잖은 일을 했다. 마감 거리를 들고 퇴근해 집에서 마저 하기도 했고, 외고 마감을 비롯한 부업을 청산하기도 했다. 그래서 이사할 집을 보러 다닐 때도 작업 공간을 염두에 두고 내부 구조를 살펴보는 편이었다. 하지만 집이란 머무는 편안함이 있어야 하는 공간이다. 일을 한다 해도 그곳이 사무실 같을 수는 없는 노릇이다. 부득이하게 집에서 잔업을 할 때의 마음가짐이야 그럴 수 있겠지만, 머무르는 동안 심신을 편히 다스릴 수 없다면 여러모로 피곤한 법이다. 가만히 있어도 지칠 것이다. 어떤 식으로든 일상을 정돈하고 휴식을 취하는 곳이어야 한다. 그런 만큼 공간의 쾌적함도 스스로 쟁취해야 한다. 어지러운 것들은 정리하고 더러운 것들은 치워야 한다. 정리와 청소는 공간을 넘어 내 삶을 아끼는 방식이기도 하다. 어지럽고 더러운 삶을 영위하고 싶은 사람은 없을 것이다. 그러한 바람은 대체로 커다란 성취가 아니라 소소한 반복을 통해 꾸준히 쌓아가며 이룸으로써 가능한 나날로 구체화된다.

출근하지 않는 프리랜서가 된 이후로 집은 일상과 업무의 경계가 중첩된 공간이 됐다. 안식처이기도 하지만 사무실이기도 하다. 일상과 업무의 경계가 흐릿한 공간에서 삶의 혼란이 가중될 가능성도 크겠지만 일단은 집 안에서 모든 걸 해결하는 게 당장은 용이하다. 지금까진 그렇다. 어차피 원고나 문서 편집 작업을 주로 하는 입장이라 적당한 자리에 데스크톱만 있다면 충분하다. 성향상 외출하지 못해도 답답함을 느끼는 편은 아니라 특별히 나가야 할 일이 없다면 온종일 칩거하는 날도 적지 않다. 그렇기 때문에 집은 쾌적해야만 한다. 눈을 뜨고 가장 먼저 청소부터 하는 것도 그런 이유다. 어차피 집에 머물러야 한다면 조금이라도 일찍 깨끗한 집에 머무르는 게 좋으니까. 한시라도 빨리 집을 쾌적하게 만드는 것이 내가 원하는 하루의 기회비용을 줄이고 최적의 시간을 확보하는 길이니까.

이렇듯 청소란 내가 원하는 하루를 이루는 첫 번째 과업이다. 그리고 청소를 할 때마다 깨닫는다. 매일매일 청소기를 돌려도 매일매일 치울 거리가 생기는구나. 아무래도 고양이와 함께 사는 이상 어쩔 수 없는 일이다. 우리 집 청소기 모터의 노동 강도를 높이는 주요 원인 중 하나는 함께 사는 고양이 '구니니'다. 그나마 여름에는 더위를 타지 않도록 털을 짧게 밀어서 덜하지만 가을 이후로는 풍성한 털 뭉치가 곳곳에서 굴러다닌다. 구니니 발이나 몸에 묻은 화장실 모래가 곳곳에 떨어져 있기도 하다. 그런 흔적이 눈에 띄면 서부의 총잡이처럼 무선청소기를 빼 든다. 먼지를 빨아들이는 쾌감을 즐기기도 하는데, 그런 의미에서 나에게 무선청소기란 수세식 변기 이후로 인류 문명이 이룩한 최고의 발명이자 혁신이다. 인류를 도파민 기계로 만든 스마트폰보다 훨씬 우수하고 실용적이다.

프리랜서가 된 이후로 빨래 주기도 바뀌었다. 출퇴근하던 시절에는 특별한 일이 없는 이상 월요일이면 퇴근해 돌아와서 씻고, 평상복으로 갈아입고, 건조대에 넣어놓은 옷가지가 말랐는지 확인하고, 걷어 정리한 뒤 원래 있던 자리로 돌려보냈다. 그러니까 주말 이틀 사이에 세탁기가 돌아갔다는 의미다. 평일엔 빨래 돌릴 여유가 없을지도 모르니까 주말에는 꼭 주기적으로 해야만 하는 의식이고 과업이었다. 지금은 굳이 주말이 아니어도 괜찮으니 빨랫감의 양과 스케줄에 따라 능동적으로 판단한다. 하지만 그래도 대체로 주말을 기준에 두고 빨래 스케줄을 정하는 편이다. 프리랜서라 해도 세상이 돌아갈 때 함께 바빠지는 경우가 많기 때문에 일상을 정돈하는 일정은 가급적 주말로 맞추는 것이 용이하다. 다만 빨래에서 중요한 건 세탁 유형별로 겹치지 않게 순서를 정해야 한다는 것이다. 일반 세탁과 울코스 세탁, 수건 세탁과 걸레 세탁, 그리고 너른 주기를 두고 돌아오는 이불 세탁의 주기를 잘 맞춰야 한다. 우리 집에서 쓰는 세탁기는 11년 전에 구입한 LG 트롬 구형 모델인데, 세탁 후 건조까지 이어 돌릴 수 있다는 장점이 있다. 그래서 수건 같은 경우 소량 삶기에 맞춰 돌리고 예약 가능한 최대 건조 시간인 2시간 30분을 더

해주면 된다. 어차피 건조까지 하는 상황이라 빨래를 돌리고 외출해도 무방하기에 수건 세탁은 거기까지 염두에 두고 일자를 맞추는 편이다. 유의할 점은 수건 세탁 시에는 섬유유연제를 넣지 않아야 한다는 것이다. 수건에서 섬유유연제 향이 나면 좋긴 하지만 섬유유연제는 수건의 흡수력을 떨어뜨리고 보풀을 만들어 수건 본연의 기능을 떨어뜨린다. 수건은 거칠거칠해야 제맛이다.

　일반 세탁과 울코스 세탁의 차이는 건조 유무인데 천의 손상을 크게 염두에 두지 않고 건조까지 마음껏 돌릴 수 있는 일반 세탁의 경우 세탁물 양에 따라 건조 시간을 설정한다. 하지만 울코스 세탁은 대체로 건조할 수 없는 소재의 아끼는 옷이 대부분이라 세탁 후 바로 꺼내서 널고 말려야 하니 무엇보다도 스케줄 안배가 중요하다. 울코스 세탁은 기본적으로 세탁 시간이 짧다. 오래 기다릴 필요가 없다. 결국 세탁기가 돌아가는 동안 내 일과를 낭비하거나 방해하지 않도록 시간을 안배해야 한다. 세탁기는 세탁기의 일을 하고 나는 나의 시간을 보내야 한다. 이렇듯 빨래를 한다는 건 내 시간을 무용하게 소모하고 싶지 않다는 마음을 확인하는 일이기도 하다. 분초를 다툴 만큼 쓸모 있게 시간을 채우는 편은 아니지만 시간을 낭비한다 해도 내 주도하에 그리하고 싶지 빨래를 기다리느라 그러고 싶진 않다. 치밀해질 필요까진 없지만 정확한 타이밍을 놓치면 의외로 치명적이다. 한편, 이불 빨래는 여간 귀찮은 일이 아니다. 그래서 소홀해질 수도 있지만 때를 놓치면 여간 찝찝한 일이 아닌지라 마음이 동할 때 꼭 해야만 한다. 이불 빨래는 계절에 따라 난이도가 달라진다. 여름에는 얇은 이불을 덮으니까 침대 패드와 이불과 베갯잇을 교체하는 게 상대적으로 수월하고 빨래도 용이하다. 하지만 봄, 가을 그리고 겨울 이불은 좀 더 두껍기 때문에 빨래 순서에도 신경을 써야 한다. 가능하면 두꺼운 이불은 햇빛이 창창한 낮에 널어 말려야 하고 상대적으로 얇은 패드와 베갯잇은 해가 진 시간에도 적당히 마르기 때문에 가능할 때 빨고 널면 된다. 그날의 날씨 상황도 미리 확인해야 한다.

침구를 갈고 빨래하고 널고 정리하는 과정이란 상당히 번거로운 일이다. 그래서 더욱 그 의미를 염두에 두고 이행해야만 한다. 결국 빨래는 나를 위하는 일이다. 빨지 않은 침구를 사용하며 계속 생활해도 사는 데 지장은 없을 것이다. 하지만 인간의 몸이란 필연적으로 무언가를 더럽히기 마련이므로 때가 되면 꼭 빨아야만 한다. 때를 놓치면 결국 놓아버리게 된다. 이불을 빨지 않아도 무방하다고 생각하기 시작하는 순간 나에게 필요하지만 귀찮다고 여겨지는 무언가를 필요 없다고 여기는 관성으로 서서히 빠져드는 셈이다. 그런 의미에서 이불 빨래를 한다는 건 단지 청결을 위한 요령만은 아닐 것이다. 나를 아끼기를 포기하지 않는 기준의 선상을 최대한 높여보는 노력이다. 하늘도 스스로 돕는 자를 돕는다고 했듯이, 일단 내가 나를 구해야 하는 법이므로.

그런 의미에서 빨래란 생을 다짐하는 의식과도 같다. 지난 일주일을 지워내고 다가올 한 주를 받아들인다는 마음의 준비 같은 것. 지난 계절을 보내고 새로운 계절을 맞이하겠다는 삶의 자세 같은 것. 수영하기 전 충분한 준비운동 같은 것. 잠수하기 전에 한껏 숨을 들이마시는 것. 회사를 다니던 시절에는 주말마다 빨래를 하고 널면서 비로소 한 주를 무사히 보냈다는 안도감 같은 것을 느꼈다. 바싹 마른 빨래를 개어 제자리로 돌려보내면 비로소 한 주를 받아들일 준비가 됐다는 느낌이 들었다. 빨래를 하고, 마른 옷가지를 본래 있는 곳으로 돌려보낸다는 건 일상이 제대로 돌아가고 있다는 걸 확인하는 매일의 다행이다.

중요한 건 늘 제자리로 돌아간다는 것이다. 빨래가 마르면 제자리로 돌려보내야 한다. 매일 청소를 한다는 건 모든 것이 있어야 할 자리에 잘 놓일 수 있도록 하는 일이다. 청소를 자주 한다는 건 애초에 청소에 방해가 되지 않도록 물건이 있어야 할 자리를 지키도록 정리된 삶을 살아가는 덕분일 것이다. 결국 어디에서 온 것인지, 어디로 가야 하는지, 자리를 찾고 지키는 건 중요하다. 그렇게 삶의 평상과 평정을 지키며 매일의 다행을 이어가야 한다. 잘 치우고, 잘 털어내고, 잘 빨고, 잘 말리면서 가끔씩 오는 행복을 즐기고, 가끔씩 오는 불행을 견디며 매일의 다행을 이어가야 한다. 흐르는 세월은 흐르는 대로 보내고, 돌아오는 계절은 돌아오는 대로 맞으며.

시간을 달리는
올림픽

다 꿈이었던가. 2024 파리올림픽 개막식을 보며 지난 몇 년의 시간이 낯설게 다가왔다. 팬데믹이 한창이던 시절에는 그 이전의 세계가 어떠했는지 잊어버릴 것 같았는데 지금은 팬데믹이라는 게 언제였나 싶을 정도로 멀쩡히 돌아가는 세상에서 올림픽을 보고 있다. 전염병의 공포에서 완전히 벗어난 세상의 자유와 환호를 보았다. 그리고 지난 2021년에 열린 2020 도쿄올림픽을 떠올렸다. 정말 이상하지 않은가. 2020 도쿄올림픽이 2021년에 개최됐다니, 시간을 달리는 올림픽인가.

처음에는 일어나선 안 될 일이라고 생각했다. 진정될 기미가 보이지 않는 팬데믹의 기운이 전 세계를 압도하는 상황에서, 심지어 코로나19 확진자가 연일 천여 명씩 쏟아지는 도쿄에서 올림픽이라니. 하지만 올림픽은 개최된다고 했고, 개막식 당일에도 '이거 실화임?'이라는 생각을 지울 수 없었다. 그리고 올림픽 중계를 보는 내내 마음속으로 연발했다. '이거 실화임? 올림픽이 원래 이렇게 재미있었나?' 그랬다. 도쿄올림픽이 없었다면 2021년 여름은 정말 심심했을 것이다. 팬데믹 월드에 찾아온 극강의 엔터테인먼트였다. 무엇보다도 선수들이 벌이는 경기를 보면서 생각을 고쳐먹었다. 단순히 경기를 관람하는 관중 입장에서 올림픽이란 한 번쯤 지나쳐도 무방한 이벤트일지 몰라도, 선수들 입장에서는 일생일대의 꿈이었을 것이다. 그런 기회를 내다보며 최소한 4년여의 시간을 피땀 눈물로 채워온 선수들에게 유예된 동시에 기약할 수 없는 1년의 시간이란, 올림픽이 열릴 수 없을지도 모르는 현실이란 상상 이상으로 가혹했을 것이다. 비록 필연적인 우려는 있었지만 올림픽은 열렸고, 최고의 무대에서 최선의 순간을 보내는 선수들은 그 어느 때보다 값지고 귀한 영광의 시대를 맞이한 것이다. 정말 다행이지 않은가.

한국 선수의 승리에만 의의를 두며 올림픽 경기를 관람하는 건 아니다. 뻥이다. 내 팔도 당연히 안으로 굽는다. 대체로 한국 선수의 선전을 기원하고, 때로는 간절히 응원한다. "뚫어! 송태섭!"을 외치는 한나의 마음을 빌리듯 열렬히 응원한다. 다만 한국 선수 혹은 한국팀이 이겨야 한다는 이유로 상대의 졸전을 바라진 않는다. 어릴 때는 그런 마음을 가진 적도 있었지만 지금은 아니다. 상대편도 최선의 노력을 기울이고, 최고의 기량을 선보였다고 느낀 경기에서 내가 응원하는 팀이 이길 때의 쾌감은 실로 상당하다. 반대로 한국이 최선의 노력과 최고의 기량을 선보였음에도 졌다면 안타깝지만 그만 한 상대를 만났기 때문일 테니 받아들일 만한 결과인 것이다. 그런 아쉬움도 스포츠 경기를 보는 또 하나의 이유라 생각한다. 최고의 승리만큼 최선의 패배도 값진 법이다.

응원하는 팀이 있다는 건 스포츠 경기를 즐길 수 있게 만드는 주요한 요인이다. 물론 응원하는 팀이 없더라도 경기 자체를 재미있게 볼 수 있다. 하지만 응원하는 선수나 팀이 있을 때의 몰입도는 확실히 다른 법이다. 고로 적당한 '국뽕'은 올림픽 경기를 재미있게 보는 데 도움이 된다. 승리에 환호하는 선수의 얼굴도, 패배에 상심하는 선수의 얼굴도 각기 다른 방식으로 마음을 울리기 마련이다. 그런 의미에서 상대 팀을 비하하고 경멸하는 이가 있다면 그를 이해하기 위해 굳이 열량을 소모할 필요는 없다. 스포츠 정신이나 페어플레이라는 단어도 아깝게 하찮다. 그런 이들은 일상에서도 자신의 노력이나 실력을 통한 성취보다도 타인의 실수나 실책을 밟고 올라서는 것을 정당하게 여길 가능성이 높지 않을까? 결코 과한 억측일 리 없다. 페어플레이는 스포츠에만 적용되는 덕목이 아니다.

선수 입장에서는 메달 색깔이 중요할 것이다. 물론 결과보단 과정이 중요하다는, 메달 색깔은 중요하지 않다는 구호 같은 말에는 동의한다. 하지만 선수들이 염원해온 올림픽에서의 성과란 그저 몇 분 남짓 머무르는 구경꾼의 마음으로 지레짐작하거나 함부로 평가할 수 없는 미래였을 것이다. 눈에 띄는 결과에 다다르지 못한 이들의 면면은 언제나 구석에 방치되고 눈길조차 받기 어려운 법이라는 걸 누구보다도 선수 본인이 잘 알 것이다. 그렇기에 최상의 결과가 지금까지 보내온 시간을 보상받는 최선의 시간이라는 것 역시 선수 본인이 가장 잘 알 것이다. 그럼에도 불구하고 승패의 운명은 각기 다를 것이므로 가능하면 모든 선수가 최선의 승부를 펼쳤다는 안도감이나마 쥐고 그 끝을 받아들일 수 있는 경기를 해내길 바라면서 응원하게 된다. 그것이 구경꾼의 예의라고 생각한다.

2020 도쿄올림픽에서는 예년처럼 막강했던 양궁의 위세와 예년보다 막강해진 펜싱의 기세를 만끽했다. 시작은 양궁이었다. 언제나 올림픽 무대에서 신묘한 경지를 자랑하는 한국 양궁의 저력은 그만큼 부담스러운 지위이기도 할 것이다.

양궁 금메달이란 한국팀이 따놓은 당상처럼 여기지기 때문에 금메달을 향한 여정에서 조금이라도 삐끗하면 뭔가 잘못된 것처럼 언론도, 여론도 들썩인다. 그런 부담 속에서도 긴말이 필요 없을 정도로 믿음직하게 끝. 차분하면서도 단호하게 적중하는 한 발 한 발의 공력이 든든했다. 도쿄에서 한국의 새로운 효자 종목으로 떠오른 펜싱은 단체전으로 메달 네 개를 획득했다. 시청자 시선에서 펜싱 경기란 마주한 두 선수가 나란히 보이는 측면의 경기겠지만, 선수 입장에서는 외나무다리처럼 앞뒤로 길게 뻗은 피스트 위에서 상대 선수만을 시야에 두고 대치하는 정면의 경기일 것이다. 그만큼 펜싱 개인전은 고독한 내면의 대결 같은데 단체전은 그런 고독함을 조금이나마 무마해주는 인상이라 다른 관점으로 경기를 보게 됐다. 사브르, 에페, 플뢰레까지 모든 종목의 펜싱 단체전은 3분씩 총 9바우트로 진행된다. 한 바우트마다 양 팀 선수 중 누군가가 먼저 5점을 내면 다음 라운드로 넘어간다. 예비 선수를 포함해 네 명의 선수가 엔트리에 등록되지만, 주로 선발 선수 세 명이 경기에 임하기 때문에 보통은 한 선수가 세 번씩 피스트에 올라간다. 그러니까 한 선수가 15점씩을 따내면서 개인전을 벌이는 셈이다. 논리적으론 그렇다. 하지만 단체전에서는 선수마다 득점이 달라지기 마련이다. 누군가는 실점하고, 누군가는 득점한다. 그러니까 단체전은 팀원 중 누군가의 실점을 다른 누군가가 득점으로 메우는 경기다. 어느 종목이나 마찬가지겠지만 유독 외나무다리에서 싸우는 듯한 펜싱은 함께 버티고 나아간다는 '원팀'의 정체성이 더욱 두드러져 보여서 인상적이었다.

매 경기 마음을 들끓게 만든 여자배구를 이야기하지 않을 수 없다. 경기를 볼 때마다 심장이 쿵쾅거렸다. 김연경이 이끄는 여자배구 대표팀은 조별예선에서 A조에 편성됐고, 6개 팀 중 전력 평가 면에서 다섯 번째 수준으로 분류되는 팀이었다. 국제 배구 연맹 FIVB에서 발표한 세계 순위에 따르면 브라질은 2위, 세르비아는 6위, 도미니카 공화국은 7위, 일본은 10위였고 케냐만 유일하게 14위 한국보다 아래인 32위였다. 한국 여자배구가 예선에서 탈락한다 해도 이상한 일이 아니었다. 예선 첫 경기였던 브라질전에서 세트 스코어 0:3으로 완패한 것도, 두 번째 경기인 케냐전에서 3:0 완승을 거둔 것도 예상을 크게 빗나가지 않는 것이었다. 질만한 팀에게 졌고, 이길만한 팀을 이겼다. 하지만 실전은 기세다. 이변은 예선 세 번째 경기부터였다. 도미니카 공화국을 풀세트 접전 끝에 3:2로 꺾은 한국팀은 일본전에서 전의를 불태웠다. 한일전은 종목을 불문하고 한국 선수들에게 그 자체로 불씨다. 객관적인 실력 차이 같은 걸 재로 만들어버린다. 이기겠다는 마음만큼이나 지지 않겠다는 마음도 굳건한 것이고, 어쩌면 보다 강력한 것일지도 모른다. 한일전이란 그런 것이다. 그만큼 보는 입장에서도 굉장한 엔터테인먼트일 수밖에 없다. 무엇보다도 일본을 이기면 8강 진출은 확정이었다. 하지만 진다면 다음 경기에서 난적 세르비아와 만나야 한다. '사즉생 생즉사'나 다름없는 경기였다. 그만큼 한국도, 일본도, 치열했다. 랠리가 이어질수록 마음이 타들어 가는 것 같았다. 그런데 질 것 같지 않았다. 밀리는 경기가 아니었다. 그만큼 긴장감도 상당했고, 경기 내용도 박빙이었다. 풀세트 접전에 듀스 승부까지 이어진 끝에 얻은 승리는 '각본 없는 드라마'라는 상투적인 표현에 생명력을 불어넣고도 남았다. 세계 4위에 랭크된 터키와의 8강전은 사실상 승리한다는 전제 자체가 기적을 바란다는 것과 다름없었다. 역대 전적은 2승 7패로 열세였고, 해당 경기 이전까지 한국에 6연패를 안긴 강팀이었다. 하지만 역시 실전은 기세다. 2002 한일 월드컵에서도 그러했듯이, 단기전 토너먼트에서는 말도 안 되는 일이 벌어지곤 한다. 1세트까지만 해도 패색이 짙었다. 일어날 일이 일어날 것 같았다. 그러나 2세트 승리에 이어 끈질긴 듀스 승부가 이어진 3세트에서 승기를 따내며 반전을 기대하게 만든 한국팀은 4세트를 내줬지만 끝내 풀세트 접전 끝에 신승을 거뒀다. 어떤 식으로든 경기를 지켜보는 모두의 마음에 전율이 일어날 만한 사건이었다. 몸을 날리고 일으키는 선수들의 움직임에서 이기겠다는 간절함이 느껴져서 나도 모르게 "때려! 김연경!" 외치며 응원하지 않고는 배길 수 없었다. 승부의 결과와 무관하게 그 코트에서 함께 뛰는 기분이었다. 그렇게 뜨거운 순간을 다시 맞을 수 있을까 싶을 정도로.

지난 도쿄올림픽은 4등의 재발견을 위한 무대처럼 보여서 더욱 흥미로웠다. 금메달이 아니면 죄인처럼 고개를 숙이던 과거와 달리 4등을 차지한 선수들의 밝은 얼굴이 어느 때보다도 주목받는 올림픽이었다. 한국 선수로서는 25년 만에 올림픽 남자 육상 높이뛰기 결선에 진출해 한국 신기록까지 경신한 우상혁은 순위와 관계없이 바와 대결을 벌이는 인상이었다. 최고의 무대를 있는 그대로 즐기는 듯한 모습을 보아하니 중요한 건 상대 선수와의 승부가 아닌 것 같았다. 넘느냐, 못 넘느냐, 그것이 문제로다. 남자 다이빙 3m 스프링보드 결승에 출전한 우하람도, 근대 5종 남자 개인전에 출전해 각각 3, 4위를 차지한 전웅태와 정진화도, 남자 수영 자유형 200m와 100m에서 각각 7위와 5위를 차지한 황선우도, 모두가 자신과의 레이스를 펼치며 그 결과를 즐기는 인상이라 마주하는 내내 즐거웠다.

승부의 가혹함을 피할 수 없는 경기도 있었다. 동메달 결정전에서 한국팀끼리 맞붙은 배드민턴 여자복식 김소영, 공

희용 조와 이소희, 신승찬 조의 승부는 보는 것만으로도 안쓰러웠다. 하지만 승부의 세계란 냉정하기에 승패는 가려져야 하는 법이다. 경기가 끝난 뒤 끌어안는 네 선수를 보면서 경기 결과보다도 서로를 향한 뭉클한 마음이 선명하게 느껴졌다. 스포츠는 승패의 희비가 명확한 세계이기에 승자가 되고자 안간힘을 써온 선수들의 삶을 바탕으로 연출된 드라마다. 각본이 없어서 더 놀랍고 감동적인 드라마가 된다. 명확한 결과에 다다르기 전에 드라마부터 살펴보게 만든다. 영화보다도 더 영화 같은 현실을 들춰보고 싶게 만드는 것이다. 길게는 몇 시간, 짧게는 몇 분 남짓한 시간, 경기를 통해 목도하는 선수들의 표정 너머에는 각기 다른 영화가 있다. 물론 세상 모든 이의 사연과 사정을 알 필요는 없겠지만 우연이든 필연이든 그렇게 맞이하게 된 사연과 사정은 예상치 못한 방식으로 마음에 깃들기도 한다. 찰나의 승부를 위해 견뎌낸 긴 시간에는 아마 수많은 이야기가 매달려 있을 것이다. 그런 이야기로 당도하는 과정에서 누군가는 단면이나 다름없는 지금을 지탱해온 수많은 이면을 떠올리게 된다. 그렇게나 많은 스포츠 영화가 만들어지는 데는 그럴만한 이유가 있는 것이다. 뻔한 클리셰처럼 보여도 많은 사람이 끝내 마음에 품는 이야기란 이런 것이다. 승리든, 패배든, 거기까지 가닿고자 역력한 인간의 삶을 거슬러 올라가 보는 것은 누군가의 마음을 당기기 마련이다. 올림픽이나 영화나 모두 이야기다. 사건이 아니라 사람이 살아가는 이야기다.

지난한 팬데믹의 시대에 '2020'이라는 숫자를 걸고 뒤늦게 찾아온 올림픽이 가져다준 의외의 감동은 우리 모두가 바라는 일상의 회복을 보다 뜨겁게 염원하도록 독려하는 뜻밖의 응원처럼 보였다. 팬데믹이라는 낯선 언어가 일상으로 도래한 2020년은 수많은 사람에게 지금이라는 가능성이 부서지는 시간이었을 것이다. 시간이 멈춘 것 같았지만 시계는 부지런히 돌아갔고, 그렇게 지나간 시간은 절대 돌아오지 않는다. 삶이 완전히 소멸한 것은 아니지만 팬데믹이 아니라면 가능했을 1년여의 당연한 것들이 완전히 사라졌다. 삶의 막후를 잇는 어떤 가능성이 있었을지도 모를 시간들이 말이다. 대단한 성과까진 아니라도 언젠가 삶을 풍요롭게 수놓을지도 모를 좋은 기억의 가능성이 조용히 흩어진 것이다.

그래서일까, 도쿄올림픽과 함께 1년 늦게 찾아온 2020이라는 숫자는 지난 1년여 동안 인류가 보낸 지난한 시간의 안부를 묻는 인사 같았다. 비록 올림픽이 전 세계인을 하나로 묶었다고 평가하는 건 무리일지 몰라도 세상이 이토록 다양하게 채색할 수 있는 캔버스임을 인지하게 만드는 역할 정도는 해낸다고 인정하게 됐다. 서로 다른 이들이 한데 모여 질서 있게 자웅을 겨루는 세계를 이룰 수 있다는 건, 그 자체로 어떤 가능성일지도 모른다. 서로 다른 우리가 하나의 기치 아래 모인다는 것은, 모일 수 있다는 것은 분명 멋진 일이다. 그게 바로 세계인 것이다. 저마다 다르기 때문에 하나라는 가능성이 이만큼이나 웅장해질 수 있다는 것.

2024 파리올림픽 여자 양궁 단체전에서 한국팀이 10연패를 달성했을 땐 진심으로 기뻤다. 누구나 최선을 다한 무대에서 최고가 된다는 것은 그만큼 영광스러운 일일 수밖에 없다. 그런 자리에서 40여 년간 최고의 지위를 유지한다는 건 말처럼 쉬울 수 없기에 그러한 역사를 동시대에 목격하는 즐거움이 상당했다. 세간의 큰 주목을 받진 못했지만 개인적으로 인상적인 순간은 탁구 여자 국가대표 신유빈의 단식 64강 경기였다. 신유빈은 호주의 멜리사 태퍼를 세트 스코어 4:0으로 완파했다. 상대 선수 멜리사 태퍼는 선천적으로 오른팔 신경의 손상을 입고 태어나 지금도 오른팔을 제대로 펴거나 구부릴 수 없다고 했다. 그럼에도 불구하고 호주의 국가대표 탁구 선수로 파리올림픽에 출전했고, 패럴림픽에도 출전할 예정이라고 했다. 지난 리우데자네이루 올림픽과 패럴림픽에도 출전한 경력이 있다고 한다. 단지 장애인 선수가 올림픽에 출전해 비장애인 선수와 겨루는 모습이 인상적이었다는 게 아니다. 멜리사 태퍼는 신유빈의 상대가 되지 못했다. 경기는 일방적이었다. 그럼에도 내가 그 경기를 끝까

지 본 건 경기 중간중간 미소를 보인 멜리사 태퍼의 표정 때문이었다. 솔직히 동정하는 마음이 없진 않았다. 장애를 안고도 올림픽에 출전하다니 대단하다는 식으로 가상히 여기는 마음도 있었다. 그녀의 미소가 그런 나를 부끄럽게 만들었다. 감히 누구를 동정하고 가상히 여긴단 말인가. 그 시간은 온전히 그녀의 것이었다. 그 삶이 되레 부러웠다. 자신이 원하는 대로 충실하고 충만하게 살아가는 삶이었다. 이렇듯 올림픽을 통해 대한민국의 선전을 기원하며 도파민과 카타르시스의 노예가 되는 재미만큼 내가 몰랐던 세상의 얼굴과 그들의 이야기를 만나며 얻는 감흥 역시 대단했다. 생면부지의 얼굴과 인생에 담긴 희로애락이 생생한 투지로 선명해지는 순간, 어떤 영화보다도 놀라운 경이가 찾아온다.

올림픽이란 함께 마주하며 호흡하고 살아가고 있다는 것을 체감할 기회이기도 하다. 우리가 기대하는 삶이란 끝내 이런 것이라 생각한다. 그런 의미에서 지난 2020 도쿄올림픽이 언젠가 다시 돌아올 세상에 대한 염원의 불을 켜는 자리였음을 뒤늦게 실감했다. 마치 전 세계의 명절 같았다. 보이지 않는 바이러스에 대한 불안으로 서로 마음의 장벽을 쌓아가는 시대에, 한자리에 모여서 세계의 다양성이 어울리는 풍경을 즐긴다는 것이 의외로 귀하고 중하다는 깨달음, 그것이 점점 지난해지는 시대에도 다음의 만남을 기약해야 하는 이유다. 적어도 이젠 마스크로 기쁨과 슬픔을 가린 세상에서는 벗어났으니까. 마주한 얼굴로 그 모든 삶을 대면할 수 있는 시대의 다행을 보다 열심히 즐기고 싶다. 즐기길 권한다.

모든 것들이 무너져가는 이 세계의 밤에서
나는 마지막으로 너를 안았다.
다 사라질 운명 속에서 끝내 바스러질 기억일지언정
마지막으로 남겨놓아야 할 기억은
너와 내가 함께했던 감각이라 믿었다.
그렇게 세계는 사라졌고,
너도나도, 그 마지막 감각도,
기억하는 이 하나 없겠지만
그 끝에 다다라서도 놓지 않으려 했다.
우리라는 감각을, 죽음도, 멸망도,
갈라놓을 수 없는 그 영원한 세계를,
손끝으로 여미어 봉인하고자 안간힘을 썼다.
그렇게 녹아내려 경계가 없는
단일한 세계로 사라지자고 맞닿은 가슴을
함께 죽였다. 아득한 꿈처럼 스며드는
죽음으로 하나가 되고 싶었다. 하지만 우리는
서서히 바스러져 흩어지는 존재로 헤어졌다.
한 줌도 남겨지지 못한 채 애초에 없었던 시간으로서
알알이 멀어졌다. 그렇게 다시 일어나는 세상에는
너의 것도, 나의 것도 없을 것이다.
완벽한 이별이었다.

도인과 가을

"도를 믿으세요?"

소위 '도인'이라 명명하는 이들을 언급할 때 함께 회자되는 유명한 인사말이다. 나는 지금껏 그들을 서른네 번이나 만났다. 하지만 그들이 저렇게 발음하는 건 단 한 번도 듣지 못했다. 그렇기에 사실 내 입장에서는 도인이라는 단어가 낯설다. 그들은 대체로 길을 걷고 있을 때 불쑥 나타나 이렇게 말한다. "잠깐 시간 있으세요? 드릴 말씀이 있어서요." "영이 맑다는 소리 들어보셨어요?" "영문을 들어보시겠어요?" "집안에서 덕을 많이 닦았나 봐요." "혹시 공부하셨나요?" 이렇듯 도인들은 다양한 언어를 구사한다. 흥미로운 건 그들 모두 뻔뻔하게 차를 한잔 사라고 요구한다는 것이다. 아마 활동비가 넉넉하지 않은 모양이다.

도인을 처음 만난 건 갓 스무 살이 된 무렵이었다. 아마 광주 충장로의 번화가로 가는 길이었을 것이다. 그 당시 나는 라이브 영상 음악실 '메탈리카'에서 DJ 알바를 하고 있었다. 상호만으로 분위기를 파악했다면 당신은 록을 좋아하는 사람이겠지. 맞다. 사장님은 하드록이나 정통 메탈이 아니면 싫다고 하셨어. 그 당시 유행하던 하드코어나 펌프록 같은 걸 틀면 DJ 부스를 박차고 들어와 쓰레기 같은 음악 좀 그만 틀라고 하셨다. '척추'라는 닉네임을 쓴 DJ가 이런 유의 뉴메탈을 종종 틀었기 때문에 그 시간대에 남아 있다 보면 사장님의 역정을 심심치 않게 볼 수 있었다. 내 닉네임은 '미르'였다. '용'이라는 의미를 가진 순우리말이다. 별 의미는 없고 내 이름에 포함된 '용'을 2음절로 표현할 수 있어서 선택했다. 나를 제외하고 DJ가 세 명 더 있었는데 그들의 닉네임이 2음절로 동일했기 때문이다.

메탈리카로 가는 길에 한 남자가 나타났다. 조상님이 전할 말이 있다면서 뻔뻔하게 차를 한잔 사라고 했다. 문득 그 사내가 궁금했다. 없는 형편이지만 차 한잔 값을 지불하기로 했다. 인근 카페로 들어가서 자리를 잡으니 생년월일과 생시 그리고 이름과 한자 같은 걸 물었다. 점이라도 치는 걸까 싶었다. 그는 나무를 그렸다. 모나미 볼펜 따위로 제법 그럴듯하게 잘 그렸다. 한두 번 그려본 솜씨가 아닌 듯했다. 곧 나무에 큼지막한 열매가 열리더니 빨갛게 익었다. 나름대로 성의가 있었다. 그 빨간 열매가 나라고, 나무는 우리 집안이라고 했다. 조상이 덕을 많이 쌓았고, 나는 그 덕을 온전히 받는 후손이라고 했다. 피식했다. 이보쇼, 우리 집 망한 얘기나 해드릴까? 그런데 덕이 있으면 업도 있다고 했다. 쉽게 말해 좋은 일도 했지만 나쁜 일도 했고, 그래서 덕을 받아야 할 후손의 앞길을 그 모든 업이 방해한다고 했다. 이거 나름 정반합? 그렇다면 어떻게 해야 합니까? '정성'을 들여야 한다고 했다. 정성이요? 정성이 뭐죠? 돈이 필요하다고 했다. 하늘에 있는 조상님께 제사를 지내야 한다고 했다. 저는 돈이 없는데요? 정성을 들이면 됩니다. 아니, 돈이 없다고요. 아니, 정성을. 그렇게 돌림노래 같은 소리를 실없이 주고받다 알바 시간이 돼서 자리를 떴다. 그 뒤로도 길거리에서 그들을 몇 차례 만났지만 더 이상 궁금하지 않았다. 언젠가부터는 준비된 냉소를 일발 장전하고 있는 나를 향해 다가오는 얼굴만 봐도 알 수 있었다. '참 불쌍한 도인이네.'

한때 소위 막장 드라마에서는 재벌 2세 남자 주인공이 자기 뺨을 때리는 여자에게 반하는 장면이 자주 등장했다. "이런 여잔 네가 처음이야." 나는 그것이 제법 그럴싸한 설정이라는 걸 2005년 겨울에 인정하게 됐다. 그해 11월, 지하철 막차 시각에 다다라 친구들과 헤어진 뒤 종로3가역 입구로 막 내려가려던 차였다. 모르는 여자가 말을 걸었다. "저기요, 혹시…" 느낌이 싸했다. 참 불쌍한 도인이네. 손을 뿌리치고 퉁명스럽게 말했다. "됐어요. 들을 만큼 들었어요." 그런데 예상치 못한 반응이 넘어왔다. "저기요! 무슨 말을 할 줄 알고 이러세요? 얼마나 중요한 이야기를 하려고 하는데!" 아니, 이런 도인 처음이야. 이렇게 저돌적인 타입은 처음이라 약간 당황했다. "조상님이 보냈고, 나무 그릴 거 아니에요?" "그게 어때서요. 그게 얼마나 중요한데요!" 도인은 일갈했다. "그래서 차 한잔 사라고요? 또 나무 그리게?"라고 물으니 의외의 답변이 넘어왔다. "저랑 같이 가시죠."

도인은 군자역 부근에 있는 거처로 가자고 했다. 아니, 거기서 어떤 험한 꼴을 당할지 모르는데 순순히 따라가겠어? 그런데 그런 일이 일어났다. 이유는 모르겠는데 궁금했다. 문제는 도인이 가자는 군자역은 집과 전혀 다른 방향이었다는 거다. 택시 앱도 없어서 대중교통이 끊기면 집에 가기 막막한 시절이었다. 지갑 사정도 여유롭지 않았다. 하지만 이상하게 가보고 싶었다. 그렇게 3호선을 타고 신사역으로 가야 했던 나는 5호선을 타고 군자역으로 향했다. 가는 내내 불안했지만 호기심을 참을 수 없었다. 호기심은 고양이를 죽인다던데, 사람도 죽이나? 군자역에 당도해 혹시 모르니 주변의 지형지물을 살피며 도인을 따라가던 와중에 그가 말했다. "지금은 저랑 같이 가니까 가실 수 있는 거지, 나중에 혼자서는 못 와요." 혹시 나 해리 포터? 지금 호그와트라도 가는 것? 킹스크로스역 9와 4분의 3 플랫폼이라도 통과하는 거야? 어이가 없었다. 그런데 왠지 그들의 정체가 더 궁금해졌다. 뭐하는 작자들이지.

평범한 2층 주택이었다. 대문을 들어가기 전에 건장한 사내 둘에게 붙잡혀 포승줄이나 박스 테이프 같은 것으로 둘둘 말린 채 어디론가 실려가 정신을 차리니 새우잡이 배에서 평생 그물을 거두는 신세가 되는 상상을 해보았다. 정신만 차리면 호랑이굴에서도 살 수 있다. 하지만 호랑이보다 사람이 더 무서운 거 아닌가? 그래도 여기까지 왔으니 들어가 보자. 그렇게 들어선 집에는 중년 여성과 청년 남성이 있었다. 제압당할 것 같진 않았고, 그럴 기운도 느껴지지 않았다. 나무 그리기 담당은 중년 여성이었다. 생년월일과 생시, 이름과 한자 이름 등등 신상정보를 묻더니 나무 그림과 빨간 열매를 그렸고, 결국 정성 이론에 다다랐다. 예정된 수순이었다. "눼눼" 하고 앉아 있던 나는 물었다. 도대체 정성값이 얼마입니까? 역시나 정성은 들일 수 있는 만큼 들이면 된다고 했다. 그 당시에는 스마트뱅킹이 없었다. 내 수중엔 정확히 2만원이 있었다. 이것도 정성값이 됩니까? 그는 잠시 고민하다 중얼거렸다. "이것이 하늘의 뜻이라면." 옆에 있던 청년에게 2만 원으로 장을 봐오라고 했다. 정성이 그렇게 만만합니까? 그나저나 자정에 어디에서 장을? 이윽고 나는 2층으로 인도됐다. 개량한복처럼 생긴 옷을 주면서 속옷까지 다 벗고 갈아입으라고 했다. 불길하고 찝찝하지만 이렇게 된 이상 해보자는 심산이었다. 여기서 뭐가 잘못되면 그냥 그럴 팔자겠지. 그렇게 옷을 갈아입고 나오니 인적사항을 적는 서류를 줬다. 기입하면서도 개인 정보가 유출되는 건 아닌가 불안했다. 그런데 서류를 넘겨주니 보는 앞에서 불에 태워 하늘로 날려 보내는 게 아닌가. 하늘에 내 정보를 보내는 것이라고 했다. 그러니까 이건, 업로드? 곧 장을 본 청년이 돌아왔는지 상을 차렸다. 자갈치, 새우깡 같은 과자와 귤 몇 개, 그리고 '스뎅' 주전자가 하나 있었다. 저게 정성? 조상님이 그렇게 만만합니까?

　세 도인은 삼각 편대로 서서 나를 화살표 꼬리쯤에 자리하게 하더니 함께 절을 하자고 했다. 절을 한 뒤 일어나지 말고 머리를 바닥에 댄 채 눈을 감고 있으라고 했다. 자면 안 된다고도 했다. 하지만 나는 술도 마셨고, 추운 날씨에 방바닥은 너무도 따뜻했다. 그만 깜빡 잠이 들었다. 얼마나 지났을까, 도인이 나를 흔들어 깨웠다. 자지 않은 척하기는 애초에 포기했다. 도인은 작은 컵을 주더니 주전자를 따랐다. 음복을 하라는 거다. 뭘 탄 건 아닌지 의심스러웠지만 일단은 조금 마셔봤다. 물맛이었다. 도인은 그것이 그냥 물이 아니라고 했다. 정성을 들여서 물이 육각수로 변했다나. 저명한 교수님이 증명한 거라며 신문 기사도 보여주었다. 네네 하며 잔을 내려놨다. 내 옷으로 갈아입곤 1층으로 내려가 새우깡과 자갈치와 귤을 음복했다. 과자는 됐고 귤은 조금 먹었다. 이제 정성을 들였으니 도인과는 드디어 안녕? 아니었다. 그것은 첫 번째 믿음의 벨트였다. 도인은 정성을 들였으니 '공부'를 해야 한다고 했다. 내일부터 계속 이곳에 나와야 한다는 것이다. 그렇다면 일단 집에는 가야 하는 것 아닌가. 문제는 수중에 돈이 없었다. 나는 정말 진실되게 나의 모든 정성을 다 바쳤다. 그래서 집에 가야 하니 택시비를 좀 빌려달라고 했다. 정성을 들였으니 이제 조상님이 도와주셔야지. 그런데 집까지 데려다준다는 것이다. 아, 불안해. 하지만 수가 없었다. 집 밖으로 나가니 봉고차가 있었다. 아, 더 불안해. 그리고 왜 다 나오는 건데. 어쨌든 집에 가면서 이런저런 대화를 나눴다. 그리고 집 앞까지 데려다주겠다는 걸 마다하고 집과 가장 가까운 지하철역 인근에 차를 세웠다. 그들이 눈앞에서 사라지기 전까지 집을 향해 걷지 않았다. 그렇게 집에 돌아와 곰곰이 생각해봤다. 생각보단 흥미로운데? 내일 가면 뭘 짓을 시킬까? 그렇게 한번 도인의 '공부'를 해보기로 했다.

솔직히 말하면 그들이 나한테 어떤 공부를 시켰는지 정확하게 기억나진 않는다. 왜냐하면 그들이 시키는 공부가 너무 재미없었고, 너무 길었다. 그래서 나도 모르게 자주 졸았다. 세상은 춥고 방바닥은 따뜻했다. 그런데 한번은 졸고 있는 내 앞에 향을 피우고는 연기가 두 갈래로 갈라지는 걸 보니 이 방에 귀신이 두 마리 있다고 했다. 그들이 우리 집안 조상님들이 보내주는 복을 막는 업이라고 했다. 그래서 자꾸 들어야 할 말을 듣지 못하게 막고 졸게 만드는 것이라 했다. 아니야, 정말 재미없다고. 그 와중에 갑자기 사람을 하나 부르더니 상석에 앉혔다. 잠시 후 그가 꾸벅꾸벅 졸기 시작했다. 도인은 그가 내 업을 대신 가져가는 것이라며, 전문용어로 '업대속'이라고 했다. 그럴싸했다. 그 모습을 보니 확실히 잠은 달아났다.

개인적으로 가장 흥미로웠던 이야기는 사람 안에 다양한 귀신이 있다는 말이었다. 그리고 내 안에는 고약한 늙은이 귀신 하나와 해맑은 동자 귀신 하나가 있다면서, 앞으로 용준 씨를 살리는 건 해맑은 동자 쪽일 거라고 했다. 공부한 사람 눈에는 보인다나? 진위와 무관하게 꽤 흥미로운 이야기였다. 그렇다면 이 책에 고약한 늙은이와 해맑은 동자가 쓴 글이 공존할지도 모르겠다. 귀신이 쓴 책이랄까. 하지만 귀신님들, 이왕이면 로또 번호 같은 걸 알려주실 순 없겠습니까?

하루는 도인이 갑자기 배가 고프지 않냐고 물었다. 오후 5시쯤이었고 말을 하기도, 듣기도 많이 했으니 배가 고파도 당연히 고플 시간이었다. 그런데 대뜸 집에서 제사를 지내느냐 물었다. 큰집은 독실한 기독교 집안이라 제삿날에 모두 모여 기도를 할 뿐 제사상을 차리진 않았다. 도인은 대뜸 '그래서 그런 것'이라고 했다. 조상님이 배가 고프시다나, 그러니까 라면을 좀 사달라나. "조상님이 라면 좋아하세요?"라고 물었다. "제가 배부르면 조상님도 배가 부른 겁니다"라는 답이 넘어왔다. 녜녜. 그런데 슈퍼에서 조상님 입맛이 좀 변했는지 도인이 물었다. "짜파게티도 될까요?" 조상님 견물생심이 심하시네. 원하시는 대로. 그렇게 짜파게티를 사 왔더니 직접 끓여주길 원했다. 조상님이 더 좋아할 거라나. 녜녜. 짜파게티를 먹던 도인은 또 말했다. "평소보다 짜파게티가 더 맛있게 느껴지지 않아요? 정성을 들여서 그래요. 물이 육각수로 변했거든요." 그냥 웃었다. 도인님, 작작 좀.

그렇게 5일 정도 됐을까. 그 사이 도인에게 '지금이 인류의 가을'이라는 말을 여러 번 들었다. 그러니까 이 가을에 정성을 들여야 한다고, 조상님 말씀에 귀를 기울여야 한다고, 겨울이 오면 정성을 들여 선택받은 자들만 남게 될 거라고 말이다. 그러면서 인류의 가을과 겨울을 제대로 표현한 영화를 한 편 볼 거라 했다. 무슨 영화일까. 궁금했다. 안 본 영화면 좋겠는데. 그 영화는 바로 〈투모로우〉. 다행히 군복무 시절에 개봉해서 못 본 영화였고, 생각보다 볼만했다. 짜파게티값과 영화 관람비를 바꾼 셈이랄까. 그나저나 롤랜드 에머리히 감독이 인류의 예언자였다니, 이토록 노골적인 겨울이라니!

인류의 겨울을 혹독하게 실감하고 나니 도인은 두 번째 믿음의 벨트를 제시했다. 이제는 정말 제대로 된 정성을 들여야 한다나? 돈을 내놓으란 얘기였다. 또 2만 원 드리면 됩니까? 아니었다. 이번에는 정말 제대로 된 정성이어야 한다고, 진지했다. "그러니까, 그 정성값의 최소 기준이 있지 않을까요?" 도인은 고심하는 듯하더니 빈 종이에 1부터 9까지 숫자를 적어 넣었다. 그중 하나를 고르라고 했다. 중간에 있는 5를 고르며 예상해보았다. '설마 이거 500만 원?' 그러자 도인은 "이것이 하늘의 뜻이라면"이라고 비장하게 중얼거리더니, 단호하게 말했다. "50만 원! 가능하겠어요?" 조상님, 정말 그렇게 만만합니까? 내 안에서 무언가 짜게 식고 있었다. 방긋 웃으며 정성을 다해보겠다고 했다. 도인은 기뻐했고, 나는 그 집에서 나왔다. 그리고 다시는 찾아가지 않았다.

그 뒤로 도인에게서 세 번 정도 전화가 왔다. 나는 더 이상 정성을 들이지 않아도 될 거 같다고 했다. 도인은 끈질기게 설득했고 나는 마침내 그를 실망시킬 결심을 했다. "군자에서 돌아와서 거울을 봤는데, 머리 위로 환한 빛이 보였습니다. 공부의 효능인 것 같아요. 이제 비로소 이 가을을 제대로 보낼 수 있겠네요. 어떤 겨울이 올지 모르겠지만 저는 더 이상 정성을 들이지 않아도 될 거 같습니다. 덕분이에요. 고맙습니다." 도인은 나의 농에 되레 감복했는지 더욱 정성 들여 설득했다. 이러다 내가 도인의 조상님이 될 것 같았다. 결국 어느 순간 그도 포기했는지 전화는 걸려 오지 않았다. 2만 원짜리 경험으로는 흥미로웠지만 50만 원짜리는 아니었다.

가끔 궁금하다. 도인은 아직도 〈투모로우〉를 보여줄까? 그사이 영화가 한두 편 나온 것도 아닌데, 인류의 겨울도 신작으로 업데이트되지 않았을까? 물론 그게 궁금해서 찾아갈 수는 없는 노릇이었다. 그리고 군자역으로 나를 이끈 도인의 말처럼 혼자서는 다시 찾아갈 수 없을 것 같았다. 벌써 20여 년이 다 된 일이라 정확한 위치가 기억나지 않는다. 다 떠나서 도인이 여전히 거기 있을지도 모를 일이었다. 그리고 언제 인류의 겨울이 올진 모르겠지만, 나는 더 이상 도인이 궁금하지 않고, 그 겨울도 두렵지 않다. 그저 가을을 잘 살고 싶을 뿐이다. 그리고 조상님, 도인은 그만 보내시고 제가 그렇게 걱정되시면 로또 번호나 한번 시원하게 안 되겠습니까? 그럼 정말 쾌청한 가을을 보낼 수 있을 거 같습니다만.

뚫어! 구니니!

여름이면 강원도 피서지에 개와 고양이가 늘어난다고 한다. 가족과 함께 온 개와 고양이가 많다는 말이 아니다. 여름 피서철에 강원도에 유기되는 개와 고양이가 많다는 의미다. 지금은 지자체의 일방적인 지원 중단으로 사라진 평창국제 평화영화제에 GV 모더레이터로 참석했을 때 들은 말이다. 평창에는 영화관이 없어서 리조트 컨벤션 홀이나 강연장 같은 곳을 임대해 영화제를 운영했다. 그런데 한번은 영화 상영 도중 갑자기 고양이 울음소리가 나기 시작했고, 관객 제보로 상영을 중단할 일이 생겼다. 벽 사이에서 울음소리가 들렸기 때문에 여차하면 벽을 뜯어야 하는 상황이라 리조트 측에서는 난감한 눈치였다는데 다행히 묘책을 찾아 고양이를 구출했다고 한다.

이를 계기로 영화제 프로그래머는 리조트 관계자에게 놀라운 이야기를 들었다고 했다. 여름 피서철에 리조트 주변에 유기된 개와 고양이가 많아진다는 것이다. 여름 성수기, 도심에서 놀러 온 이들이 주변 산간에 몰래 버리고 간 개와 고양이가 기하급수적으로 늘어난다는데, 아무래도 자연에 유기하는 게 나을 거라 여기며 죄책감을 덜어내는 모양이었다. 기가 막혔다. 도시인을 산에 버려두면 자연인이 됩니까? 정말 간편한 양심 아닌가.

"구니니는 잘 지내죠?" SNS를 통해 내 일거수일투족을 어느 정도 파악하고 있는 이들을 만나면 적지 않게 듣는 말이다. 구니니는 우리 집에서 동거 및 서식하는 고양이다. 사람들이 구니니 안부를 묻는 데는 특별한 이유가 있다. 아무래도 사람보단 고양이 존재감이 으뜸인 덕분이겠지만 SNS를 통해 공유한 구니니의 특별한 근황을 알고 있기 때문이다. 많은 이가 구니니를 품종묘로 입양했을 거라고 생각한다. 페르시아 친칠라 종으로 추정되는 구니니의 외모가 꽤 '값비싸' 보이기 때문이다. 하지만 구니니는 스트리트 출신이다. 물론 길고양이 출신은 아닐 것이다. 이런 털북숭이가 길바닥에서 태어났을 리 없다.

구니니를 처음 발견한 사람은 단골 술집 주인이었다. 영업을 마치고 귀가하던 중 서촌 군인아파트 놀이터에서 모래를 파고 있는 고양이 한 마리를 보았다고 했다. 하는 짓을 보아하니 집고양이 같아 다가갔는데 역시나 누가 봐도 길고양이일 리 없는 장모종 고양이였다. 이 친구를 '구니니'라 부른 것도 바로 그 지인이다. 군인아파트 놀이터에서 발견됐다는 이유로 그리 불렀고 결국 지금도 그렇게 불린다. 지인은 집에 고양이를 여럿 키우는 '호구' 집사였고, 구니니 역시 호구 냄새를 기막히게 맡고 쫓아갔다. 구니니도 그만큼 절실한 상황이었을 것이다. 결국 마음 약한 호구가 미끼를 물었다. 누가 봐도 주인 잃은 집고양이가 따라오는 걸 모른척할 수 없어서 집으로 데려갔다고 한다. 문제는 구니니가 사회성 엉망인 고양이였다는 것이다. 지인의 집에 있는 고양이들에게 하악질을 하며 용쟁호투를 벌일 기세였다고 한다. 결국 집에 둘 수없으니 운영하는 가게로 데려갔다. 그리고 나와 아내는 그 가게의 단골 꼴라였다. 그것이 구니니를 만나게 된 전말이다. 술이 이렇게 위험하다.

구니니를 임시보호하던 지인은 반려인을 찾아보고자 서촌 관련 온라인 커뮤니티에 사진과 공지를 올렸고, 동네 곳곳에 주인 찾는 벽보를 붙였다. 하지만 나타나지 않았다. 이미 중성화 수술이 된 걸로 보아서는 사람 손을 탄 고양이가 틀림없었다. 산 넘고 물 건너 온 게 아니라면 인근의 가정에서 살던 친구가 아닐까 추정했다. 그럼에도 반려인이 나타나지 않는다면 둘 중 하나일 것이다. 죽었거나, 고양이를 버렸거나. "혹시 반려인이 고독사해서 혼자 방치된 구니니가 우여곡절 끝에 탈출한 거 아닐까?" 내 말을 듣던 이들이 표정으로 답했다. '인성 문제 있어?' 그렇다면 버림받은 것으로.

나는 일찍이 고양이와 살아보고 싶었다. 결혼 전에는 어머니가 고양이를 '극혐'해서 불가능했고, 사실 그럴 형편도 아니었기에 언젠가 독립하면 그러리란 생각만 품었다. 그러다 결혼이 일종의 독립이 됐다. 문제는 아내가 강아지나 고양이 털 알레르기가 있었다는 것이다. 아내가 여자친구이던 시절, 그 당시 함께 살던 하늘이를 만난 적이 있다. 아내도 일찍이 개를 키웠다고 했고 동물을 좋아하는 편이었다. 하늘이도 좋아했다. 그런데 갑자기 눈가가 새빨갛게 부풀어 올랐다. 기이했다. 이런 거 〈에이리언〉에서 본 거 같은데? 다행히 에이리언은 아니고, 알레르기 증상이었다. 처음 겪는 증상이라고 했다. 나이가 든다는 건 이렇게나 서글픈 일이다. 없던 게 생긴다. 좋지 않은 쪽으로.

그러니까 나는 고양이 털 알레르기가 있는 여자친구와 결혼했다. 결국 이번 생에 '나도 고양이 있어'는 실패인가, 단념하고 살았다. 그런데 고양이가 꼬일 팔자였는지 신혼에 입주

한 빌라 창가 맞은편 암벽으로 길고양이가 찾아왔다. 사료를 사서 창문 난간에 내놓으니 어느 날부터 온갖 동네 고양이들이 난간으로 뛰어올랐다. 난간이 침대 옆이라 녀석들이 갑자기 불쑥 뛰어오르는 통에 "아이, 깜짝이야!"를 연발할 때도 있었다. 심지어 밥그릇이 비어 있을 때는 가지런히 줄도 서 있었다. 오픈런 맛집이냐? 동네에 소문난 호구가 된 것이다. 그 과정에서 마음이 동했는지 아내는 넌지시 "고양이 키워볼까?" 말하곤 했지만 매일 알레르기 약을 먹고 견뎌야만 할 수 있는 일을 '감당할 수 있겠냐'는 짧은 물음으로 결정할 순 없었다. 다 떠나서 나도 미적 기준이라는 게 있다. 눈에서 에이리언 나올 거 같다고.

  '묘연猫緣'이란 어디서 불어오는지 알 수 없는 바람이었다. 사실 구니니를 처음 봤을 땐 별생각이 없었다. 그런데 자꾸 만나다 보니 낯도 안 가리고 천연덕스럽게 구는 모습이 마음에 들었다. 게다가 몇 차례 접촉해 봤음에도 아내에게 알레르기 증상이 나타날 기미가 없었다. 슬그머니 영업을 시작했다. 그즈음 우리는 오래된 집을 사서 리모델링을 끝낸 뒤 이사를 앞두고 있었다. 그 집에 구니니를 데려오면 어떨까 아내에게 의향을 물었다. 약간 시큰둥한 듯 내심 끌리는 눈치였다. 그 뒤로 아내와의 대화에서 구니니가 등장하는 횟수가 늘었다. 집에 데려오지 않았을 뿐 이미 같이 사는 느낌이었다. 이사 전날, 짐을 들이기 전에 구니니를 먼저 데려와 봤다. 마지막 승부처였다. 이동장을 열자 조심스럽게 나와 자연스럽게 집 구석구석을 샅샅이 살피던 구니니는 끝내 자기 집처럼 거실 한복판에 드러누웠다. 그때 알았다. 고양이 집을 지었구먼. 누울 자리를 아는 영악한 놈이었다. 결국 그렇게 구니니와 함께 살 결심을 했다. 새집도 생겼고, 고양이도 생겼다. 그리고 뒤늦게 알았다. 문제도 생겼다.

구니니는 지금까지 수술을 두 번 받았다. 첫 번째 수술은 2021년 6월, 두 번째 수술은 2023년 7월이었다. 어느 날 갑자기 구니니가 소변을 보지 못했다. 병원에 데려가니 방광에 낀 잔여물이 요도를 막는 요도폐색 증상이라고 했다. 구니니 품종으로 추정되는 페르시아 친칠라 종은 방광이 고질적인 문제라고 하는데 특히 요도가 꺾여 있는 경우가 많은 수컷에게 주로 나타나는 증상이라 했다. 그런 와중에 구니니는 하필 요도까지 좁아서 더 문제라고 했다. 문제적 고양이였다. 와이어를 삽관해 막힌 요도를 뚫는 카테터 시술을 했다. 듣기만 해도 오금이 저렸고 구니니에게도 썩 유쾌한 일은 아니겠지만 그게 너도, 나도 살길이었다. 그게 끝이라면 다행일 텐데, 시작이었다. 그 뒤로도 거듭 요도가 막혔고 종종 입원을 했다. 큰일이었다. 시간은 시간대로, 돈은 돈대로, 힘은 힘대로 줄줄 샜다. 구니니 오줌만 빼고 다 샜다. 수술 제안을 받았다. 카테터 시술을 계속할 수는 없다고 했다. 생식기를 절제해 구조를 바꿔서 요도를 확대하는, '요도루조성술'을 추천받았다. 앞서 말했다시피 구니니는 발견 당시 이미 중성화가 된 상태였다. 아마 이전에 키우던 반려인이 수술한 모양이었다. 그런데 이제 생식기마저 잘라낸다니, '고자'에 이어 '노자'가 될 운명이었다. 수술하다 큰일 나는 게 아닐까 걱정도 됐지만 의사 말로는 이런 문제가 적지 않아서 생각보다 수술받는 고양이가 많다고 했다. 수술을 전문으로 한다는 신촌의 큰 동물병원을 추천받아 찾아갔다. 지하 2층부터 8층까지 빌딩 전체를 쓰는 동물병원이었다. 이렇게 큰 동물병원도 있다는 걸 그때 처음 알았다. 새로운 의사는 친절하고 상냥해서 믿음이 갔지만 걱정을 떨칠 수 없었다. 입원하는 구니니 모습을 보는 게 마지막이 되는 건 아닐까 싶어 눈길도, 발길도 쉽게 떨어지지 않았다. 들어간 돈이 얼만데! 살아서 보자, 이놈아.

동물병원에 들어갈 땐 마음이 발라드인데 나올 땐 힙합이 된다. 입원할 땐 애틋함으로 가득했던 마음이 퇴원할 땐 영수증을 향한 분노로 그득해진다. 의사 말에 의하면, 반려동물의 치료 비용이 200만 원을 상회할 것이라는 사실을 알게 된 보호자가 치료를 결정하고 병원에 다시 방문하는 비율은 거의 절반 수준으로 떨어진다고 했다. 돈은 무서운 것이다.

형편이 넉넉하지 않아도 키우는 건 가능하지만 치료가 필요해지는 순간 마음이 변한다. 귀엽고 예쁘니까 안고 싶고, 함께 살고 싶지만 병원에 다녀오는 순간 돈 먹는 하마의 무서움을 알게 된다. 매 앞에도 장사가 없지만, 돈 앞에서는 더더욱 없다. 그리고 고쳐 키우는 것보다 사서 키우는 게 싸고 간편하니까. 이것이 바로 반려동물을 키우는 인구가 1,500만에 달하는 시대에 매년 10만 마리 이상의 유기 동물이 생겨나는 주요한 이유일 것이다. 개중 반려인에게 다시 인도되는 경우는 11%에 불과하며, 25% 이상이 자연사하고 20% 이상은 안락사당한다고 했다. 실제로 유기되는 동물은 통계보다 훨씬 많을 것이다. 키우는 것만큼 버리는 것도 쉽다. 쉽게 사고, 쉽게 버린다. 돈이 새는 순간 귀여울 수만은 없는 법이다.

다행히 수술은 잘 끝났다고 했다. 벌벌 떨며 누워 있는 구니니 모습에 덜컥 겁이 났지만 마취에서 깨는 자연스러운 현상이라는 의사 선생님 말에 안도했다. 결과도, 경과도 원만한 것 같았다. 회복과 예후를 관찰하기 위해 며칠간 입원을 했다. 병문안 갔을 때 심기 불편한 표정으로 나를 바라보는 구니니가 웃기기도 하고, 안쓰럽기도 하고, 이래저래 마음이 짠했다. 하지만 대망의 퇴원일에 병원비를 확인하고 진정 대망한 기분이었다. 그래도 이걸로 끝이라면. 불행히도 아니었다. 이 글이 아직 끝나지 않은 이유다.

수술 후 2년여가 지난 2023년 여름, 구니니가 심상치 않았다. 소변량이 줄었고, 화장실이 아닌 곳에서 소변을 보려고 했다. 덕분에 엄한 곳에서 험한 것을 보곤 했다. 기시감을 느꼈다. 또 막혔구나. 주저하지 않았다. 지체하면 병원비만 늘어날 뿐이다. 역시 또 막혔다고 했다. 하아, 어디로 가야 하죠, 선생님. 재수술을 하자고 했다. 구니니 요도가 생각보다 너무 좁아서 막힌 거 같다며 좀 더 확대하자고 했다. 예전처럼 구조를 크게 바꾸는 수술이 아니라 예후도 괜찮을 거라고 했다. 다른 길이 없었다. 그저 믿는 수밖에. 그렇게 두 번째 수술을 했다. 수술을 기다리며 아내와 농담 섞인 말을 주고받았다. "다음에 또 막히면 고려장 간다." "그러기엔 인스타그램에 너무 많이 올리지 않았나? 구니니 고려장이 아니라 네 인생 고려장 아님?" 그러니까, '뚫어! 구니니!' 절실했다.

그 뒤로 1년이 지난 지금, 구니니가 화장실에 갈 기미가 보이면 원기옥을 모으듯 마음으로 두 손을 올린다. 부처님, 하느님, 만신님, 기타 등등등신님, 구니니 요도에 힘을 주소서. 다행히 기도가 먹히는지 콸콸콸 잘 싼다. 그렇다고 해서 병원비가 들지 않는 건 아니었다. 최근에는 구니니 치아 두 개를 뽑았다. 치아 주변에 염증 같은 것이 보였다. 병원에 갔더니 '치아흡수성병변'이라고 했다. 치아가 흡수돼 없어지는 치과 질병을 의미한다는데 발병 원인은 정확히 알 수 없다고 했다. 발치 외에 별다른 방도가 없다고도 했다. 치아가 흡수돼 없어진다니, 정말 이상한 동물이다. 병원에 간 김에 치료도 하고 이런저런 검사도 했다. 플렉스가 넘치는 힙합 데이였다. 육두문자가 차지게 나와서 이대로 〈쇼미더머니〉에 참가해도 될 거 같았다. 반면 구니니는 집에 돌아와서도 마취가 덜 풀려 비틀거렸다. 그 모습이 안쓰럽기도 하고, 웃기기도 하고, 참. 그 와중에 어딘가 뛰어오르려고 시도하다 나자빠져서 "아오!" 소리가 절로 나오기도 하고, 눈을 떼지 못하고 주시하다가 애 키우는 기분이 이런 건가 잠시 생각했다.

그렇지만 구니니는 얌전한 고양이다. 물건을 밀거나 떨어뜨려서 기물을 파손하는 타입은 아니다. 다만 이식증이 있는지 비닐을 보면 환장하고 물어뜯는 버릇이 있어서 주변에 비닐을 두지 않으려다 노이로제 걸릴 것 같지만, 이 정도면 양호한 편이라 생각한다. 그래서 처음에는 의아했다. 대체 왜 버림받은 걸까? 유기됐다는 건 가설에 불과하지만 어쨌든 길바닥에서 태어날 리 없는 친구가 길에서 발견됐고, 주인을 찾으려 애써도 찾을 수 없으니 나름대로 신빙성 있는 추론일 것이다. 이제는 이유를 알 것 같다. 요도가 막힌 것이 우리 집에서 처음 생긴 증상은 아닐 것 같았다. 결국 그것이 고질적으로 지갑을 털어갈 증상이라는 것을 눈치챈 반려인이 구니니를 유기한 거 아닐까? 물론 알 수 없는 일이다. 반려인이

고독사했을 수도 있고. 어쨌든 구니니의 알 수 없는 이전의 서사가 궁금하기도 하고, 아련하기도 했다. 물론 가끔 사고를 치면 아련이고 나발이고 "아오!" 소리가 절로 나지만.

아이를 낳을 생각은 일절 없으니 아내가 고양이처럼 아이를 데려오지 않는 이상 이 집에는 젊은 피가 돌 수 없을 것이다. 늙어가는 인간 둘과 늙어가는 고양이 하나가 계속 살아가는 것이다. 늙어간다는 건 어쩌면 이렇게 병치레로 실감하는 일인지도 모르겠다. 끝까지 보살펴야 하는 아이 같은 구니니가 늙어가고 있다고 생각하면 아득하던 시간이 눈앞에 벽처럼 다가오는 기분이다. 늙어가는 데는 돈이 필요하고, 손이 필요하다. 연로해지는 이 집 구성원들 운명이 디스토피아 톤으로 그려지지만, 각기 다른 곳에서 태어난 세 팔자가 한 집에 모여 살아간다는 자체만으로 흥미로운 이야기 같기도 하다. 팔자가 황무지 같아도 일단 살아보는 거지 어쩌겠나. 포기하면 그 순간이 바로 종료예요. 시합도, 인생도, 인성도.

그래도 치아를 두 개나 뽑고 온 구니니는 그 어느 때보다도 밥을 잘 먹었다. 너무 심하게 잘 먹어서 평소 관심도 없던 것마저 먹으려 달려드는 통에 발치를 한 건지, 입맛을 찾고 온 건지, 헷갈렸다. 병원비가 예사롭지 않던데 설마 몰래 녹용이라도 지었니? 그래도 아직은 모두 다 제 발로 딛고 걸으니 이런 말도 할 수 있는 것이겠지. 아직 잘 지낸다구니니. 하지만 병원은 그만 가자구니니. 이젠 플렉스 금지. 뭐니 뭐니 해도 머니로 해결된다지만 이젠 노 머니, 그만 머니.

내 사전에
아버지는 없다

20대 중반부터 아이를 낳을 생각이 없었고, 지금도 없고, 앞으로도 없을 것 같다. 만약 내가 아이를 키우는 입장이 됐다면 아이는 아이대로, 나는 나대로 잘 커야 하는 일이라 생각한다. 아이가 육체적인 연약함을 다스릴 수 있는 나이로 성장할 때까지 보호자로 존재하되 서로에게 정신적으로 영향을 주고받는 대상이라는 것을 인지하며 살면 될 것이다. 그런 경험을 통해 느끼는 감정이란 대단히 귀하고 중한 일이며 아름다운 것이리라. 아이를 낳아서 키우는 일이 너무 불행할 거 같아서 아이를 낳을 생각이 없다는 게 아니라는 말이다. 아이를 키우는 삶 자체는 필연적으로 고되고 버거울 수 있겠지만 끝내 신비하고 흥미로운 여정이 될 것이다.

하지만 나는 아이를 낳을 생각이 없다. 가끔 어떤 이들은 내 생각에 동조하며 세상이 너무 각박하고 험난하고 불안해서 아이를 키우지 못할 것 같고 그러므로 아이를 낳을 생각이 없다고 말하곤 한다. 그리고 나에게 동조를 구하는 표정을 짓는다. 물론 이해한다. 나 역시 아이가 있다면 그런 걱정과 기우를 품었을 것이다. 하지만 내가 아이를 낳지 않으려 하는 건 역시 그런 걱정이나 기우와 무관하다. 세상이 어떠하기 때문에 아이를 낳지 않겠다는 게 아니다. 세상이 불구덩이가 됐다고 해도 만약 아이를 낳고 싶은 마음이 명확하고 간절하다면 기꺼이 낳을 수 있는 최선의 방안을 찾고 태어난 아이를 성심껏 돌봤을 것이다.

게다가 나는 아이를 싫어하지도 않는다. 오히려 반대에 가깝다. 친한 친구나 지인 집에서 어린아이를 만나면 나도 모르게 목소리가 하이톤이 된다. 그런 목소리는 좀 낯설지만 아이의 미소를 마주할 때마다 나에게도 순백한 마음이 있음을 되짚게 된다. 아이란 정말 사랑스럽고 귀한 존재다. 친한 친구의 아이가 잘 자라서 도움이 필요할 때 기꺼이 손 내밀 수 있는 어른으로 곁에서 함께하고 싶다는 생각도 간혹 한다. 이런 얘기를 하면 누군가는 의아하다는 듯 묻는다. "그런데 왜 아이를 낳지 않아?" 그럴 때마다 뭔가 거창한 이유라도 들어야 하나 싶지만 "홍시 맛이 나서 홍시 맛이 난다고 말했다"는 전지적 장금이 시점을 빌려 "아이를 낳지 않아도 될 거 같아서 낳지 않아도 될 거 같다고 말하는데, 왜 낳지 않느냐고 물어보신다면 사실 그리 할 말은 없을 거 같습니다만"이라고 말할 수밖에. 물론 여기서 끝낼 이야기라면 애초에 이 글을 쓰고 있지도 않았겠지.

내 사전에 아버지는 없다. 이번 생은 그렇게 될 것이다. 나는 내 아이가 궁금하지 않다. 내 유전자를 물려받았다는 누군가를 떠올려보고 싶은 마음도 없고, 딱히 만나고 싶은 호기심도 없다. 반대로 나랑 똑같은 놈을 만나면 부아가 치밀지 않을까 상상해본 적은 있다. 학창 시절에 따박따박 말대꾸를 해서 열받게 만든 몇몇 선생님이 떠오르기도 하고, 물론 그럴만하니까 그랬다는 생각도 여전하지만, 그래도 나 같은 놈 만나서 그런 꼴을 당하고 싶진 않다. 이런 게 거울치료인가.

물론 이런 생각은 실제로 내 아이라는 존재를 대면해본 경험이 없기 때문에 갖는 것일지도 모른다. 막상 내 아이라는 존재를 마주하면 빅뱅 같은 것이 느껴질지도 모를 일이지. 하지만 일어날 일은 일어나고, 일어나지 않을 일은 일어나지 않는 것이다. 그런 걸 기대하며 아이를 낳을 생각이 없다는 건 애초에 그런 기대가 없다는 거겠지. 그러니 그렇게 간절하지 않은 호기심을 담보로, 가뜩이나 번잡한 생을 수습하며 사는 것도 버겁다고 느껴지는 상황에서, 서로 신경 쓰며 살아야 할 존재를 하나 더 늘리겠다는 결심이란 애초에 곤란한 사정이다.

아이가 없다고 하여 삶이 불행해질 거라고 가정해본 적도 없다. 설사 그렇다고 해도 그것이 아이가 없기 때문이라 생각하진 않을 것 같다. 반대로 아이가 있는데 불행하다고 느낀다면 그 삶은 어찌할 것인가. 나 혼자만의 불행은 내 한 몸으로 감당할 수 있지만 아이가 그 불행에 동참해야 하는 팔자로 말려든다면 그건 감당하기 버거운 일이 될 것이다. 다떠나서 아이가 내 삶의 불행을 막을 부적일 수도, 행복을 위한 담보일 수도 없을 것이다. 아이 유무와 무관하게 행복은 행복이고, 불행은 불행이다. 아이가 없어서 불행해질 팔자라면 필경 아이가 있어도 불행할 것이다. 반대로 아이가 없어도 행복할 팔자라면 그 팔자대로 아이와 행복하게 살 것이다. 다만 나는 예언가나 점술가가 아니므로 타인의 삶을 미리 내다보거나 점칠 수 없다. 내 입장에서의 삶이란 그렇다는 의미다. 내가 끼어들 지분이 없는 타인의 삶이야 알아서들 살 일인 것이고.

10여 년 전만 해도 결혼해도 아이를 낳을 생각이 없다고 하면 생각보다 많은 사람이 반문했다. "나중에 나이 들면 어쩌려고?"의아했다. 아이 없는 결혼 생활이 그렇게 나쁩니까? 심지어 혹자는 아이 없이 결혼생활을 이어가는 건 불가능하다고, 그런 부부는 이혼할 확률이 높다고 장담했다. 정말? 그렇다면 아이를 낳은 부모라면 다 이혼하지 않았다는 말인가? 그 전에, 아이가 이혼을 막기 위한 필요조건인가? 이혼을 막기 위해서 아이를 낳는다는 말인가? 그렇다면 이혼하고 싶어도 아이 때문에 할 수 없는 부부는 너무 불행한 거 아닌가? 그 결혼 생활의 볼모는 아이인가, 부부인가? 그렇게 유지되는 결혼 생활은 누구를 위한 것일까? 아이가 결혼 생활에 포함되는 충분조건이라 말한다면 수긍하겠지만 이혼을 막는 필요조건이라 말할 땐 어떤 표정을 짓고 들어야 하는 걸까?

물론 아이에 대한 책임감이 이혼을 막을 수도 있을 것이다. 부모의 책임이란 간과할 수 없고, 막중할 필요가 있는 법이다. 하지만 아이가 없으면 이혼하기 쉽다는 식으로 결혼 이후의 삶을 단정한다는 건 애초에 결혼이라는 것이 때가 되면 이혼으로 수렴할 수밖에 없는 불행한 인과라고 단정한다는 것 아닌가. 그런 답변을 듣고, 그런 주장을 접할 때마다 결혼을 하는 이유와 아이를 가져야 하는 이유 사이의 상관관계에 대해 생각해봤다. 그리고 그런 말을 하는 이들과 하지 않는 이들을 분류해봤다. 내 입장에서 내린 결론은 이렇다. 내 주변에도 아이를 잘 키우고, 아이와 함께 잘 살아간다고 느껴지는 지인들이 있다. 그들에게서는 단 한 번도 아이가 없으면 결혼 생활이 힘들어질 것이라는 식의 조언이나 충고를 들어본 적이 없다. 아이 키우는 입장의 고됨을 토로할 때는 있지만 아이가 없으면 안 된다고 단정 짓고 육아를 경험해야 한다고 강조하는 경우는 들은 적도, 본 적도 없다. 아이를 키우는 과정이 녹록지 않겠지만 아이와 함께하는 삶을 자연스럽게 받아들이며 고유의 리듬으로 채워가는 데 성공했기 때문에 타인의 이해를 구할 필요성을 느끼지 못하는 것 같았다. 그래서 되레 아이를 키우지 않는 내 입장에서도 육아와 관련한 궁금증이나 호기심을 부담 없이 묻게 된다.

어떤 불행은 타인의 불행을 갈구한다. 자신만 겪는 불행이 아니길 바라서일 것이다. 그래서 자꾸 그 불행이 인생에 반드시 필요한 무엇이라 강조한다. 그러한 불행을 겪어보지 못한 이들의 삶이 되레 불완전한 것이라 지적하기도 한다. 안타깝지만 나에게 육아를 꼭 해봐야 하는 일이라 조언하거나 충고하는 이들의 주장을 접할 때마다 조금 슬프고 지쳤다. 아이를 키우는 건 분명히 쉬운 일은 아닐 것이다. 그리고 그들도 자신의 아이를 보며 나름대로 행복을 느낄 것이라 생각한다. 하지만 그 나름의 행복이 육아를 담보로 거둔 것이라는 믿음에 당도했다면, 그래서 꼭 자신들이 겪은 경험을 따라와 주길 바라는 듯이 말하는 것이라면, 다소 애석한 일이라고 생각한다.

　설사 이혼을 하게 된다 해도 그건 결국 아이가 없기 때문이라고 생각하지 않을 것이다. 하물며 아이 때문에 이혼할 수 없는 부부가 되는 건 내 입장에선 더욱 끔찍한 삶처럼 보인다. 역시 나로서는 애초에 없던 아이가 이혼의 필요조건일 수는 없을 거라 생각한다. 결혼이 자연스러운 것처럼 이혼도 자연스러운 것일 수 있다. 물론 그렇다고 해서 이혼을 권장하겠다는 의미는 아니지만 개인의 사정에서 각자 알아서 판단할 일이라는 것이다. 그런 의미에서, 아이를 낳으면 이혼하지 않을 거란 예언을 들었다고 한다면 나는 과연 아이를 낳아야겠다고 생각하게 될까? 그럴 거 같지 않다. 일어날 일은 일어난다. 아이가 없어서 이혼하게 되는 운명이라면 그리 될 것이다. 나는 아이를 낳고 싶지 않던 사람이고, 아이를 낳기 위해 결혼한 것이 아니므로 끝내 그 결혼이 이혼으로 수렴하는 운명이라면 그 운명을 충실하게 경험하며 받아들이는 것 외엔 방도가 없으리라. 고로 아이를 낳진 않을 것이다.

　아이를 낳지 않아도 된다는 생각을 마음 편히 말할 수 있는 건 주변에 아이를 낳으라고 종용하는 어른이 없기 때문이다. 보통 아이가 없을 때 가장 크게 눈치를 보게 되는 건 가까운 사람들이다. 다행히도 내 주변엔 아이를 낳으라 종용하는 가족도, 친척도 없다. 물론 아주 간접적으로 그런 마음이 아예 없진 않다는 걸 느낀 적도 있다. 명절을 비롯해 며칠간 부산 처가에 내려갈 일이 생기면 함께 사는 고양이 구니니를 둘러업고 간다. 어느 날 장모님이 구니니를 쓰다듬으며 이렇게 말씀하셨다. "아이고, 야도 이렇게 예쁜데 너그 아가 있으면 정말 을마나 이쁘것노?" 예상치 못했던 마음의 소리였다. 나는 요즘 날씨가 어떻느니 하면서 기민하게 화제를 전환했다. 생각보다 효과적이었다. 장모님도 그리 간절한 마음은 아니었던 것이다. 소나기는 역시 피하고 볼 일이다. 아니, 가랑비라 그냥 맞아버린 건가?

어떤 면에서는 아이를 키우기엔 내가 너무 이기적인 거 같다고 생각한다. 아이는 알아서 먹고, 자고, 싸지 않는다. 먹여주고, 재우고, 싸면 치워줘야 한다. 부모의 손길이 필요하다. 단지 그 정도 이유로 아이를 낳지 않겠다는 것이냐고 묻는다면, 맞다. 나는 의무를 감당하고 싶지 않다. 내 일상을 아이를 위한 시간으로 환원하고 싶지 않다. 더 싫은 건 이렇게 싫은 마음이 드는 내 자신이 그런 일을 회피하고자 노력할 것 같다는 사실이다. 필연적으로 아내도 하기 싫은 일일 것이다. 구니니도 하기 싫을 것이다. 큰일이군. 결국 아내와 함께 분담할 일이겠지만 최대한 아내 쪽으로 밀어내기 위해 노력할지도 모를 일이다. 아내 걱정이 아니라 내 걱정을 하는 것이다. 내가 그렇게까지 치사해질 수도 있다고 생각하면, 역시 싫다. 나에겐 헌신적인 아버지가 될 자질이 없는 것 같다.

물론 모든 부모가 성인군자라서 아이를 키우는 건 아닐 것이다. 아이가 태어나는 순간부터 부모 패치가 업데이트돼서 완벽한 육아봇이 될 리는 없지 않은가. 시행착오를 겪고 아이가 자라나듯 부모로 성장하는 것이리라. 세상에 완벽한 부모는 없다. 그런 부모를 바라는 사회가 있다면 그건 사회가 덜 자란 탓이다. 게다가 아이에게 마냥 착한 마음만 갖는 부모도 없을 거라 생각한다. 부아가 치미는 순간도, 납득할 수 없는 아이의 미지수 같은 행동도 받아들이고 감당하며 끌어안을 수밖에 없는 척력의 시간을 살아보는 것이리라. 도무지 알 수 없는 아이 마음을 헤아려보고 때가 되면 대화도 나누게 될 것이다. 함께 보낸 시간만큼 서로를 끌어당기는 힘을 느끼며 비로소 적정 거리를 찾아 서로의 삶을 견인할 것이다. 타인의 사정을 속속들이 알 순 없지만, 거기까지 다다랐다면 그 부모와 자식의 시간은 신비롭고 아름다운 여정이 됐으리라 생각한다.

내가 이렇게 살아갈 수 있는 건 부모님께서 고생해서 키우신 덕분일 것이다. 하지만 나는 자신이 없다. 그전에 그럴 마음도 없다. 그 고생담은 내 대에서 끊을 것이다. 우리 가문이 나에게 대를 이어줄 거란 희망을 품고 있는 것도 아니고, 그렇다 해도 그럴 의무는 없다. '내 인생의 주인공은 나'라는 풍의 노래가 90년대부터 유행한 마당에 가문의 위기 같은 쌍팔년도 관습이 21세기에 끼어들어 마땅하겠는가. 게다가 우리 집 부계는 전통적으로 지조 있는 대머리 집안이라 내 머리카락도 언제 가을 낙엽처럼 우수수 흩날릴지 모르는 팔자다. 그런 유전자를 내 아이에게 물려준 탓에 두고두고 지탄받는 아비가 되고 싶지도 않다.

확실한 건 아이가 없다는 것이 내 인생을 가로막거나 비관하게 만들지 않는다는 것이다. 아이가 있다면 더 행복해질 수도 있겠지만, 더 불행해질 수도 있다고 생각한다. 너무 부정적인 걸까? 그럴 수도 있겠다. 하지만 아이를 낳지 않아도 괜찮다는 것 역시 그리 부정적인 생각은 아닐 것이다. 혹자의 말처럼 아이가 없어서 소원해진 부부라면 아이가 생긴다 해도 이미 소원할 것인데, 아이가 그런 부부 사이의 거리감을 가려주는 역할을 하는 것 같아 영 거시기하다. 다소 과격한 비유일 수 있지만 소원한 부부가 인질처럼 아이를 키우고 있다는 의미처럼 들린다. 내가 아이를 낳고 키운다 해도 그런 의미 안에 두고 싶진 않을 것 같다.

혹자는 나 같은 사람이 늘어날수록 사회적 불안이 가중될 것이라 일갈한다. 그럴 수도 있을 것이다. 지구는 몰라도 인류 입장에서 아이가 없는 사회란 끝내 미래가 없는 사회일 테니까. 오늘날 대두되는 인구 소멸 문제의 심각성에도 공감한다. 그래서 묻고 싶다. 지금 이 사회는 나 같은 사람을 애써 설득하고 있는가? 이 사회가 내 마음을 돌리기 위해 어떤 노력을 하고 있나? 나처럼 애초에 아이를 낳을 생각 자체가 없는 사람은 차치하고, 아이를 낳고 싶지만 살아가는 걱정에 낳을 수 없을 거 같다고 생각하는 이들에게 희망을 안기는 데 얼마나 노력하고 있나? 그런 노력이 실감나지 않는다면 인구가 소멸한다 해도 그건 결국 나처럼 아이를 낳을 생각이 없거나 낳지 않는 개인의 문제가 아니라 이 사회가 아이를 낳고 싶게 하는 희망의 터전이 되지 못하는, 실력이 형편없는 사회라는 의미 아닐까?

좀 과격하지만 그런 사회라면 차라리 망해버리거나 소멸하는 게 낫지 않겠는가. 나는 그렇게 생각한다. 어차피 나는 망해도 나 혼자 망하는 삶을 선택했으므로 크게 잃을 것도 없다. 이 사회는 나라를 위해 아이를 낳아달라는 염치없는 말로 출산을 장려할 수 있다는 착각에서 벗어나야 한다. 아이와 함께 살아가는 삶이 행복하다는 걸, 적어도 불행하지 않다는 걸 설득하려면 좀 더 섬세한 성실함이 필요하다. 그런 마음이 없다면 국가든, 인구든, 소멸해도 이상할 일이 아니다. 적어도 아이 낳을 생각이 없는 나도 그런 걱정을 하는데 국가나 사회가 그 정도 실력은 있어야 하는 거 아니겠는가.

물론 나는 예나 지금이나 아이를 낳을 생각이 없었고, 없으며, 없을 것이다. 문제는 나 같은 생각을 가진 사람에게 동조하고 자신도 아이를 낳지 않을 것이라 말하는 이들을 만나는 빈도가 지난 10년 사이 늘어도 너무 늘었다는 것이다. 그걸 느낄 때마다 진심으로 세상과 미래가 걱정된다. 내가 아이를 낳지 않겠다는 건 내 인생을 그렇게 살겠다는 결심이었지, 세상에 나 같은 사람이 많아지길 바라는 것이 아니었다. 아이가 없는 세상과 미래를 그려본 적은 없었다. 염치없다고 한다면 딱히 할 말은 없지만, 진심이다.

당연한 말이지만 이 모든 견해는 나의 개인적인 삶에 관한 것이므로 특별한 공감이나 이해를 바라진 않는다. 각자 자신이 바라는 대로 살면 될 일이니까. 타인의 불행이 나의 것이 아니듯, 나의 불행은 오로지 나의 것이다. 나는 그렇게 나의 불행이 고유하길 바란다. 타인의 불행에 견주어 나의 불행을 안도하고 싶지 않으므로, 타인의 삶에 견주어 그 척도를 가늠할 필요 없이, 행복도 불행도 온전히 나의 것이길 바랄 뿐이다.

네 개의 사계

여름은 내가 가장 기피하는 계절이다. 살살 도는 선풍기 바람에 입에 문 아이스크림이 슬슬 녹아 맺혀 뚝뚝 떨어지려는 계절, 생각만으로도 지치고 끈적하다. 그래서 여름에는 겨울을 생각하는 것이 좋았다. 하얀 눈을 떠올리면 겨울이 실감 난다. 대체로 겨울은 근육이 수축하는 촉각의 계절이라고 생각하는데 눈이 내릴 때만큼은 시각의 계절 같다. 사기꾼 같은 놈이다. 겨울이 촉각의 계절이라고 여기게 된 건 유년 시절에 기억하는 눈의 감각에서 기인한 것일 테다. 그러니까 눈에 대한 감각이 나이가 들면서 달라진 셈이다. 어릴 땐 눈이 내리고 쌓이면 당장 나가 놀았다. 눈이 오면 바닥에 구르는 것에 거부감이 사라졌다. 옷이 더러워진다는 세속적인 인식 전에 눈이라는 하얀 색감을 선명하게 인식하는 시기였기에 가능한 낙이었다. 이제 눈이 온다고 바닥을 구를 나이는 지났다. 그런 순수를 선사할 식구를 맞이할 계획도 없으니 점점 과거형의 감각으로 밀려갈 것이다.

언젠가부터 눈이 오는 날엔 우산을 챙겼다. 강원도에서 군 생활을 하며 지긋지긋하게 제설 작업을 한 탓인지 몰라도 더 이상 눈을 맞고 싶지 않았다. 이젠 겨울을 체온에 녹아 사라지는 눈의 감각이 아니라 살갗을 날카롭게 파고드는 시린 공기의 감각으로 실감한다. 뼈가 시리다는 말을 이해하게 됐다. 그래서인지 예전만큼 겨울이 좋지는 않다. 나이가 들어서 체력도 인내심도 줄어드는 탓인지 겨울도 여름만큼 싫다. 나이가 들수록 좋은 것보다 싫은 게 많아지는 건 아닌지, 큰일이다.

그래도 사계절이 있는 나라에서 산다는 건 제법 괜찮은 일이다. 여름만 있는 나라도, 겨울만 있는 나라도 지겨웠을 것이다. 어차피 둘 다 싫다면 하나만 겪는 게 나을 수도 있겠지만 하나의 싫음 속에 갇히듯 사는 것도 권태로운 일 아닐까. 처음부터 그렇게 살아왔다면 알 수 없을 일이겠지만 사계절 속에서 살아온 이상 그럴 것만 같다. 이렇게 생각해보니 여름과 겨울을 마냥 싫어하지만은 않나 보다. 미운 정도 정이라더니. 생각해보면 여름과 겨울 덕분에 그사이 찾아오는 봄도, 가을도 맞을 수 있다. 어쩌면 봄과 가을 덕분에 여름과 겨울을 견디는 걸지도 모르겠다. 그리고 하나의 계절 안에서만 살아가야 한다는 건 하나의 감각으로 제한된 운명에 갇히는 것일지도 모른다. 변화하는 계절이란 다양한 감각을 향유하는 이들의 재능을 부추긴다. 그렇게 새로이 거듭난 심상의 계절로서 영원한 유산을 남기기도 하는 법이다.

'표제음악'이란 곡의 내용을 대변하는 표제를 붙인 음악을 말한다. 바로크 음악의 거장으로 꼽히는 이탈리아 작곡가 안토니오 비발디의 바이올린 협주곡 '사계'가 대표적인 표제음악이다. 이 곡을 끝까지 제대로 들어본 적 없다 해도, 클래식 음악을 잘 모른다고 해도 이 표제만큼은 들어봤을 것이다. 현존하는 클래식 음악 중 가장 대중적인 곡이라 해도 과언이 아니다. 봄, 여름, 가을, 겨울이라는, 때가 되면 오고 가는 자연의 이치를 음악으로 승화하고 제목으로 내걸었으니 듣기 전부터 친근한 기분이 든다. 비발디는 뛰어난 예술가이기도 했지만 대중적으로 먹히는 게 뭔지 잘 아는 사람이었던 것 같다. '사계'를 선점하며 인류 역사상 가장 유명한 클래식 음악가가 되다니, 소위 말해 '난 놈'이랄까. 물론 비발디가 '사계' 하나만으로 대단한 지위를 얻었다고 할 순 없겠지만, 그를 대표하는 하나의 곡을 꼽으라면 대체로 '사계'를 떠올릴 것이다. 비발디의 '사계'는 돌고 도는 사계절이 사라지지 않는 이상 그의 이름과 나란히 떠올릴 수밖에 없는, 혹은 사라진다 해도 회자될 불멸의 업적인 것이다.

계절이 어느 개인의 소유물이 될 수 없듯 '사계' 역시 비발디만의 것은 아니었다. 또 다른 유명한 '사계'는 클래식과 재즈, 팝의 요소를 탱고에 접목하며 새로운 탱고의 시대를 연 누에보 탱고의 대가 아스토르 피아졸라가 그렸다. '부에노스아이레스의 사계' 혹은 '항구의 사계'라고 불리는 피아졸라의 '사계'는 항구 도시 부에노스아이레스의 정취와 아르헨티나 탱고의 열기가 한껏 반영된 곡이다. 사실 피아졸라의 '사계'는 처음부터 4악장 형식의 모음곡을 염두에 두고 작곡된 것은 아니었다. 피아졸라 당신이 연주하는 반도네온을 포함해 바이올린, 기타, 피아노, 콘트라베이스로 구성된 퀸텟을 위한 단악장의 개별적인 오중주곡이었다. 1965년에 작곡한 '부에노스아이레스의 여름'은 원래 연극의 배경음악으로 작곡한 곡이었다. 그 후 1969년엔 '부에노스아이레스의 가을'을, 1970년엔 '부에노스아이레스의 겨울'과 '부에노스아이레스의 봄'을 차례로 발표하고 연주했다. 이처럼 각기 다른 시기에 작곡한 네 곡을 뒤늦게 모아 컴필레이션 형식으로 구성하고 '부에노스아이레스의 사계'라 명명한 것이다. 비발디의 '사계'와 달리 피아졸라의 '사계'가 종종 여름, 가을, 겨울, 봄의 순서로 연주되는 건 이런 작곡 순서에 따른 결과다.

　피아졸라의 '사계'에 비발디의 '사계'와 어깨를 나란히 하는 위엄을 부여한 건 현존하는 비르투오소 바이올리니스트 기돈 크레머와 러시아 작곡가 레오니드 데샤트니코프였다. 젊은 시절부터 음악적 다양성을 탐구하던 기돈 크레머는 피아졸라 해석의 권위자이기도 하다. 그는 우연한 계기로 '부에노스아이레스의 겨울'을 발견했고, 피아졸라의 '사계'를 모두 찾아 들은 뒤 야심을 품었다. 반도네온이 포함된 오중주 곡으로 탱고의 영향력이 강했던 '부에노스아이레스의 사계'를 바이올린 독주를 가미한 챔버 오케스트라 편성으로 편곡하길 원했다. 그렇게 피아졸라의 '사계'를 비발디의 '사계' 왼편에 두고 나란한 지위를 부여하는 동시에 대중적으로 널리 알리는 역할을 한 것이다. 피아졸라의 '사계'가 얀 포글러와 율리아 피셔를 비롯한 다양한 음악가의 해석을 통해 다채롭게 연주됐음에도, 기돈 크레머의 연주가 대표적인 해석으로 꼽히는 것은 그 때문이다. 특히 기돈 크레머가 자신이 창단한 챔버 오케스트라 '크레메라타 발티카'와 함께 연주한 두 개의 '사계' 앨범 [Eight Seasons]는 이러한 사실에 관심이 있다면 꼭 들어봐야 할 명반이다. 비발디의 '사계: 봄'으로 시작해 피아졸라의 '부에노스아이레스의 사계: 여름'으로 이어지는데 각기 다른 계절에서 시작하고 교차하는 두 '사계'를 차례로 밀어가는 트랙 구성 자체가 인상적이다. 무엇보다도 피아졸라의 '사계'가 피아졸라의 퀸텟을 위한 오중주곡으로 작곡된 것처럼, 기돈 크레머 역시 자신의 챔버 오케스트라에 어울리는 곡으로 승화했다는 점에서 원곡의 의미를 다른 양식으로 보존한 결과라 할 수 있기에 특히 근사하다. 국내에서는 이 앨범을 '팔계'라고 일컫기도 하는데 아무래도 그 어감이 조금 다른 이미지를 떠올리게 해서 나는 자주 쓰진 않는다. 서로 다른 언어는 가끔 짓궂은 발상을 권해서 유쾌하기도 하고, 곤란하기도 하다.

비발디와 피아졸라의 '사계'는 북반구와 남반구의 다른 사계를 경험하고 여행하는 듯한 음악적 여정이기도 하다. 만약 비발디와 피아졸라가 적도나 중동에서 태어나 자란 음악가였다면 그들의 '사계'는 지금과는 판이한 여정이었을 것이다. 베네치아 태생인 비발디의 '사계'는 악장마다 베네치아 방언으로 소네트가 적혀 있는 것으로도 유명한데, 지중해에 접한 이탈리아반도에 찾아오는 사계절의 장관 속에서 살아가며 자연을 바라보는 인간의 시선과 인식을 바탕에 두고 있다는 점이 흥미롭다. 장엄하고 풍요롭지만 때때로 변덕스럽고 위험천만한 자연의 표정을 생생하게 그려내면서도 그 안에 자리한 인간의 시선을 의식하게 만든다. 끝내 거대한 자연의 위력을 받아들여 신비와 경외로 소묘하고 채색한 자연의 인상이 생생하게 전해진다. 사계절을 경험하지 못한 이들도 비발디의 '사계'를 그림처럼 감상할 수 있는 건 이런 이유와 무관하지 않을 것이다. 자연의 신비와 경외란 결국 그것을 바라보는 인간의 심상에서 비롯되는 법이니 비발디의 '사계'란 그러한 심상을 전위하듯 그려낸 회화적인 음악인 셈이다. 비발디의 '사계'는 1725년에 작곡된 오랜 명곡인 만큼 여러 명반에 담겨 있지만 당장 감상을 원한다면 개인적으로는 헤르베르트 폰 카라얀이 지휘한 빈 필하모닉 오케스트라와 바이올리니스트 안네 소피 무터가 협연하여 1984년에 발표한 음반을 추천하고 싶다. 헤르베르트 폰 카라얀과 안네 소피 무터의 젊은 날이 담긴 이 앨범은 창만한 재능과 재주가 흘러넘치는 야심의 보고다.

피아졸라의 '사계'는 '부에노스아이레스의 사계'라 불리지만, '사계절의 포르테나스Cuatro Estaciones Porteñas'라는 원제를 갖고 있다. 여기서 '포르테나스Porteñas'는 '항구 도시 사람'을 의미하는 '포르테뇨Porteño'의 복수형으로 피아졸라는 부에노스아이레스 사람들의 삶을 반영한 '사계'를 그린 것이다. 일찍이 부에노스아이레스의 카바레나 댄스홀에서 탱고를 연주하는 반도네오니스트로 활동한 피아졸라는 탱고를 천박하다고 여기며 경멸했고 재즈와 클래식 음악에 심취했다. 그는 1953년 파비엔 세비츠키 작곡 콩쿠르 우승을 계기로 파리의 나디아 불랑제로부터 지도받을 수 있는 자격을 얻게 되는데, 현대음악의 어머니라 불리는 나디아 불랑제의 제자들은 분야를 막론하고 현대음악계 곳곳에서 거장의 칭호를 얻었다. 20세기 미국을 대표하는 지휘자이자 음악가인 레너드 번스타인, 재즈 음악가이자 크로스오버의 장인으로 꼽히는 조지 거슈윈, 현대음악의 거장이자 미니멀리즘의 대가 필립 글래스, 세계적인 지휘자이자 피아니스트인 다니엘 바렌보임, 마이클 잭슨과 레이 찰스의 프로듀서 퀸시 존스 등등등등등등, 그 면면이 하나같이 대단하며 범위도 방대하다. 그리고 이 모든 영예로운 이름들을 제자로 거느린 이가 바로 나디아 불랑제다. 가히 현대 음악계의 '지저스 크라이스트 슈퍼 티처'랄까.

누에보 탱고Nuevo Tango의 개척자이자 반도네온의 전설 아스토르 피아졸라 역시 그중 하나였다. 하지만 피아졸라는 처음 나디아 불랑제를 만났을 때 혹평을 면치 못했다. 정통 클래식 연주자로 거듭날 기회라 여긴 피아졸라의 연주를 들은 나디아 불랑제는 실력은 인정했지만 감정이 결여됐다고 지적했다. 하지만 뭔가 느껴졌는지 그의 과거를 묻기 시작했다. 결국 피아졸라는 반도네온을 연주해온 탱고 음악가라는 사실을 밝혔고, 자신이 작곡한 탱고곡 '승리Triunfal'를 피아노로 연주한다. 그 연주를 감상한 나디아 불랑제는 말했다. "피아졸라가 여기 있었군." 그렇게 탱고의 대가 피아졸라를 찾아내 함양하기 시작했다. 그 과정은 피아졸라에게 굉장한 발견이었다. 새로운 탱고, 즉 누에보 탱고의 시대를 여는 단초가 된 것이다. 단순히 춤을 위한 곡을 넘어 감상으로서 완전한 탱고 음악의 장을 여는 실마리, '발을 위한 음악이 아니라 귀를 위한 음악'으로서 탱고를 개척하는 계기였다.

피아졸라의 '사계'는 탱고 음악가로서 마음을 다잡고 부에노스아이레스로 돌아온 그가 바라본 그곳의 삶이 반영된 계절이었다. 비발디의 '사계'와 달리 계절마다 작곡한 시기가 명백히 다른 만큼 그 시기의 감정이 깃들어 있기도 할 것이다. 그런 의미에서 피아졸라의 '사계'는 지극히 개인적인 계절을 담은 수기이며, 자신이 발 딛고 있는 부에노스아이레스의 삶이 반영된 로컬 음악이기도 하다. 비발디의 '사계'가 자연의 장대한 신비와 경외를 가리키는 손이라면 피아졸라의 '사계'는 인간의 다양한 격양과 적막을 끌어안는 품이다. 어쩌면 이는 북반구에 비해 상대적으로 계절에 따른 기후 변화가 적은 남반구의 특징과 무관하지 않을 것이다. 계절에 따라 변화무쌍한 기후에서는 인간의 삶을 압도하는 자연의 위력에서 보다 큰 영감을 느낄 수 있는 반면 계절의 변화가 무던하다면 미세한 변화에 몸을 맞춰 살아가는 인간에게 초점을 둘 가능성이 보다 크지 않을까? 그런 의미에서 피아졸라의 '사계'는 부에노스아이레스에서 사계절을 보내는 항구 도시의 군상을 향한 애수와 정열의 송가처럼 듣게 된다. 클래식의 기품과 재즈의 흥취가 더해진 열정적인 탱고가 북반구의 사계와 달리 뜨겁고 온화한 남반구 항구 도시의 숨결을 불어넣는다. 덕분에 우리는 지구 반대편의 열기와 온기를 심장으로 느낄 수 있다.

비발디나 피아졸라의 '사계'만큼 대중적으로 알려진 곡은 아니지만 1875년에 작곡한 차이콥스키의 '피아노를 위한 사계' 역시 특별하다. 북반구 상위에 자리한 러시아는 대체로 추운 기후를 가진 국가로 인식되는 터라 '사계'와 어울리지 않는 땅처럼 보이지만 차이콥스키의 '사계'는 지중해와 인접해 사계절이 뚜렷한 항구 도시 상트페테르부르크와 깊은 연관이 있다. 생각해보면 비발디의 '사계'와 피아졸라의 '사계'도 베네치아와 부에노스아이레스라는 항구 도시와 깊은 연관이 있다는 점에서 차이콥스키의 '사계' 역시 그러한 공통점을 가진 셈이다. 항구 도시의 사계절에는 뭔가 특별한 것이 있나 보다. 차이콥스키의 '사계'가 다른 두 '사계'와 가장 큰 차이를 보이는 건 사계절을 대변하는 4악장 형식이 아니라 1월부터 12월까지 달마다 등장하는 열두 개의 피아노곡으로 구성됐다는 점이다. 이는 상트페테르부르크의 음악 월간지 《누벨리스트Nouvellist》의 의뢰로 잡지의 부록처럼 발표

된 곡이었기 때문이다. 그래서 '열두 개의 성격적 소품'이라는 부제가 붙어 있기도 하다. 잡지 에디터 경험이 있기 때문에 흥미로운 기획으로 와닿았다. 내가 만드는 잡지에 차이콥스키 같은 대가의 악보가 함께 제공된다면? 서점에서 그런 잡지를 만난다면? 어머, 이건 질러야 돼!

러시아 민요의 선율과 슬라브 민족의 정서를 반영한 차이콥스키의 '사계'는 곡 제목과 동일한 러시아 시인의 시를 인용한다. 예를 들면 '10월: 가을의 노래'는 해당 곡에서 인용한 알렉세이 니콜라예비치 톨스토이의 시 제목을 빌려온 것이다. '가녀린 난초 위로 가을이 내려앉고, 낙엽이 바람 사이로 휘날린다'는 내용의 시가 담긴 '10월: 가을의 노래'는 세련미와 낭만성이 뛰어난 곡으로, 바람에 휘날리는 낙엽이 이슬처럼 구르는 듯한 기분을 느끼게 만든다. 쓸쓸한 계절의 정서가 유려하고 영롱한 피아노 연주와 맞물려 새로운 감각으로 승화되는 듯하다. 매달 각기 다른 낯빛으로 찾아오는 계절의 변화를 세심하게 살피는 시선이 그 흐름을 음표의 감각으로 변환해낸 마술 같다. 차이콥스키의 '사계'는 원래 피아노곡으로 작곡됐지만 요즘에는 바이올린이나 플루트로 연주하는 관현악곡으로 편곡된 사례도 많으니 다양한 형태와 감각으로 재해석한 사계절을 찾아 섭렵해도 좋을 것이다.

피아졸라와 차이콥스키의 '사계'를 실연으로 감상할 기회는 2019년에 찾아왔다. 나는 2019년 3월부터 11월까지, 매달 마지막 주 수요일마다 품위 있는 덕수궁 석조전 실내에서 열리는 〈석조전음악회〉에 사회자로 참여하곤 했다. 한 달에 한 번씩 찾아오는 황홀한 루틴이었다. 덕분에 살아갈 만한 가치가 있다고 여긴 1년이자 2019년이었다. 그래서 팬데믹은 야속한 재난이었다. 예정대로라면 2020년에도 이 황홀한 루틴이 계속될 예정이었다. 하지만 2020년 2월, 킬러의 발걸음처럼 살금살금 다가온 팬데믹의 여파로 세상은 멈췄고, 음악회 일정은 거듭 취소되다가 끝내 2020년 11월 25일에 한 차례 비대면으로만 진행되었다. 그것이 나의 마지막 〈석조전음악회〉였다. 11월의 크리스마스 같은 날이었다. 1910년에 완공된 대한제국 최초의 서양식 건물이라는 석조전은 근대 국가로서 새롭게 건립된 대한제국의 위상을 보여주겠다는 황실의 의지가 반영된 건축물이었다. 하지만 모두가 알다시피, 역사는 의지대로 흘러가지 않았다. 대한제국이 수립된 것도, 석조전 건축이 시작된 것도 1897년이었으나 1905년 일제의 강압하에 체결된 을사조약으로 대한제국은 외교권을 박탈당했다. 나아가 1910년 8월 29일에는 한일병합조약이 체결되면서 대한제국은 일제에 흡수되었다. 실질적으로 대한제국이라는 국호가 유명무실해진 경술국치가 벌어진 그해 12월, 석조전이 완공된 것이다. 덕수궁 석조전은 대한제국이라는 쇄신을 위해 도모됐으나 일제강점기의 치욕 속에 자리하게 된, 비운의 역사를 상징하는 건물이다.

그럼에도 불구하고 덕수궁 석조전에서 클래식 음악회가 열리는 데는 유서 깊은 이유가 있다. 단순히 대한제국 최초의 서양식 건물이기 때문은 아니다. 1918년 9월 8일 가을, 고종의 생일에 덕수궁 석조전에서 한국 최초의 피아니스트로 알려진 김영환의 피아노 연주회가 열렸다. 그것이 바로 한국 최초로 열린 클래식 공연이었다. 비록 나라는 망해서 국력 쇄신의 의지는 무색해졌지만 한국 클래식의 발원지라는 의외의 상징성을 얻게 된 것이다. 이토록 상징적인 덕수궁 석조전에서 진행하는 뜻깊은 클래식 음악회의 사회자 자격을 얻게 된 건 2018년에《에스콰이어Esquire》피처 디렉터로 녹을 먹을 당시 바이올리니스트 양인모와 진행한 인터뷰 덕분이었다. 인터뷰 현장에 있던 금호문화재단 관계자들에게 특별한 인상을 남겼는지 이듬해인 2019년 새해에 〈석조전음악회〉 진행을 제안받은 것이다. 덕분에 그 인터뷰는 최선을 다했다는 자족 이상의 성취로 기억하게 됐다. 내 능력이 의심스러울 때마다 찾아보는 자양강장제 같은 기록이랄까.

인터뷰는 한국인 최초로 프레미오 파가니니 국제 바이올린 콩쿠르에서 1위를 차지한 양인모의 [파가니니: 24개의 카프리스] 실황 앨범 출시와 함께 진행된 것이었다. 파가니니의 카프리스 24곡은 쇼팽의 독창적인 피아노 에튀드 27곡에 비유할 수 있는 바이올린 연습곡이다. 연습곡이라고 하지만 초심자가 만만하게 연주할 수 있는 곡들이 아니라 기본적인 숙련도가 요구되는 동시에 연주자의 기교에 따라 독자적인 개성이 드러날 수 있는 곡이기도 하다. 무엇보다도 카프리스 전곡을 라이브로 녹음했다니 그 자체로 주목할 만했다. 클래식 음악에 대단한 조예가 있는 건 아니지만 나름 적당한 애호가로서, 무엇보다도 젊은 대가의 야심과 내면을 마주하고 들여다볼 수 있어서 반갑고 즐거운 자리였다. 덕분에 2019년엔 〈석조전음악회〉에 참여한 양인모 연주자와 재회하는 감회가 새로웠다. 역시 오래 살고 볼 일이다.

〈석조전음악회〉는 국내에서 보기 드문 수준 높은 실내악 연주를 들을 수 있는 살롱 음악회였다. 불과 몇 발자국 앞에서 내로라하는 국내 명연주자들의 독주나 협연을 들을 수 있다는 건 지나치게 넘치는 혜택이라는 생각이 들 정도로 멋진 경험이었다. 그만큼 귀한 자리였다. 관람 신청 경쟁률이 상당했다. 지금은 어떻게 운영되는지 모르겠지만 2019년에는 공연 일주일 전 오전에 덕수궁 홈페이지에서 1인당 1매씩 신청을 받았다. 하지만 신청을 받는 페이지가 열리자마자 90석이 '순삭'돼서 클릭할 수 있는 상태의 신청 버튼을 목격해본 적도 없다. 천운이 따라야 갈 수 있는 자리였다. 덕분에 〈석조전음악회〉 진행자로서 마련된 내 자리에 앉아 있을 때만큼은 그 누구도 부럽지 않았다. 한편으로는 황실을 위해 지은 석조전에서, 본래 귀족을 위해 연주하던 실내악을 만인에게 공평하게 들려주는 음악회를 연다는 사실이 예전과는 다른 시대를 살고 있음을 실감하게 만드는 터라 흥미로웠다. 그곳에서 피아노 사중주로 편곡한 피아졸라의 '사계'를, 피아노 독주로 연주한 차이콥스키의 '사계'를 들었으니 다시는 돌아오지 않을 계절이라 해도 여한이 없다.

한편 비발디와 피아졸라와 차이콥스키 외에 나에게 인상적인 '사계'는 류이치 사카모토의 '고토와 오케스트라를 위한 협주곡'이다. 류이치 사카모토가 '사계'라고 직접적으로 명명하진 않았지만 악장마다 계절의 의미를 투영한 4악장 구성이기 때문에 '사계'라 일컬어도 이상하지 않다. 한국의 가야금 비슷한 일본의 전통악기 고토를 연주하는 사와이 가즈에의 의뢰를 받은 류이치 사카모토가 일본 전통 악기를 염두에 두고 처음 작곡을 시도한 곡이기도 하다. 흥미로운 건 이 곡의 4악장이 'Still(겨울)'에서 시작해 'Return(봄)', 'Firmament(여름)'으로 이어지고, 'Autumn(가을)'에서 끝난다는 것이다. 사실 작년에 출간된 류이치 사카모토의 마지막 산문집 《나는 앞으로 몇 번의 보름달을 볼 수 있을까》를 읽기 전까진 잘 몰랐던 곡이었다. 실물 음반을 사고 싶었지만 쉽게 구하기 어려워서 아쉬운 대로 스트리밍 서비스를 통해 음원을 찾아 들었다. 고토라는 악기를 잘 알지 못해 낯설기도 했지만 류이치 사카모토 특유의 실험적 기질과 잘 어울리는, 우주의 신비처럼 다가오는 곡이었다. 전위적인 구체음악처럼 세상 어디에서 빌려온 것인지 궁금해지는 고요와 진동이 서서히 고조되며, 전운이 감도는 듯하면서도 동양적인 울림에 맞물려 서서히 투명한 명도로 찬란해지고, 풍성한 향연으로 치닫다가 끝에 다다라 무결한 정적으로서 완전해지는 음악이었다. 우주의 탄생을 지켜보고 그 끝을 내다보는 절대자의 시선이 허락된 자에게나 가당한 세계를 잠시 훔쳐본 기분이랄까.

류이치 사카모토는 계절의 주기가 겨울에서 시작해 가을로 종착하는 것이라 여겼고, 그것을 인간의 삶과 연관 지었을 때 가을이란 생의 마지막과 상통한다고 생각했다. 류이치 사카모토의 사상에 따르면 결국 가을은 인간으로서 끝을 맞이하는 계절인 셈이다. '고토와 오케스트라를 위한 협주곡'에는 이러한 사상이 반영됐다. 한편으로는 이 곡을 쓰기 전 어머니의 작고를 겪은 류이치 사카모토의 상실감이 투사된 것일지도 모르지만, 어쨌든 나는 그의 사상에 매료됐다. 죽음의 인력에서 벗어날 수 없는 인간이 선택할 수 있는 운명에 관한, 중의적인 진혼곡이랄까. 가을은 추락과 사멸의 계절이기도 하지만 수확과 풍요의 계절이기도 하다. 결국 어떠한 삶을 살아왔는지, 따라왔는지, 그에 따라 그 끝에서 거머쥘 상념도 다른 것이며, 다를 것이다.

단순히 성공과 실패라는 단어로 인생을 납작하게 평가하는 건 내 관심사가 아니지만 지나온 삶이 얼마나 충만한 감각과 충실한 감정으로 채워졌는지는 스스로 거둬들이고 떨어뜨려야 할 것이라 생각한다. 많이 안을 수 있다면 더욱 확실하게 떨칠 수 있으니 개운할 것이다. 반대로 쥔 것이 없다면 떨칠 수 없어서 미련이 남을 것이다. 삶의 끝이란 건 '얼마나 가졌는가?'가 아니라 '얼마나 겪었는가?'라는 물음에 답하는 일이 될 것이다. 부피가 아니라 밀도로 찍는 마침표가 중요할 것이다. 그런 의미에서 나는 가능하다면 내가 바라는 감각과 감정과 충실하고 충만하게 밀착하며 살아가고 싶다. 적어도 네 개의 '사계'를 듣고 향유할 수 있는 삶까진 왔다. 그 덕분에 나날이 번잡해지는 세상에서도 정숙한 결말이 가능하다는 희망을 본다. 참 다행이지 않은가. 계절의 순환이 무한하며 인간의 삶이 유한하다는 것은, 늘 다시 시작하는 계절 덕에 끝내 끝을 예감할 수 있는 인간의 생이라는 것은. 그러므로 전력을 다해서 그 끝까지 가보고 싶다. 그게 어디든, 어떻든.

1루 주자
이승엽

올해는 프로야구를 제법 열심히 보고 있다. 기아 타이거즈가 1위를 달리고 있기 때문이다. 2, 3위와의 격차가 크지 않아 늘 불안하지만 어쨌든 1위는 1위니까. 이 책이 출간될 때도 제발 1위였으면 좋겠다. 종이호랑이가 아닌 타이거즈의 야구를 보는 게 대체 몇 년 만이란 말인가. 무엇보다 기아 타이거즈의 미래라 할 수 있는 타자 김도영이 30홈런과 30도루 기록을 달성하며 최연소 30-30 클럽에 가입한 것만으로도 배가 부르다. 가능하면 40-40 클럽에도 가입하고, 시즌 끝까지 3할 타율도 유지하고 있길 바라는 바람도 크다. 페넌트레이스 1위를 못 할 거라면 그거라도, 제발. 그런데 이 글을 쓰는 건 기아 타이거즈의 1위 수성과 가을야구 진출, 김도영의 기록 달성을 염원하기 위함이 아니다.

2024년 7월 2일 당시 각각 1위와 2위였던 기아 타이거즈와 삼성 라이온즈의 대결에서 인상적인 플레이를 봤다. 양 팀은 4:4 동점 스코어로 9회를 마쳤고, 10회 연장전에 돌입했다. 그리고 기아 타이거즈가 대거 5득점을 올리며 '빅 이닝'을 만들어냈고 경기 양상은 급격히 기울었다. 한두 점 차라면 모를까, 연장 10회 초에 5점 차 승기를 잡았는데 뒤집힌다면 그 팀은 해체해야 마땅하다. 하지만 기아 타이거즈는 올해 롯데 자이언츠에게 13점 차로 이기던 경기도 따라 잡힌 전력이 있는 대단한 팀이다. 뻔뻔하게 해체도 안 했다. 팬들에게 긴장감을 심어주려는 그 기세에 감동하지 않을 수 없다.

다행히도 10회 말에 큰 변수나 반전은 일어나지 않았다. 하지만 삼성 라이온즈의 타자 구자욱이 흥미로운 순간을 만들어냈다. 빠른 강습 땅볼 타구가 1루수 수비에 막혔지만 1루가 비어 있었고, 투수가 빠르게 1루 베이스 커버를 시도했지만 역시 1루로 전력 질주하는 구자욱이 조금 빨리 베이스를 밟아 끝내 세이프가 선언됐다. 그 이후로 삼성 라이온즈가 안타를 기록하진 못했지만 땅볼이나 외야 플레이를 비롯한 진루타를 쳐내며 구자욱은 끝내 홈으로 돌아왔다. 경기는 9:4가 아닌 9:5로 끝이 났다. 나는 이 플레이에 굉장히 감명받았다. 결국 경기를 뒤집진 못했지만 어떻게든 마지막까지 한 점을 따내겠다며 전력을 다하는 자세에 박수를 보내고 싶었다. 그리고 문득 또 다른 이름이 떠올랐다. 선수 시절 후배 구자욱을 아꼈다는, 삼성 라이온즈와 한국 프로야구의 레전드 이승엽 말이다.

2017년 10월 3일 오후 2시, 전국 네 개 구장에서 2017년 프로야구 페넌트레이스 마지막 경기가 열렸다. 보통 시즌 마지막 경기란 한 시즌의 마침표 이상의 의미가 없지만 이날만큼은 그렇지 않았다. 프로야구 역사상 처음으로 시즌 마지막 경기에서 1위부터 4위까지 정규시즌 최종 순위가 결정되는 날이었다. 네 구장의 승패 결과에 따라 와일드카드부터 한국시리즈까지, 결승선의 주자들이 어디에 설지 결정되는 날이기도 했다. 그 덕분인지 시즌 마지막 경기임에도 네 개 구장에 만원 관중이 들어섰다. 대구 삼성 라이온즈 파크에서는 다른 네 경기보다 늦은 오후 5시에 플레이볼이 선언됐다. 2017년 시즌의 진정한 마지막 경기였다. 플레이오프 진출팀을 가리는 순위 경쟁과는 유일하게 무관한 경기이기도 했다. 그럼에도 불구하고 이날 대구 구장의 관중석엔 여백이 없었다. 2만 4천 석이 매진됐다. 그해의 첫 번째 만원 관중이었다. 그런데 전통적인 명문 구단으로 꼽히는 삼성 라이온즈의 홈구장이 만원 관중을 채운 게 시즌 마지막 경기에서 처음이라고? 사정을 잘 모르면 의아하게 생각하는 이들도 있을 것이다. 삼성 라이온즈는 그해 내내 최하위권에 머물며 부진을 면치 못했다. 덕분에 대구 구장은 매일같이 한산했고, 상대 팀 응원가가 매번 더 크게 들렸다. 그런 팬들을 시즌 마지막 경기에서 홈구장에 집결하도록 이끈 건 바로 이승엽이었다. 이날은 이승엽의 은퇴 경기가 열리는 날이었다. 그러니까 이승엽의 야구를 볼 수 있는, 마지막 기회였던 것이다.

이날 삼성 라이온즈의 모든 선수가 이승엽의 백넘버인 '36'을 달고 그라운드에 섰다. 관중들도 이승엽이란 이름 석 자와 백넘버 36번이 선명하게 적힌 사각 천을 펼쳐 들고 응원했다. 모두가 보고 싶어 한 이승엽의 첫 번째 타석은 1회 말 원아웃 주자 3루 상황에서 찾아왔다. 관중들의 함성에 마음이 진동하는 기분이었다. 모자를 벗고 마운드에 선 넥센 히어로즈의 선발투수 한현희의 공 두 개가 볼을 기록했다. 해설을 맡은 양준혁이 말했다. "제 은퇴 경기 때는 삼진을 세 개 먹었는데, 이승엽 선수는 오늘 안타라든지, 멋진 홈런 하나 때려주면 좋겠네요." 한현희가 세 번째 공을 뿌렸다. 낮은 직구였다. 이승엽은 주저하지 않고 방망이를 돌렸다. 간결하고 가벼운 스윙이었지만 방망이에 맞은 공이 높게 솟아올랐다. 그대로 우측 담장을 넘어갔다. 모두가 함성을 질렀다. 장인어른이 외출을 하신 덕에 처가 안방에서 마음 편히 부처

자세로 누워서 야구를 보다가 벌떡 일어났다. 머리카락에 전류가 흐르는 기분이었다. 경기를 중계하던 해설자들도 괴성을 질렀다. 캐스터 역시 목소리를 높여 말했다. "이 순간 전율이 오는 건 저 하나만은 아닐 것 같습니다!" 그리고 이것이 마지막 전율이 아니었다.

3회 말 투아웃 상황에서 이승엽이 두 번째 타석에 섰다. 관중들이 일어섰다. 이승엽을 연호했다. 이미 첫 타석에서 홈런을 친 이승엽이었다. 두고두고 회자될 은퇴 경기가 될 것임이 분명했다. 이승엽의 야구는 여전히 계속되고 있었다. 바깥쪽 볼을 보낸 이승엽은 한현희의 두 번째 투구에서 방망이를 돌렸다. 대구 구장이 다시 한번 들썩였다. 중계진까지 함성을 질렀다. 이승엽은 방망이를 든 채 고개를 들고 타구를 바라보며 1루를 향해 천천히 걸어 나갔다. 연타석 홈런이었다. 놀라운 광경 앞에 중계진은 할 말을 잃었다. 탄성만 내뱉을 뿐이었다. 이승엽이 베이스를 돌아 홈으로 들어올 때까지도 침묵이 흘렀다. 그러다 이승엽이 더그아웃으로 들어가자 비로소 정신이 돌아왔는지 캐스터가 말했다. "10월 3일 5시 49분, 야구팬은 이 순간을 잊을 수 없을 것 같습니다. 저는 한 번도 이렇게 멋진 은퇴 경기를 본 적이 없습니다."

이승엽은 최고의 타자였다. 개인 통산 최다 홈런, 최다 타점, 최다 득점, 최다 루타 등 지난 23년간 이승엽이 쌓아온 기록은 고스란히 한국 프로야구의 역사로 축적됐다. 최근 들어 몇몇 선수가 그 아성을 넘어서고 있지만 이승엽은 분명 한국 프로야구사의 첨탑에 자리한 이름이었다. 하지만 이승엽을 향한 뜨거운 열광은 단지 그가 제일 뛰어난 선수였기 때문만은 아닌 것 같다. 일찌감치 은퇴를 선언한 2017년, 이승엽은 24개의 홈런과 132개의 안타를 쳤다. 마흔한 살의 나이임에도 여전히 녹슬지 않은 기량을 과시했다. 은퇴가 의아할 정도였다. 이승엽은 은퇴 이유에 대해 이렇게 말했다. "사람들은 나에게 만족할 수 있지만 나는 나에게 만족하지 못한다. 떠날 때가 됐다." 모두가 다 이승엽의 야구가 계속돼도 좋다고 말할 때 이승엽 자신은 야구를 끝낼 때가 됐다고 결심한 것이다. 단순히 박수칠 때 떠난다는 의미를 넘어 스스로가 만족할 수 없는 야구를 하지 않겠다는 선언. 세월을 이겨내기 위해 마지막까지 스스로를 갈고닦아온 자만이 끝내 깨닫고 인정할 수밖에 없는 쓸쓸함과 숭고함이 나란히 전해졌다. 최고의 지위를 유지하고자 최선의 노력을 기울인 자만이 깨달을 수 있는 최상의 이치랄까.

이승엽의 마지막 경기에서 그의 연타석 홈런보다 인상적인 순간은 마지막 타석에서 찾아왔다. 8회 말 노아웃 1루, 이승엽이 타석에 섰다. 두 번째 투구를 받아 쳤으나 유격수 앞 땅볼이었다. 여지없는 병살타 코스였다. 유격수가 2루를 밟고 1루로 송구했다. 송구가 떠올랐다. 1루수가 점프했고, 전력 질주하던 이승엽은 가까스로 살아서 1루에 섰다. 연타석홈런을 치고 홈으로 들어오는 이승엽보다도 전력 질주 끝에살아남아 1루에 선 이승엽의 마지막 모습이 인상적이었다.어쩌면 이승엽을 최고의 타자로 만든 건 바로 그런 것이었을지도 모른다. 홈런을 치고 홈으로 들어오겠다는 야심보다도어떻게든 1루를 밟고 살아 나가겠다는 의지. 최고의 선수이기 전에 최선을 다하는 선수로서 이승엽은 자신만의 야구를해왔다. 그리고 결국 그는 1루에 서 있었다. 이승엽은 마지막까지 자신만의 야구를 했다. 이렇게 멋진 은퇴 경기를 볼 기회는 아마 쉽게 오지 않을 것이다.

한로寒露 » 찬 이슬이 맺히다

너를 찌르는 나의 생각이 모여
빨갛게 고이고 있었다.
흘러가지 못한 원과 한이 내 안에 돋아
너를 해치는 걸 알면서도
그 마음을 멈추지 못해
나는 늘 안으로 피투성이였다.
아무도 모르는 그 속내가
차오르는 숨을 뱉을 때마다
매캐하게 흩어지는 새빨간 향을
다시 들이마셨다.
빨갛고 빨갛고 빨갛게 너를 생각하며
덧없이 가라앉아 떠오르지 못하는
새빨간 울음 속에서 그렇게.

떨어져야 할 것은
그때 떨어져야 한다

초등학교 5학년 시절 같은 반에 매일 놀림을 받던 친구가 있었다. 정확하지 않지만 '아마 이런 이름이었지' 정도로 기억하는 그 친구는 일본에서 왔다고 했다. 듣자 하니 엄마가 일본인이라고 했다. 흔히 말하는 '혼혈'이었다. 마르고 왜소한 체격에 창백할 정도로 피부가 하얀 친구였다. 평소 '일본 놈', '쪽바리 새끼'라고 놀림을 당하던 그 친구는 하얀 피부마저도 놀림감이었다. 실제로 놀릴만한 거리는 아니었다. 삼삼오오 모여 괴롭히고 싶은 상대의 무엇이라도 고약하게 놀리기 시작하면 그럴 까닭이 없는 일도 치부처럼 왜곡되는 법이지. 그러니 이유 없이 그딴 짓을 일삼던 당사자들도 시간이 지나면 기억하지 못하는 것이고. 그냥 싫었던 것이지, 놀릴 만한 일이 아니었으니까. 그런데 그 친구가 놀림 당하는 걸 볼 때마다 마음이 뜨거워졌다. 그땐 그 뜨거움의 정체를 잘 몰랐다. 부글부글 화가 나는 것 같긴 한데 그 친구를 놀리는 애들을 향한 분노인지, 무기력하게 당하기만 하는 그 친구에 대한 멸시인지, 그런 감정을 품은 나 자신에게 수치를 느꼈는지, 알지 못했다. 확실한 건 그런 상황이 싫었다는 거다.

그 친구와는 같은 아파트 단지에 살았기 때문에 종종 등굣길에 마주쳐 대화를 나눴다. 대화 내용은 기억나지 않지만 그 친구 표정이 매우 밝았다는 건 확실히 기억한다. 학교에서는 주눅 든 모습만 본 탓에 이례적으로 밝은 얼굴이 각인된 것 같다. 그 친구 주변에는 시도 때도 없이 놀리는 데 골몰한 녀석들이 파리나 모기처럼 꼬여서 교실에선 대화를 나눈 기억이 별로 없다. 그저 마음이 들끓었을 뿐. 그러나 나서서 화낼 엄두는 내지도 못했다. 충돌이 무섭진 않았지만 싸움을 즐기는 타입은 아니었고, 나에게 못되게 구는 것도 아닌지라 별안간 불편한 상황을 만드는 게 어색하고 성가셔서 피한 것 같다. 스스로 비겁하다는 마음도 들었고 그래서 모종의 수치심에 사로잡히기도 했다. 그런데 정말 이상한 일이 일어나 버렸다.

체육 시간이었다. 발야구를 하고 있었다. 타석에서 걷어찬

공이 제법 멀리 날아가 2루 베이스를 밟고 서 있는데, 등나무 아래 벤치에서 한 무리 녀석들이 그 친구를 괴롭히는 게 보였다. 그 순간 뜨거운 무엇이 튀어나오는 걸 누를 수 없었다. 갑자기 왈칵 눈물이 쏟아졌다. 나도 모르게 무릎을 짚고 고개를 숙인 채 흐느껴 울었다. 이상한 낌새를 느낀 친구들이 걱정이 됐는지 괜찮냐고 물으며 나를 부축해 등나무 벤치로 데려가 앉혔다. 그때 주변으로 몰려들어 의아해하는 아이들 너머로 멀뚱멀뚱 서 있던 그 녀석들이 보였고, 버럭 화를 내버렸다. "야! 너희들! 걔 좀 그만 괴롭혀!"

예상 밖의 전개에 놀라는 아이들도 있었고, 무슨 상황인지 이해가 안 간다는 표정을 짓는 아이들도 있던 것 같은데 그러거나 말거나 나는 계속 화를 냈다. 분위기가 가라앉았다. 그런데 놀랍게도 그 상황이 생각 이상으로 잘 받아들여졌다. 몇몇 친구들이 나에게 동조하며 평소 그 친구를 괴롭히던 녀석들을 비난하기 시작했고 사과를 종용했다. 그날 이후로 교실에서 그 친구가 괴롭힘 당하는 걸 본 기억은 별로 없다. 그런데 이제 와서 생각해보니 그 기억 속 난리통에 함께 있어야 했을 체육 선생님의 존재감이 전무하다. 추측하건대 발야구를 시켜놓고 체육실에 들어가 적당히 농땡이를 치며 시간을 보냈겠지. 애들은 애들대로, 선생은 선생대로, 그런 시절이었다.

그날 마지막 수업이던 체육 시간이 끝나고 교실로 돌아와 가방을 싸고 있는데 같은 반 여자애가 다가와 말을 걸었다. 의자에 앉은 채 그 아이를 올려다보며 이 말을 듣던 순간이 지금도 선연하다. "너 정말 착하구나."

평소 또래에 비해 성숙하다고 느끼던 아이였다. 그 친구가 학급 회장, 내가 부회장에 당선돼서 종종 전교회의 같은 자리에 동석할 때가 있었고, 옆자리에 앉아 이런저런 대화를 나누기도 했다. 무슨 말을 했는지 기억은 안 나는데 가만히 얼굴을 응시하는 모습이 어른스럽게 느껴졌다. 대체로 무표정해서 차갑게 느껴지는 면도 있었지만 대화하다 활짝 웃는 모습에서 평소와 다른 온도 차를 느꼈다. 6학년 때는 다른 반이 됐기 때문에 자주 볼 일이 없었는데 한번은 우연히 복도에서 마주친 그 아이가 "안녕?" 하고 웃으며 인사하고 지나갔다. 생각지 못한 친밀함에 조금 당황하면서도 두근거려서 그날 내내 그 생각에 사로잡혔던 기억도 난다.

이렇게 사소한 기억이 여전히 선명한 데는 그럴만한 이유가 있다. 초등학교를 졸업한 이후로 그 친구를 다시 본 건 고등학교 3학년 때였다. Y2K, 밀레니엄 버그의 공포가 흉흉하던 세기말을 지나 별 탈 없이 생존해 뉴 밀레니엄을 맞이한 고3 앞에 '다모임'이 나타났다. 다모임은 2000년에 등장해 큰 인기를 끈 동창 찾기 플랫폼이었다. 이제는 구석기 유물 같은 고유명사가 됐지만 그 당시에는 폭발적인 반응을 일으키며 사이버 스페이스의 개념을 확장한 새천년의 신문물이었다. 흑역사 블랙홀이라는 오명을 얻고 혹여나 진짜 부활할까 봐 X세대의 오금을 저리게 한, 그러나 다행히 부활에 실패한 (!), 그때는 맞고 지금은 틀린 '싸이월드'가 등장하기 전에 웹상을 지배한 사이버 스페이스였다. 재학 중이거나 졸업한 학교 정보를 넣으면 플랫폼에 가입한 동창들 정보를 알 수 있었고, 채팅 서비스를 통해 대화를 나눌 수 있었다.

지금이야 SNS나 메신저 서비스가 지나치게 발달해서 관계가 끊어진다는 게 생소하지만 그땐 쉽사리 관계가 끊어질 수밖에 없었다. 핸드폰은 있는 사람보다 없는 사람이 더 많았고, 삐삐 알림이 오면 공중전화에서 음성메시지를 확인하던 시대라 공중전화카드라는 것을 구입해서 들고 다니던 때였으니까. 학교에 삐삐나 핸드폰을 소지했다가 선생님한테 걸리면 압수당하기 일쑤였다. 강한 자만 살아남는 90년대란 그런 시절이었지. 이런 기억이 전생인가 싶을 정도로 판이한 세상에서 살아가고 있지만 그땐 그랬다. 그런 시절에 동창을 찾아준다고? 신기방기동방신기한 서비스 아닌가. 다모임에 접속하면 세월 저편으로 사라진 이름들이 눈앞에 떠올랐고, 서로 안부를 묻고 대화를 나누며 흐릿해진 추억을 소환했다. 추억은 가슴에 묻고, 지나간 버스는 미련을 버리라 했건만 새천년은 가슴에 묻은 추억을 파내고 버린 미련을 다시 주우라 권하는 시대였다.

그런 어느 날 이름 석 자가 동공에 각인되듯 들어왔다. "안녕?"이라고 인사해주던 그 아이였다. 접속 중이라는 사실을 알았을 때 주저하지 않고 말을 걸었다. "안녕?" 답이 왔다. 7년 만의 안녕이었다. 그리고 알았다. 첫사랑이었구나. 그 복도에서 느낀 두근거림이 그런 감정이었다는 것이 7년이 지나서야 뇌리에 당도했다. 첫사랑이라는 걸 겪어보지 못했다고 생각했는데, 아직은 없지만 언젠가 생기면 알게 되리라 막연하게 생각했는데, 그 아이의 "안녕?"과 7년 만에 재회하고 알았다. 너였구나. 문득 이 아이가 보고 싶었다. "너 정말 착하구나." 그 아이의 음성과 표정이 떠올랐다. 대화를 나누다가 약속을 잡았다. 그리고 초등학교 5학년 시절의 그날, 내가 꽤 괜찮은 용기를 냈다는 사실을 뒤늦게 알았다. 별만한 용기를 내면 바라던 마음에 닿을 수도 있다는, 귀한 교훈이었다.

얼굴이 그대로였다. 초등학교 시절보다 잘 웃었고, 덕분에 어릴 때보다 상냥하다는 인상을 받았다. 그 아이와 밥을 먹었는지, 차를 마셨는지는 정확히 기억나지 않지만 긴 시간 대화를 나눈 기억은 난다. 우리는 헤어지면서 다시 만날 것을 기약했다. 하지만 그 아이와는 그 한 번의 재회 이후로 다시 만나지 못했다. 몇 차례 약속을 잡았지만 고3이라는 사정상 시간이 엇갈렸고, 그 이후로 드문드문 연락을 주고받다가 자연스레 소식이 끊겼다. 나는 20대 중반까지도 종종 그 이름을 떠올리곤 했다.

이제 와 남은 아쉬움이라는 게 있다면 그때 그런 마음을 솔직하게 내뱉지 못했다는 것이다. 제대로 맺지 못한 문장을 남겨두고 지나쳐버린 탓에 자꾸 돌아보게 되는 듯하여, 그때 태동한 마음과 태어난 말이 발화되지 못한 채 독백으로만 맴돌다 갈 곳을 잃은 듯하여, 끝내 그 마음과 말이 시간과 사정 속에서 삭아버린 듯하여 때때로 안타까웠다. 대단한 바람이 있는 건 아니었다. 그 마음과 말을 전했다 하여 대단한 일이 일어나지도 않았을 것이다. 다만 전해지지 못했다는 사실이 안타까운 일이 된다는 걸 여전히 실감하고 있다. 가까스로 닿아보는 것과 우두커니 남겨지는 것은 결코 같은 처지가 아니다. 물론 그때는 맞고 지금은 아니다. 지금이야 과거 어디쯤 맺힌 기억일 뿐이다. 그러니까 그때여야 했다. 그런 일들이 있다. 피워야 할 것은 그때 피워야 했고, 떨어져야 할 것은 그때 떨어져야 했다. 마음이든, 말이든, 그랬다. 그래야 한다.

죽음 너머로
당신을 흘려보낸다

지난 어느 밤 누나한테 전화가 왔다. 서촌의 단골 술집 '여래여거'에서 혼술을 하고 있던 터라 망설이다 받았다. 하지만 통화를 하면서 역시 받지 말걸 그랬다고, 잠시 후회했다.

아버지 건강이 좋지 않다고 했다. 구체적으로는 허리가 좋지 않다고 했고, 자꾸 기억이 안 난다는 말을 뱉는다고도 했다. 아버지를 마지막으로 만난 것이 몇 년 전이었는지 기억나지 않았다. 누나는 종종 아버지를 만났다며 소식을 전했고, 그때마다 나는 별다른 대답을 하지 않았다. 하지만 이번에는 대답했다. 솔직히 알고 싶지 않았고, 앞으로도 그럴 거 같다고 말했다. 누나는 미안하다고 했다. 누나가 나한테 미안할 일은 없기에 그런 말을 할 필요는 없다는데도 자꾸 그랬다. 역시 받지 말았어야 했다. 그래도 예전처럼 버럭 화를 내진 않았다. 40대가 되니까 혈기가 충분치 않은 모양인지 특별히 거세게 일어나는 감정은 없었다. 그럼에도 어느 구석에 일찌감치 접어둔 서러움 같은 것을 오랜만에 펼쳐보는 듯한 기분이 조금 일었다. 슬펐다. 나는 이 슬픔이 싫다. 그럴 때마다 가족이 미워지는 것 같아서 싫다. 그 슬픔을 죽이고 싶어서 결국 혼자서 술을 많이 마셨다.

요즘은 종종 죽음에 대해 생각한다. 태어남이란 애초에 불공평한 조건이다. 태어나는 순간부터 견뎌야 하는 삶도 있을 것이다. 그것이 당연하다고 여기며 살아가야 하는 팔자도 숱할 것이다. 이토록 수많은 괴리와 간극의 삶으로 산재한 세계가 유일하게 공평해지는 순간이란 끝내 그 이전의 삶이 어떠했든 한 점의 운명으로 종착할 수밖에 없다는, 명백한 죽음일 것이다. 누구나 죽는다. 죽음 이후 얼마나 값비싼 관을 쓰고 거창한 장례식을 치르든 모든 사후 예식은 사자의 사정과 무관한 풍경일 수밖에 없다. 남은 자들의 세상이란 떠난 자에게는 무용한 이야기다. 그래서 혹자에게 죽음이란 허망하게 흩어지는 듯한 감정적인 무엇으로 여겨질 것이다. 하지만 죽음이란 그 모든 삶에 유일하게 찾아오는 공평한 순리다. 그 직전까지 어떤 공기 속에 머물렀든 더는 마실 수도 뱉을 수도 없는 껍데기를 벗고 사라진다는 건 확실히 그렇다.

죽음을 동경하거나 염원하는 건 아니지만 죽음이 있다는 데서 간혹 위안을 얻을 때는 있다. 어차피 언젠가 끝날 삶이라는 사실은 영원보다 찰나를 믿게 만든다. 그 순간 보고, 느끼고, 생각하는 것에 집중하고 싶어진다. 끊임없이 지나고 사라지는 시간을 가리키는 바늘이 돌고 돌면서도 거듭 한 점의 순간으로 틈입하는 감각을 느낄 수 있는 지금이 어느 때보다 귀하다는 것을 여실히 깨닫는다. 늙어가고 낡아가는 두려움도 죽음으로 수렴하고 있다는 자연스러운 감각일 것이다. 그 사이에서 헤어지는 세계와 나누는 안녕도 차근차근 익숙해질 것이다. 그러므로 그 이전까지의 삶은 가능하다면 적어도 내가 원한 바 안에 머물렀다고 말할 수 있는 자리이길 바란다. 원치 않는 마음을 마주하며 삶이 고단한 것이라고 손쉽게 합의할 생각은 이제 별로 없다. 어쩔 수 없는 일이라면 어쩔 수 없음을 있는 그대로 받아들이며 감당해야 할 일이겠지만, 어쩔 수 있는 일을 어쩔 수 없다고 기꺼이 착각하고 싶진 않다.

당신의 지붕 아래 사는 것이 든든하던 시절도 있었고, 당신의 음성이 닿는 곳에서 살아가는 것에 안도하던 시절도 있었으나 한동안 당신의 지붕과 음성 없이 살아가는 법을 익혔고, 그 시간에 당신은 없었다. 그래서 슬프고 치밀어오르던 순간도 있었으나 이제 그마저 옛일이다. 보정조차 불가능한 저화질의 기억처럼 당신과 나라는 우리가 한데 존재하고 있던 그 시간은 눈을 찡그리고 안간힘을 써서 구별해보려 노력해도 또렷할 수 없는 어제의 어제의 어제의 어제 저 너머에나 머물고 있는 것 같다. 너무 멀리 와버렸다. 당신이 없는 그 이후의 삶이 나에게는 너무나 치열하고 평온했기에 애써 시간을 되돌리려는 노력 같은 것이 끼어들 틈이 없는 것 같다. 그럼에도 불구하고 혹여 당신과 나를 우리라 묶는 것이 가능한 자리가 있다면, 어쩌면 그건 죽음 너머 아닐까, 생각해본다.

　어쩌다 나의 아버지로 태어났고, 어쩌다 당신의 아들로 태어난 이번 삶에서는 더 이상 불가한 마음이 됐지만 다음 생이라는 게 있다면, 어쩌면 그때는 지금보다 서로에게 더 괜찮은 사람이고 싶을지도 모르겠다. 모질게 뒤엉킨 이 마음과 그 시간이 부서지고 흩어진 저 너머의 세계에서는 어쩌면. 그렇게 당신과 마주하고 있는 다른 선상의 나를 떠올려보았다. 표정이 떠오르지 않았다. 거기서도 당신과 나 사이에 어떤 슬픔 같은 마음이 흐르고 있을까. 어차피 죽음 너머에서나 알 수 있을 일일 것이기에, 어차피 그 슬픔은 지금의 것이 아닐 것이기에, 그렇게 죽음 너머로 당신을 흘려보낸다. 보내본다. 안녕히, 그렇게 영원히.

영화를 비록
사랑하는 것 같진 않지만

"영화를 정말 사랑하시잖아요."

아무래도 직업 특성상 영화를 자주 보고, 영화에 대해 말하는 경우가 잦다 보니 영화를 '정말' 사랑하는 사람이 돼버렸다. 그런데 나는 '정말 사랑한다'는 말에 염증을 느끼는 사람인가 보다. 이상하게 그 말만 들으면 등이 굽는 기분이다. 다 떠나서 나는 정말 영화를 사랑하는가. 이런 이야기를 들을 때마다 스스로 자문하게 되니 한 번쯤 내 입장을 정리할 필요도 있겠다는 생각이 들었다.

일찍이 영화기자가 될 생각 같은 건 해보지 못했다. 이 직업이 안중에도 없었다는 게 아니라 애초에 이런 인생을 살 것이라고 생각해볼 겨를이 없었다는 의미다. 20대 초반까지도 영화에 대단한 관심은 없었다. 이른바 《키노KINO》 세대도 아니었다. 《키노》가 발간된 게 10대 시절이니 내 주변에 영화 전문 잡지를 즐겨보던 친구가 몇이나 있었을지 모르겠지만, 어찌 됐건 나는 전설적인 영화 전문 잡지를 즐겨보던 시네필도, 영화광도 아니었다.

유년 시절부터 어머니 영향으로 영화를 많이 봤다는 건 나중에야 알았다. 어머니는 매주 비디오 대여점에서 영화 비디오를 2~3개씩 빌려왔다. 나는 그것이 무엇인지도 모르고 같이 봤다. 레오 카락스도, 줄리엣 비노쉬도 몰랐지만 〈퐁네프의 연인들〉은 기억했고, 클린트 이스트우드도 몰랐지만 케빈 코스트너가 주연을 맡은 영화로 〈퍼펙트 월드〉를 기억했다. 이 영화들의 의미를 알게 된 건 영화에 뒤늦게 관심을 갖게된 20대 중반 무렵의 일이었다.

어머니는 영화를 제법 다양하게 봤다. 〈마농의 샘〉, 〈터미네이터〉, 〈인생은 아름다워〉, 〈페노미나〉, 〈양들의 침묵〉 같은 영화를 본 것도 다 어머니 덕이다. 물론 어린 나이에 봤으니 뭘 제대로 이해한 것 같지 않지만 그래도 보기는 봤다는 것이다. 알게 모르게 내 인생의 중력이 그때 형성되고 있었을지도 모를 일이다. 어머니가 즐긴 영화는 대부분 할리우드나 유럽 영화였다. 어린 나이에 이해하기 어려운 영화도 있었고, 왜 이런 걸 보는 걸까 의문을 갖기도 했지만 어떤 영화는 단 한 장면으로 강렬하게 각인되기도 했다. 이를테면, 〈퐁네프의 연인들〉은 유년 시절에는 좀처럼 이해할 수 없는 영화였음에도 파리 퐁네프 다리 위로 불꽃이 팡팡 터지는 가운데 두 남녀 주인공이 텅 빈 다리 위를 질주하고 춤을 추는 장면은 인상적이었다. 영화 내용은 제대로 기억하지 못했지만 그 한 장면으로 확실히 기억하게 된 제목이었다. 20대의 문턱을 넘긴 뒤 뒤늦게 찾아본 〈퐁네프의 연인들〉은 비로소 정말 좋아하는 영화가 됐다. 어린 시절 그런 식으로 기억해온 영화들과 뒤늦게 재회하며 느낀 반가움이 상당했다. 영화를 좋아한 어머니 덕분이었다.

그 어린 시절, 어머니 영화 취향에 불만을 품은 적도 있었다. 어머니는 중국 무협 영화나 홍콩 누와르 같은 작품은 딱히 좋아하지 않았는지 좀처럼 볼 생각을 하지 않았다. 아니, 절대 보지 않았다. 친구들은 〈황비홍〉이나 〈영웅본색〉 같은 작품을 다들 본 모양인데, 정작 나는 못 본 영화라 항상 할 말이 없었다. 그래서 어머니한테 왜 그런 영화는 안 보는 거냐고 따져 묻자 어머니는 짜장면도 아니고, 〈황비홍〉이 싫다고 하셨다. 이유는 간단했다. "사람이 날아다니면서 싸우는 게 말이 돼?" 할 말이 없었다. 〈배트맨〉도 날아다니는 거 같던데, 그건 말이 돼서 봤나? 그렇다고 그 어린 시절에 또래 친구들한테 〈마농의 샘〉이나 〈퐁네프의 연인들〉 같은 영화를 봤다고 이야기할 수도, 설명할 수도 없는 노릇이었다. 아이에게도 아이 나름의 사회생활이라는 것이 있으니까.

영화에 관심을 갖게 된 건 영화를 보고 나서 하고 싶은 말이 생겼기 때문이다. 글을 쓰고 싶다는 생각은 했지만 무엇을 써야 하는지 잘 몰랐다. 애초에 간절하게 쓰고 싶다는 마음이 앞서면서 취사선택한 게 영화가 아니었을까 생각해본 적은 있다. 어떤 영화들은 그 이후에 할 수 있는 말을 무색하게 만든다. 애석한 일이다. 하지만 어떤 영화는 나도 몰랐던 내 생각을 일깨우기도 한다. 그래서 한때는 그 영화를 본 나 자신에 대해 말하는 데 심취한 것 같다. 이 영화가 나로 하여금 하고 싶게 만든 말을 떠들고, 글로 쓰는 걸 즐긴 것 같다. 그러다 보니 점점 알게 됐다. 내가 정말 모르는 게 많구나. 그래서 공부할 결심을 하게 됐다.

영화는 가지고 있는 게 정말 많다. 영화를 말하기 위해서는 영화를 직접 찍지는 못해도 영화에 대해 알아야 한다. 적어도 어떤 기술을 가지고, 어떤 과정을 통해서, 어떤 사람들이 만드는지는 알아야 한다. 지나온 역사도 알아야 한다. 감독과 배우는 물론, 영화에 조력해온 수많은 이름과 그들의 경력을 아는 것도 중요하다. 전문가라는 타이틀을 걸고 쓰거나 말한다는 건 모른다는 두려움과 계속 맞서 나아갈 수 있는 힘을 닦고, 길을 찾는 일이다. 영화만 안다고 다 해결되는 게 아니다. 어떤 영화는 한 지역과 시대의 역사를 관통하기에 그 전후의 역사를 알았을 때 보이는 게 더 많을 수 있다. 어떤 영화는 특정 분야의 이론과 감각을 고스란히 투영했기에 그러한 정보를 바탕에 둔 감상이 가능할 때 더 깊게 이해하고 즐길 수 있다. 이런 바를 느낄 때마다 더 많은 것을 알아두고, 경험하고 싶었다. 내가 모르는 것이 참 많다는 걸 알게 되는 실망과 좌절이 더 많은 것을 알고 싶다는 계기의 문을 열어주었다. 그런 의미에서 영화란 나에게 너른 세상을 보여주고 열어주는 창이자 문 같다고 생각한다. 예전에도 그랬고, 여전히 그렇다. 내가 영화를 좋아한다고 말하는 건 그 때문이다.

그렇다면 나는 영화를 사랑하는가? 그건 잘 모르겠다. '좋아한다'는 것이 곧 '사랑한다'는 말이 될 수도 있겠지만 사랑한다고 말할 자격이 있는지 잘 모르겠다. 영화가 없어져도 세상이 돌아가는 데 지장은 없을 것이다. 물론 안타까운 일일 거 같긴 한데 슬픈 일이 될지는 잘 모르겠다. 이렇게 생각하는 걸 보니 나는 영화를 사랑하는 사람은 아닐지도 모르겠다. 'T'라서 그럴지도 모르겠다만 영화가 세상에 꼭 필요한 무엇이라 생각하진 않는다. 충분조건이지, 필요조건이 아니라는 것이다. 그렇다고 없어져도 상관없다는 입장은 아니다.

영화를 즐기는 관객으로서 그 낙이 사라진다는 건 너무 거대한 붕괴이고 상실일 것이다. 하지만 영화가 세상에 존재해야 할 이유를 찾지 못한다면 어쩔 수 없을 거라 생각한다. 단순히 사람들이 극장에 가지 않고, 그 필요성을 예전만큼 아끼지 않는 시대가 왔다고 해서 영화의 쓸모가 없어질 것이라 생각하진 않는다. 오히려 그런 시대일수록 영화가 필요할 것이다. 다만 영화가 스스로 그 가능성을 입증하지 못하고 무너진다면, 그럼으로써 그것을 절실히 갈망하는 사람들조차 의미를 잃게 된다면, 그런 세상에서 영화는 존재해야 할 이유가 없다. 하지만 그런 날은 오지 않을 것이다. 영화에 대해, 예술에 대해 믿는 바가 있다면 인간의 삶이 멈추지 않는 이상 어떤 식으로든 함께할 수밖에 없다는 점이다. 그러니까 '영화가 사라져도 어쩔 수 없다'는 말은 영화를 애호하는 입장에서 생각하는 최후의 방벽 같은 기준이라 여긴다. 영화 따위 어떻게 되든 상관없다는 의미가 아니다. 그렇게 된다면 당장 나부터 곤란할 테니까.

하지만 '영화를 사랑한다'는 말은 내게 너무 간지럽다. 당장 영화를 물고 빨고 금이야 옥이야 아끼는 입장이라도 된 것 같다. 사실 '영화를 사랑한다'고 발음하는 이들이 정말 그만큼 영화를 사랑하기는 하는 건가 의아할 때도 있다. 이를테면 영화를 두고 하는 말에 간혹 물음표가 떠오르는 경우가 있다. 어떤 영화는 정말 후지다. 하지만 후진 영화도 재미있게 볼 수 있다. '재미있게 본 영화'와 '훌륭한 영화'는 다른 세계다. 그런데 혹자는 가끔 이렇게 묻는다. "어떻게 그딴 영화를 재미있다고 할 수 있어?" 나는 그런 말을 들을 때마다 이렇게 묻고 싶다. "어떻게 그런 후진 말을 할 수 있어?" 영화를 사랑한다고 말하는 사람이라면 어떤 영화든 품고 안아야 하는 것 아닐까? 그런 의미에서 나는 영화를 '쓰레기' 같은 것으로 정의하고 평가하는 이들이 영화를 사랑한다고 말할 때 '가증스럽다'는 단어의 의미가 선명해지는 기분을 느낀다. 사랑한다는 말은 결코 그런 의미가 아닐 것이기에.

지금으로선 아주 많은 영화를 보며 살아가는 입장에서 말하건대, 나는 이제 정말 후진 영화를 봐도 재미를 느낄 수 있다. '대체 어떤 체계 안에서 이런 영화가 나올 수 있었을까?' 그게 너무 궁금해서 추측할 단서들을 찾게 되는데 그 단서란 의외로 영화 안에 참 많다. 그런 것들을 읽어내다 보면 두 시간도 지루하지 않게 견딜 수 있다. 나에게도 두 시간은 귀한 재화이기에 함부로 버릴 수 없는 노릇이며, 그 시간을 고단하게 쓰기만 한다면 기회비용이 너무 커지기에 노력은 해야 하는 법이다. 물론 잘 만든 영화를 가리고, 그에 걸맞은 평가를 전달하는 직업적 소명을 간과하는 건 아니다. 하지만 영화를 보는 내 시간도 소중하다. 결국 재미있다, 재미없다, 이런 이분법적인 평가도 보는 이의 재량이나 관점에 따라 완전히 달리 소화되는 것이다. 좋은 것과 좋지 않은 것을 가리는 것과는 또 다른 일이라는 거다. 그렇기 때문에 내가 생각하기에 두 번 보고 싶은 마음이 전혀 없는 영화를 누군가가 너무 재미있어서 두세 번 봤다고 말할 수도 있다고 생각한다. 다만 그런 영화를 '역사상 최고의 걸작' 같은 수사로 말하는 걸 듣는다면 입이 간지러워질 것 같다. 솔직히 그건 아닌데. 다만 굳이 강변할 이유는 없는 것이다. 흥미로운 자극을 주고, 대단한 감상을 안긴, 도전적이면서도 신선하고, 전형적이면서도 완전한 작품들에 대하여, 내 입장에서 충실하게 쓰거나 말하면 될 일이라 생각한다. 물론 도덕과 윤리 안에서 그릇된 시선과 관점을 합리화하는 영화의 문제는 명확히 짚어야 하겠지만, 굳이 타인과 갑론을박하며 서로의 감상이 옳고 그름을 가릴 이유까진 없다고 생각한다. 내 생각과 네 생각이 꼭 같아야 할 이유는 없으니까. 다만 나눌 수는 있는 것이다. 서로 좋아하고, 싫어하는 면면에 대해 대화할 수 있는 법이다. 그렇게 서로 다른 생각들이 한 자리에 맞물려 건강하게 보존될 때 그 영화가 보다 너르고 깊어질 것이라 생각한다. 좋은 영화란 결국 그 끝에서 좋은 대화로 이어져 유구하게 흘러가는 것이라 믿는다.

자신이 높이 세우고 싶은 것이 있다고 해서 다른 것을 깔

아뭉개는 짓은 치졸하다. 그런 말은 졸렬하기 짝이 없다. 진짜 위대한 것은 그 자체로서 고유하게 빛나는 법이지, 다른 것에 빗대어 상대적인 반짝임으로 판명하는 것이 아니다. 그렇기 때문에 가급적 어떤 영화의 훌륭함을 말하기 위해 다른 영화를 그 밑으로 내리듯 끌어들이는 건 지양하고자 한다. 비교와 대조는 할 수 있지만 빗대어 평가할 이유는 없다. 모두 다 고유의 언어를 가졌으니 고유한 눈높이로 보고 맺을 필요가 있다. 물론 별점 같은 수단에 의해 영화를 등급제처럼 평가하면 결국 그리되는 일 아니냐 반문할 수 있고, 그런 반문에도 합당한 지점이 있다고 생각하지만 좀 더 간편하게 해당 영화에 접근할 수 있도록 관심을 제시한다는 점에서 별점이 갖는 나름의 의미도 있을 것이라 생각한다. 그 역시 우열을 가리기보단 고유한 수준을 판단한다는, 시작점의 의미를 염두에 둔다면 그리 이상한 일은 아닐 것이다.

　요즘에는 좋은 영화를 보면 그 영화가 품은 보이지 않는 이야기를 찾아가고 싶다. 이를테면 웨스 앤더슨의 〈그랜드 부다페스트 호텔〉과 슈테판 츠바이크의 관계 같은 것. 〈그랜드 부다페스트 호텔〉의 엔드 크레딧엔 '이 영화는 슈테판 츠바이크의 책으로부터 영감을 받음'이라는 설명이 나온다. 이 자막을 이해하기 위해서는 슈테판 츠바이크가 유럽에서 일어난 두 번의 세계대전을 직접 겪으며 후술한 인문서 《어제의 세계》를 읽어볼 필요가 있다. 꼭 이 책을 읽어야만 〈그랜드 부다페스트 호텔〉을 이해할 수 있는 건 아니겠지만 읽게 된다면 이 영화가 만들어진 이유와 전하고자 하는 의미가 볼드체처럼 보다 두꺼워질 것이다. 이것이 내가 영화 보기와 말하기를 중단할 수 없는 이유다.

좋은 영화는 정말 많은 걸 보여주고 생각하기를 권하며, 찾아갈 길을 알려준다. 그래서 늘 영화를 보기 전에는 이 영화가 정말 좋은 영화이길 간절히 바란다. 하지만 그만 한 기대에 다다르지 않는 영화라 해도 그 영화가 가진 것을 두고 생각해보는 건 분명 또 그만 한 낙이다. 그런 의미에서 나는 영화를 좋아하는 사람은 맞는 것 같다. 그런데 그것이 내가 영화를 정말 사랑한다고 말할 수 있는 자격인지, 솔직히 잘 모르겠다. 사랑한다는 말은 역시 간지럽고 오그라든다. 하지만 나는 확실히 영화 보기를 좋아한다. 그리고 내가 정말 좋아하는 영화들은 하나같이 음악도 정말 좋다. 인상적인 스코어나 넘버로 영화의 감각이 새롭게 각인되기 때문에 그런 영화는 OST를 찾아 듣고 음반까지 구입하는 편이다. 영화가 사운드로 다시 재생되며 새로운 감각으로 돌아오고, 그러한 감각을 실물로 소유하는 기쁨이 있다. 영화를 다른 방식으로 다시 보게 되는 셈이랄까. 그런 의미에서 어떤 이에게는 영화가 미술일 것이다. 공간일 것이다. 여행이거나 사람일 것이다. 자신의 입장에서 도모할 수 있는 영화의 재발견이 있을 것이다. 만약 스스로 영화를 사랑한다고 말하고 싶은 이라면, 영화가 끝났다고 해서 영화 보기를 중단할 수 없을 것이다. 자신만의 방식으로 영화를 다시 보는 법을 터득하고, 그렇게 새롭고 좋은 영화를 찾아 계속 나아갈 것이다.

무엇보다도 세상에는 좋은 영화가 너무 많다. 그래서 '인생 영화 한 편?' 같은 질문을 받는 것이 고문처럼 느껴질 때도 있지만 '인생 영화'라는 건 말 그대로 내 인생에 영향을 미친 강력한 영화이기에, 그럴 때마다 나는 클린트 이스트우드의 〈그랜 토리노〉를 떠올린다. 나이가 들고 어른이 된다는 것이 가끔은 가혹한 형벌처럼 느껴진다. 어른이 되면 필연적으로 책임감을 등에 업고 살아가야 한다. 개인의 삶을 건사해야 한다는 책임감뿐 아니라 더 나은 사회를 만들어야 한다는 책임도 점점 무거워져야 마땅하다. 가끔은 자신이 없다. 그래서 십자가처럼 짊어지고 싶은 영화를 만나는 건 힘이 된다. 나에게 〈그랜 토리노〉는 그런 영화다. 〈그랜 토리노〉는 반성하는 어른이 남긴 숭고한 유산에 관한 영화다.

'그랜 토리노'는 1972년에 포드사에서 제조한 고급형 자동차 모델명이다. 그랜 토리노의 주인인 월트 코왈스키는 철저하게 관리해온 덕분에 새 차처럼 완벽한 그랜 토리노를 자신의 일생처럼 아낀다. 그는 젊은 세대에게 좀처럼 관대하지 않다. 지금껏 자신이 일구고 쌓아온 전통과 역사를 그들이 무너뜨린다고 여기는 탓이다. 어디서 굴러온 건지 알 수 없는 동양인 이웃도 그래서 싫다. 자신이 세우고 지켜온 미국의 역사를 훼손하는 이방인에게 고약하게 굴고 싶다. 하지만 우연한 계기로 조금씩 마음을 열게 된다. 그들이 가난하지만 성실한 이웃이라는 걸 알게 된 덕분이다. 월트는 동양인 소년 타오가 자신이 지키고 싶은 미국의 미래라는 것을 깨닫고, 타오가 정직한 일을 통해 미래를 건설할 수 있도록 조력한다. 자신을 고약한 늙은이로 여기는 아들 내외보다도 더욱 아들 같은 존재로 여긴다. 하지만 타오는 갱단에 가입하라는 협박을 받고 폭력에 시달린다. 그 행패가 나날이 심해진다. 선을 넘는다. 그래서 월트는 결심한다. 선을 넘기로 한다. 그는 한국전쟁에 참전해 수많은 살육을 저질렀고, 목격했다. 자신이 저지른 살육에 죄책감을 느낀다. 그 가운데서 자신이 절망하던 세상에 일말의 빛이 되고 소금 같은 존재가 될 소년을 만났다. 그 희망을 보존하기 위해 이미 더럽혀진 자신의 육신과 영혼을 제물 삼아 절망의 뿌리를 뽑기로 결심한다. 지킬 가치가 있는 미래에 목숨을 걸고, 기꺼이 내놓는다. 그럼으로써 자신의 과오를 반성하고 회개한다. 그리고 그토록 아끼던 그랜 토리노를 타오에게 남김으로써 빛나는 전통에 새로운 세대를 태우고 새로운 시대로 나아가도록 만든다.

진정한 어른만이 할 수 있는 이야기다. 나는 이 이야기가 십자가처럼 보였다. 대단한 결심을 할 자신은 없지만 무엇을 믿으며 늙어가야 하는지 조금은 알게 됐다.

그러니까 어떤 영화는 길을 알려준다. 살아가야 할 방향을 가리키고, 다짐하게 만든다. 영화만큼 비범한 삶을 살 수는 없겠지만, 최소한 부끄럽지 않은 삶의 기준을 떠올리며 나를 버티게 만들어주는 것 같다. 내가 영화에 대해 말하고, 권하는 건 그 때문이다. 두 시간 동안 즐기기 유용한 유희이기도 하지만 좋은 영화에는 생각 이상으로 너무 좋은 것들이 너르고 깊게 담겨 있기에 적극적으로 탐닉하고 습득하길 권하고 싶다. 그로써 함께 나눌 수 있는 대화의 가능성이 더욱 너르고 깊어지길, 어제의 영화와 오늘의 감독을 통해 내일의 대화로 나아갈 수 있는 길에서 만날 수 있길 바란다. 물론 여전히 영화를 사랑한다는 말은 조금 징그러운 것 같지만 영화를 통해 알게 되는 것들과 나눌 수 있는 것들이 참 많다는 건 분명 반갑고 즐거운 일이다. 그런 영화를 만드는 모든 이름이 고마운 법이다. 그래서 나는 계속 영화를 보고, 말하고, 쓰고 싶다. 그 고마움을 더 많은 사람이 느끼면 좋을 것 같다. 그리고 가능하다면 내 진심도 누군가에게 가닿길 바랄 뿐이다. 그렇게 영화라는 대화의 끝에서 다시 시작될 대화를 기다린다. 그것이 끝내 사랑이라고 규정돼야 한다면 내가 영화를 사랑하는 방식이란 이런 것일지도 모르겠다고 자포자기해 본다. 영화를 사랑한다는 말이 너무 간지럽다는 생각을 끝내 떨칠 수는 없겠습니다만.

1980년 5월 18일과
광주와 나

내가 다녔던 중학교는 유치원, 여중, 남중, 여고, 남고, 전문대학까지 있던, 꽤 큰 사학재단에 속한 사립 중학교였다. 덕분에 학교 부지가 굉장히 넓었다. 후문을 통과해도 교실까지 들어가는 데 걸어서 20분 정도가 걸렸다. 학교가 많으니 매점도 많았다. 점심시간에는 남중과 여중이 함께 쓰는 간이 매점이 가장 인기였다. 딱히 뭘 사 먹을 게 아닌 녀석들도 굳이 거기서 얼쩡거렸다. 내가 자주 가던 곳은 전문대 매점이었다. 친구들과 삼삼오오 모여 사 먹던 350원짜리 육개장 컵라면과 얼음이 나오는 150원짜리 자판기 음료수는 그 시절의 별미였다. 500원짜리 동전 하나가 주는 즐거움이었다.

5월이었다. 아마 중학교 1학년 시절이었을 것이다. 주머니 속에 있는 500원짜리 동전을 만지작거리며 늘 가던 전문대 매점으로 향했다. 하지만 그날은 입이 아닌 눈이 사로잡혔다. 매점 벽면을 가득 채운 작은 사진이 모자이크형으로 빼곡히 붙어 있었다. 일그러진 얼굴들, 아니, 그러니까 얼굴이리라 추측해야 마땅한 형체가 검지를 엄지손가락에 대고 둥글게 말았을 때만큼의 크기로 한가득이었다. 내 키만큼 높고, 열 걸음쯤 옮겼을 때에야 끝에 닿을 만큼 넓게, 상하좌우로 쭉 이어졌다. 한때 감정이 담겼던 그것이라는 게 믿기지 않을 정도로 형체가 끔찍하게 뭉개졌는데 눈을 돌릴 수 없었다. 살 떨리는 기분을 넘어 살이 떨렸다.

"아, 글씨, 사람을 탱크로다가 밀어부렀당께!" 어느 할아버지의 입에서 나왔던 언성이 뒤늦게 메아리처럼 울렸다. 그 말이 그저 허풍이 아닐 수도 있겠구나. 그제야 그 입에서 새어 나오던 냄새를 맡았다. 1980년 5월 18일의 광주에 대해 말하는 노인의 원망에는 굴뚝이 없었다. 그래서 그 입에서 새어 나오듯 발음되는 말이란 대체로 매웠다. 흩어지지 못한 연기처럼 매캐했다. 노인의 삶도 매웠을 것이다. 그 매운 내가 그제서야 내 눈으로 빨려 들어오는 것 같았다. 매웠다. 내 마음속에도 아궁이가 생겼다. 뜨거웠다. 매운 연기가 차기 시작했다. 겪어보지 못한 그날에 대한 인식이 내 안에서 자라나고 있었다. 그날은 라면도, 음료수도 먹지 못했다. 한동안 그 매점에 갈 수 없었다.

　1985년에 간행한《죽음을 넘어 시대의 어둠을 넘어》는 공수부대의 학살과 함께 항쟁이 시작된 1980년 5월 18일부터 계엄군의 전남도청 장악과 함께 항쟁이 끝난 27일까지, 5·18 민주화운동에 대한 세세한 기록이 담긴 저서다. 광주 출신 후배였던 이재의, 전용호의 요청으로 황석영 작가가 출판 과정에 참여했고, 공동 저자로 이름을 올렸다. 군사쿠데타의 주범 전두환 씨의 군부 독재정권에 의해 폭동으로 규정된 5·18 민주화운동의 참상을 생생하게 기록한 저서에 당대 문호로 이름을 날리던 황석영이 대표 작가로 이름을 올린 것 자체가 굉장한 사건이었다. 첫 판본이 나오고 30여 년이 지난 2017년에 발행한 개정판 머리말은 황석영 작가가 새로 썼다. 그의 말에 따르면, 역사를 변화시키는 의미가 사람의 힘에 있다는 것을 증명할 수 있음에도 우리가 가진 삶의 한계로 인해 한 시대에는 언제나 새로운 것과 낡은 것이 공존하며 하루아침에 멋진 신세계가 찾아오진 않는 것이라 했다. 그렇다. 세상은 바뀐다. 다만 하루아침에 바뀌지 않을 뿐이다.

　내가 이 책을 처음 읽은 건 고등학생 시절이었다. 읽는 내내 몸이 여러 번 떨렸고, 무서웠고, 미웠다. 결코 만만한 시대가 아니었다.《죽음을 넘어 시대의 어둠을 넘어》에는 남녀노소를 불문하고 길에 있던 사람을 무자비하게 구타하고 연행해 가혹하게 고문하며 살인을 마다하지 않은 당시 공수부대원들의 야만적인 폭력 행위가 가감 없이 기록돼 있다. 믿음을 흔들고 감당의 역치를 시험하는 수준인데, 그것이 실제로 사람과 사람 사이에 벌어진 사실이라는 것이 믿기지 않아서 더더욱 그렇다.

　18일 최초의 희생자는 청각장애인 김경철 씨였다. 그는 시내를 돌며 구두를 닦거나 신발을 만들어 팔며 가족을 건사했고 그날도 여느 날처럼 시내에서 일감을 찾아다녔다. 그러다 충장로 제일극장 골목 입구에서 공수부대원들과 맞닥뜨렸고 그중 한 명이 휘두른 진압봉에 머리를 맞고 쓰러졌다. 공수부대원들은 쓰러진 김경철 씨를 군홧발로 걷어차고 소총 개머리판으로 내리찍었다. 김경철 씨와 마찬가지로 청각장애인 친구 두 사람도 휘말려 구타를 당했다. 그들은 청각장애인이라고 최선을 다해 의사를 전달했지만 되레 '병신 흉내를 낸다'며 더욱 심하게 구타당했다. 국군 통합병원으로 실려간 김경철 씨는 19일 새벽 3시에 사망 판정을 받았다. 뒤통수가 깨지고, 왼쪽 눈알이 터지고, 오른팔과 왼쪽 어깨가 부서졌으며 엉덩이와 허벅지가 으깨졌다고 했다. 그의 나이 24세였다. 그에겐 갓 백일이 지난 딸이 있었다.

어쩌면 얼굴이었으리라. 그러니까 내가 중학생 시절에 봤던 그 벽면의 수많은 형체는 한때 누군가와 마주하고 감정을 나눴을 얼굴이라고 추측할 수밖에 없는 폭력의 흔적들이었다. 어떤 사진에서는 안면 한가운데가 뭉개졌고, 어떤 사진에서는 턱이 녹은 것처럼 내려앉았고, 어떤 사진에서는 치아의 흔적이 아니라면 얼굴이라는 것이 애초에 제대로 된 꼴을 잡았을까 싶을 정도로 엉망이었다. 본래 형태가 의심스러울 정도로 일그러지고 뭉개진 형상들이라 마주하기엔 끔찍함을 견디기 어려웠지만, 그럼에도 불구하고 거기에 한때 체온과 감정을 담았으리라는 잔상이 미세하게 느껴져 모른 척 지나칠 수 없었기에 하나하나 마주했다. 뒤늦게 찾아본 기록에 따르면 정말 많은 사람이 군홧발에 밟히고, 진압봉과 개머리판에 맞고, 대검에 찔리고, 총에 맞아 죽었다. 당시 광주에 투입된 군인 수는 2만 명에 달했다고 한다. 외부의 위협으로부터 국민을 보호하기 위해 창설되고 조직된 군인이 자국민을 억압하는 것을 넘어 사냥하듯 총을 쏘고 칼을 휘두르는 참사가 벌어진 것이다.

한강 작가의 소설 《소년이 온다》를 처음 읽었을 때 다시 한번 내가 마주한 중학교 1학년 시절의 그 벽을 떠올렸다. 마음속에 서리가 앉았다가 천불이 일었다가 죄다 증발했다. 이를 몇 차례 반복하고 나서 책장의 끝에 다다르니 재 같은 감상이 마음 아래 수북했다. 시리게 얼어붙은 결정이 끝내 뜨겁게 타버린 재의 형상으로 흩날릴 거 같아 무엇이라도 써야 할 거 같았다. 누군가에겐 이 소설이 그 벽을 마주하는 듯한 체험일 것만 같았다. 물론 그저 끔찍하게 과장된 비극적 허구라고 여기는 이들도 있을 것이다. 하지만 머리든, 심장이든, 어딘가 잘못된 이가 아니라면 그런 엇나간 감상을 품지 않았을 거라 믿는다. 만약 내가 그 시절에 태어나 광주에 있었다면 어땠을까 상상해보았다. 총을 메고 누군가를 대신해 내 목숨을 바쳐 순수한 양심을 시대에 헌화하듯 바치겠다고 다짐할 수 있었을까. 나의 양심은 과연 광주에, 전남도청에 남을 수 있었을까. 대답하기 힘들었다. 그렇지만 무자비한 권력의 야욕으로 짓뭉개진 얼굴의 반석 위에서 살아가고 있었고, 살고 있다.《소년이 온다》를 읽으며 그 무력감과 비루함을 연신 체감하고 되삼켰다.

1990년대 광주 지역방송국에서는 5월마다 특집 방송을 했다. 어렸던 나는 그것이 대한민국 영토라면 어디서든 볼 수 있는 것인 줄 알았다. 뒤늦게야 그렇지 않았다는 사실을 알게 됐고, 마음속에서 불이 일어난다는 걸 또 다시 한번 느꼈다. 당시 광주나 전라도 지역에서만 볼 수 있었다는 5·18 민주화운동 특집 방송에서는 매번 정신병원에 입원해 있는 어떤 아저씨가 나왔다. 한번은 그를 보며 아버지가 말했다. "재가 5·18 때 전남도청에 있던 내 친구다. 다행히 죽진 않았지만 끌려가서 고문을 당해 정신이 나가버렸지." 이 말을 떠올릴 때마다 내 앞으로 걸어오는 어떤 얼굴과 마주하는 기분이었다.

누이는 1980년 4월 30일에 태어났다. 어머니는 누나를 낳고 광주에 있는 큰집 본가에서 몸을 풀었다. 큰아버지가 운영하는 의원이 1층에 있었고, 큰집 식구들은 2층과 3층에 살았다. 그리고 정확히 18일 후 광주에서 난리가 났다. 길에 돌아다니는 사람들을 남녀노소 막론하고 밑도 끝도 없이 붙잡아 무지막지하게 패고 군용 트럭에 태워 알 수 없는 곳으로 끌고 간다고 했다. 당시 고등학생이었던 큰집 큰형이 집에 돌아오지 않아 난리가 났다고 했다. 다행히 심상치 않은 사태를 파악한 큰형이 학교와 가까운 친구 집으로 피신하는 기지를 발휘했음을 뒤늦게 알게 돼 한숨을 돌렸다고 했다. 그 5월에 혈기왕성했다던 아버지는 매일같이 집을 나갔다가 드문드문 돌아왔다고 했다. 그때마다 할머니는 속을 끓였다고 한다. 그러던 중 소문이 돌았다. 5월 27일, 군부 정권이 막대한 계엄군 병력을 동원해 전남도청을 사수하던 시민군을 소탕할 것이라고 했다. 거기 머물면 누가 봐도 죽을 목숨이란 이야기로 흉흉했다. 할머니는 그럼에도 집을 나가려는 아버지를 붙잡고 타는 속을 부어버리듯 일갈했다. "지금 네 딸이

핏덩이인데 어딜 죽으러 가는 게냐! 못 간다!" 결국 아버지는 그날 밤 집에 남았고, 그날 밤 광주에 살던 사람들은 그 누구라도 전남도청 방향에서 들려오는 굉음을 피하지 못했다고 한다. 광주의 1980년 5월은 그렇게 지나갔다. 그리고 나는 2년 뒤인 1982년 5월 12일에 태어났다.

생각해보았다. 1980년 5월의 광주에서 아버지가 사라질 운명이었다면 내가 이 세상에 존재한다는 말은 성립할 수 없었을 것이다. 나를 둘러싼 모든 언어가 가상이고 거짓이 될 것이다. 나의 탄생은 아버지의 생존을 통해 성립된 역사다. 1980년 5월의 광주에서 누군가가 죽었다는 사실을 생각해보았다. 그리하여 그 수많은 죽음과 함께 가상과 거짓이 되었을 이름과 얼굴을 생각해보았다. 애초에 존재할 수 없던 너를 생각해보았다. 나의 존재와 너의 부재가 결정된 그 순간을 생각해보았다. 애초에 존재하지 않았으므로 사라졌다는 말은 의미가 없다. 그럼에도 불구하고 나는 그 의미에 사로잡혔다. 너는 원래 거기 있어야 했던 이름이자 얼굴이었다. 그럴 수도 있었을 것이다. 그러나 그럴 수 없던 너는 어디에도 없고, 그럴 수 있던 나는 여기에 있다. 나는 여기 있음으로 거기서부터 있을 수 없던 너를 떠올리게 됐다. 아무도 묻지 않는 너의 당연함과 그 모든 순간을 떠올려보았다. 있던 것이 없어짐으로써 불이 꺼지는 세계의 줄기 속 어딘가 웅크리

고 있었을 너를 떠올려보았다. 하지만 떠오르지 않았다. 애
초에 존재하지 않은 너의 얼굴은 떠오를 수 없었다. 슬픔은
그런 형태이기도 했다. 존재할 수 없었음을 떠올리며 머금고
스며들게 되는 마음일 수도 있는 것이었다.

그렇게 사라진 이름과 얼굴의 역사를 생각해보았다. 찾아
가보았다. 그리고 제주 4·3에 다다랐다. 1947년부터 1954년
까지, 난데없는 이념 갈등에 내몰려 죽은 제주도 사람만 3만
명이 넘는다는 그곳에서는 4월이 되면 그렇게나 많은 집에
서 제사상을 차린다고 했다. 제주도민 아홉 중 하나가 죽었
다고 했다. 남녀노소를 막론하고 갓난아이까지 무자비하게
살해했다고 했다. 한국 근현대사에서 가장 끔찍한 봄이 한반
도에서 가장 따뜻하다는 섬에 휘몰아쳤다고 했다. 5월의 광
주 이전에 4월의 제주가 피투성이였다. 사방팔방 이어진 도
시에서도 그렇게 끔찍했다는데 외딴 방처럼 고립된 섬은 얼
마나 징했을까. 그렇게 군은 피를 스스로 안고, 품으며 살아
온 이들에게 맺힌 역사는 쉽게 지워지지 않았다. 더 일찍이
있었다는 그 흉악한 시절이 제대로 된 위로를 받지 못했다는
사실은 마음을 무겁게 끌어내린다. 하지만 그것이 이 세계가
지나온 진짜 역사라는 절망감 너머로 살아온 이들의 생과 삶
이 형형한 통증으로 그것을 보존하고 있기에, 그 고통스러운
역사와는 작별할 수 없다. 한강의《작별하지 않는다》는 일찍

이 제주의 4월에 찾아왔던 그 끔찍한 봄을 향한 약조였다. 여전히 잘 모르는 그 역사와 작별하지 않는다는 약속을 다짐하고 묻는 안부.

이렇듯 우리는 여전히 모르는 것이 참 많다. 그래도 예전보다는 1980년 5월의 광주나 1947년 4월의 제주에 관한 적지 않은 기록이 제시됐고, 영상이 존재하며, 목소리가 전해졌지만 여전히 세상에 닿지 못하고 떠도는 사연이 너무 많다. 그만큼 이러한 사실을 똑바로 보려고 노력하고, 온전히 받아들이는 이들이 늘어난다는 건 분명 다행스러운 일이다. 왜곡된 사실은 언제라도 제 모습을 회복할 수 있어야 하며 억울한 사연은 어떻게든 진실을 규명하고 떳떳하게 호명해야 한다. 그것은 그들을 위한 일이기도 하지만 결국 우리 모두를 위한 일일 것이다. 불의에 밀려 후진하는 역사를 앞으로 밀어내려 분투하던 이들의 희생을 묻어두고 나아가다 보면 계속 발이 걸려 넘어질 수밖에 없다. 비록 한 번 나아간 역사가 뒤로 물러나는 법이 없는 건 아니라 해도 한 번 나아가본 데까지는 다시 나아갈 수밖에 없다. 그러한 역사의 관성에 힘을 실어 다시 나아가 거기까지 밀고 나아갔던 이들의 발자취를 수습하고 보존하며 기억할 필요가 있다. 그렇게 역사의 변화와 진보를 이룬 이름을 보존함으로써 오늘과 내일의 역사는 보다 단단하고 굳건하게 보호되는 것이기 때문이다. 그리고 그 역사는 비단 우리만의 유산이 아닐지도 모른다.

1980년 5월 18일로부터 44년이 흐른 지금, 그나마, 아니, 확실히 세상은 좀 더 나아졌고, 나아가고 있다. 그날의 광주는 5·18 폭동에서, 5·18 사태로, 5·18 민주항쟁 혹은 5·18 민주화운동으로 조금씩 제자리를 찾아 나아갔다. 그렇게 한동안 하소연할 곳이 없던 광주를 향해 귀를 여는 사람이 생겼고, 늘었고, 명예를 회복해가고 있지만 여전히 갈 길이 남았다. 아직도 누군가에게 그날의 광주는 북한 간첩에게 놀아난 폭동에 불과할 것이다. 지난 몇 년 동안 5·18 민주화운동 기념식장에서 공식 추모곡인 '임을 위한 행진곡' 제창을 정권이 허락하지 않아 부를 수 없었다는 사실은 여전히 곱씹어야 할 모욕이다. 그리고 우린 1980년 5월 18일 이후에도 수많은 5·18을 목격해왔다.

용산구 철거민들이 불길에 휩싸인 용산 참사에서, 세월호가 침몰한 팽목항에서, 광화문에서 물대포를 맞고 쓰러진 백남기 농민에게서, 나는 1980년 5월 18일의 광주를 봤다. 국가라는 울타리 안에서 보호받지 못한 국민의 울음을 방치하고 무시하는 통수권자, 절벽 같은 처지에 내몰린 이들의 절규를 진압하는 공권력, 개인의 자유와 시민의 인권을 무참히 짓밟는 국가 권력에 편향해 함께 손가락질하고 침 뱉는 이들과 그 세력의 지리멸렬한 무례함과 저열함. 1995년 5·18 특별

법이 제정되고, 전두환을 비롯해 당시 계엄군에서 광주 탄압을 지휘했던 이들은 유죄 선고를 받았다고 하지만 여전히 그들의 삶은 지나치게 평온했고, 평온하다. 별 탈 없이 고인이 됐다는 소식 앞에서 남은 이들만 헛헛하다. 그래서일까. 광주의 역사를 왜곡하려 시도하는 무뢰배 같은 존재들의 무례함과 저열함을 세월호 유가족이 있는 광화문 광장에서도 손쉽게 목격할 수 있었다. 어쩌면 위로받지 못한 자들의 시대를 우리가 너무나 무덤덤하게 건너와버린 건 아니었을까. 그래서 결국 위로조차 받지 못한 채 국가와 사회로부터 방치된 이들은 서로의 상처를 맞대고 연대하며 가까스로 시대가 나아지길 버텨온 것일지도 모른다. 진도 팽목항에 '5·18의 엄마가 4·16의 엄마에게'라는 제목으로 내걸린 펼침막엔 다음과 같은 문장이 적혀 있었다. "당신 원통함을 내가 아오. 힘내소. 쓰러지지 마시오."

지난 2021년 2월 미얀마에서는 쿠데타를 일으킨 군부 독재에 저항하는 시민들이 정부군의 무자비한 진압에 쓰러지고 죽어나갔다고 했다. 자국민을 향해 총을 격발하고 거침없이 폭력을 행사하는 군인들의 모습에서 나는 직접 경험하지 못했던 1980년 5월의 광주를 봤다. 아마 많은 한국인이 같은 날과 같은 곳을 떠올렸을 것이라 생각한다. 믿을 수 없는 일은 믿을 수 없는 풍경을 통해 믿을 수 없도록 명백해진다. 광주 시민들은 지역 내 미얀마인들과 '미얀마 광주연대'를 결성해 추모제와 모금회를 열었다고 했다. 5·18 민주화운동에서 가족을 잃은 이들이 모인 '오월어머니집'의 회원들도 함께했다고 한다. 결국 우리는 각자의 국경 안에 모여 사는 남남이 아니라 한 세계의 일원이라는 사실을 잠시나마 깨닫게 된다. 그렇게 한 지역의 역사는 한 국가의 역사를 넘어 한 세계의 역사로 너르게 수렴한다. 우리가 보존하고 조명해야 하는 이 역사는 결국 전 세계의 누군가에게 영감을 불어넣고 용기를 전하는 악수인 셈이다. 그렇기에 광주의 5월과 제주의 4월이 더 이상 슬픔의 봄이 아니라 환희의 가을로 무르익을 날이 오길 고대한다. 통증을 넘어 영광으로 언급되고 기록되는 날이 오길 바란다. 그럼으로써 우리는 하루아침에 찾아오지 않을 멋진 신세계를 위해 역사를 변화시킨 이들의 힘을 널리 전파하는, 진정한 홍익인간이 되는 것일지도 모른다. 1980년 5월의 광주는 바로 그런 역사다. 우린 그렇게 차돌처럼 단단한 역사를 가진 국민이다.

2017년 5월 18일 광주에서 열린 5·18 민주화운동 기념식에 참석한 문재인 대통령은 "새 정부는 5·18 민주화운동과 촛불 혁명의 정신을 받들어 이 땅의 민주주의를 온전히 복원할 것"이라 천명했다. 담담해서 되레 뜨거운 말이었다. 1980년 5월 18일의 광주를 위로하는 건 아직 늦은 일이 아니다. 그리고 그날의 명예를 복원한다는 건 결국 이 땅에서 손쉽게 쓰러져간 숭고한 가치를 다시 일으키는 최초의 작업이 될지도 모른다. 더 이상 아프고 미안한 날이 아니라 기념할 만한 역사로 바로 세워야 한다. '전라도 빨갱이 폭도들이 설쳐대던 날'이라는 부지깽이 같은 언어에 휘둘리지 않는 단단한 역사로 자리 잡아야 한다. 내년에도 내후년에도 5월 18일은 올 것이다. 그리고 나는 그때마다 중학교 1학년 시절, 5월 18일에 봤던 그 벽 앞에 다시 서 있을 것이다. 그 벽 앞에서 더 이상 죄인이 아닌 증인으로 서고 싶다. 언젠가 다시 돌아올 5월 18일에는 산 자로서 마땅히 더욱 살아갈 만한 세상이라 믿을 수 있길 바라며, '앞서서 나가니 산 자여 따르라'는 그 노랫말처럼.

상강霜降 » 서리가 내리다

나는 한때 당신의 마음이었다.
당신의 시간이었고, 계절이었다.
마음에서 마음이, 시간에서 시간이,
계절에서 계절이,
그렇게 새 나온 마음이, 떨어진 시간이,
지나간 계절이 될 거라고 생각하지 못했던
마음이며 시간이며 계절이었다.
지나간 마음을 기다리는 마음이란 닿을 곳이 없어서
속절없이 흩어지는 가운데서도
붙잡을 길이 없는 마음을
붙잡고자 내짓는 허공의 감각이었다.
시든 꽃처럼 말라가면서도
그 입에 머금어줄 물을 생각하는 마음이었다.
망부석처럼 남겨져 자갈 같은 눈물이 돼서
바닥을 뒹굴면서도 흘러가려는 안간힘이었다.
노을이 지는 시간마다 마음을 떠올렸다.
지난 시간 너머로 오는 이를 그렸다.
동쪽 어디선가 솟아오를 시간과 함께
드리우는 그림자로 그대를 떠올렸다.
한때는 당신의 마음이었던, 시간이었던,
계절이었던 나를.

당신의 결혼을
축하합니다

"아내를 정말 사랑하나 봐요." 아내를 '아내'라고 발음한다는 이유로 간혹 듣는 말이다. 이런 말을 하는 이들은 대체로 남자보다 여자 쪽이다. 애초에 남자들은 이 사안에 크게 관심이 없다. 아내라고 하는지, 뭐라고 하는지, 특별한 인지가 없다. 이상한 일이 아니다. 이런 말을 듣기 전까지는 나 역시 별생각이 없었으니까. 그래서 아무래도 당사자성에 기인한 문제가 아닐까 생각해보았다. 호칭을 쓰는 입장과 듣는 입장의 차이, 발음하는 주체는 무엇을 선택하든 그 대상을 부른다는 것에 의미를 두고 말겠지만 그 발음을 듣는 객체는 무엇이라 선택됐다는 사실 자체에서 의미를 파악할 것이다.

아내를 '아내'라고 발음하는 기혼 남자가 아내를 정말 사랑하는 남편으로 보일 수 있다는 사실이 의아하면서도 흥미로웠다. 그래서 그리 생각하는 이유를 물었다. 자기 아내를 '아내'라고 지칭하는 남자가 드물다는 답을 들었다. 대부분의 기혼 남자는 아내가 아니라 '와이프'라고 말한다고 했다. 듣고 보니 그랬다. 내 주변의 기혼 남자들도 대체로 그랬던 거 같다. 일단 내가 아내라는 말을 쓰는 건 딱히 우리말 지킴이가 되고 싶은 것도, 애국심이 대단해서도 아니다. 와이프라는 외래어가 입에 붙지 않았기 때문이다. 와이프라는 3음절보다 아내라는 2음절 단어가 발음상 효율적이기도 하고, 자음이 발음하기 편한 울림소리 'ㅇ'과 'ㄴ'으로 구성된 단어라는 점에서 더욱 그렇다. 그래서 와이프보다는 아내라고 발음하는 것이 보다 자연스럽게 느껴져서 그렇게 쓰기를 선호하는 것뿐이다.

덕분에 한 가지 사실을 깨닫긴 했다. 와이프라고 발음하는 남자는 일상에서 적지 않게 접하지만 '허즈밴드'라고 발음하는 여자를 접한 경우는 확실히 드물다. 기억에 없다. 왜일까? 상대적으로 발음이 어색해서? 그렇지만 발음의 문제라면 와이프도 굳이 사용할 이유가 없는 거 아닐까? 그래서 와이프라는 외래어를 선호하게 된 남자들의 심리가 궁금해졌다. 아내라는 단어의 사용이 아내에 대한 애정의 척도로 다가온다는 건 미처 생각해보지 못한 일이니까. 심지어 알고 보면 '아내'라는 단어는 '집사람'이라는 구시대적인 의미를 품고 있기에 대안이 필요한 멸칭이라 여기는 이들도 있다. 하지만 오랫동안 발음된 단어와 단박에 헤어질 결심을 하기란 쉽지 않은 일이다. 그것의 원 의미가 어찌됐건 그것이 긴 시간 동안 보편적으로 발음되는 상황을 대체할 수 있는 대안을 제시하는 것도 쉬운 일이 아닐 것이다. 그런 의미에서 내가 아내라는 말을 주로 쓰는 건 그것을 대체할 수 있는 마땅하고 간편한 언어를 찾지 못한 탓이기도 하다. 와이프는 역시 어색하다. 그런 의미에서 아내라는 단어를 발음했다는 이유로 아내를 정말 사랑한다는 말을 듣는 건 다소 머쓱한 일이었다. 사랑한다는 것도 아니고 정말 사랑한다니, 뭔가 징그럽기도 하고. 〈기생충〉에서 기택의 선 넘는 질문을 받은 박사장 같은 표정을 짓고 싶기도 하고. "그래도 사랑하시죠오?"

나는 정말 아내를 사랑하는가? 일단 이건 확실하다. 아내가 누군가에게 비슷한 말을 들었다면 외마디로 답했을 것이다. "우웩!" 그런 면에서 아내와는 참 잘 맞는다. (웅?) 아내와 내가 결혼할 수 있던 것도 어쩌면 그렇기 때문이다. 그것이 정말 사랑하는 마음인지는 잘 모르겠지만 3년간 연애하고 결혼한 뒤 11년간 함께 살고 있으니 아예 그런 마음이 없다고 말할 수 없을 것이다. 하지만 아내를 정말 사랑하는 것인지는 잘 모르겠다. 다 떠나서 그런 표현 자체가 좀 간지럽다. 몇 번 더 듣게 되면 오그라들어서 등까지 굽어 바다 어딘가 새우잡이 배 그물로 뛰어들 것 같기도 하고, 〈내부자들〉 대사 같은 게 떠오르기도 하고. "사랑? 대한민국에 여적 그런 달달한 것이 남아 있기는 한가?"

결혼을 꼭 해야 할 일이라 생각하진 않았지만 해도 좋겠다고 여겨지는 상대가 있고, 가능하다고 여겨지는 상황이라면 해도 되겠다는 마음 정도는 있었다. 하지만 그 이전에 집안 사정상 나는 하기 어려운 일이라 생각했다. 한국 사회에서 결혼이란 복잡한 문제다. 당사자 간의 마음이 중요한 법이겠지만 결혼이라는 과정 안에서 그 마음이 손쉽게 무색해지는 경우가 빈번하다. 결혼을 결심하기까진 그 마음이 중요했는데 막상 결혼하려 하니 그것만으로는 부족하다. 더 이상 당사자 간의 문제로만 귀결될 수 없다. 어쩌면 당연한 일일 수도 있다. 그래서 나는 그 당연함을 인정하고 결혼이라는 것이 내 인생에서 쉽게 이뤄질 수 없는 일이라고 일찍이 판단했다. 그런데 2013년 3월경 예기치 않은 일이 생겨버렸다.

그 무렵 적금을 들었다. 나는 스트레스를 받으면 1년짜리 적금에 가입하는 버릇이 있었다. 그렇게 모은 목돈은 정기예금으로 전환했다. 대단한 투자로 떼돈을 버는 법은 몰라도 꾸준히 모으는 건 잘하는 편이었다. 경제적으로 집안 도움을 받을 길이 일절 없다는 것을 잘 알기 때문에 그랬을지도 모르겠다. 적금을 든 그날 여자친구를 만났다. 이런저런 대화를 하다가 적금 들었다는 이야기를 했다. 날씨 얘기처럼 별의미 없는 말이었다. "지금 적금 들어도 돼?" 그게 시작이었다. 강원랜드에 계좌를 텄다는 말도 아니고, 내 적금이 그렇게 나쁩니까? 아니, 적금을 들었다니까? 그런데 생각지도 못한 물음이 또 한 번 파도처럼 덮쳤다. "올해 결혼해야지. 적금을 들면 어떡해. 돈 있어?" 그제야 알았다. 기가 차서 물었다. "너 반지 가져왔어? 지금 나한테 프러포즈하는 거 아냐?" 덕분에 분위기가 아주 '화기애매'해졌다. 내 질문이 그렇게 나쁩니까?

파도처럼 덮치는 프러포즈에는 이유가 있었다. 나중에 알았다. 역시 기가 찼다. '주술 정치'와 '주술 경영' 이전에 '주술 프러포즈'가 있었다. 훗날 아내라고 불리게 된 당시 여자친구는 그날 사주를 봤다고 했다. 유명한 역술가를 취재차 만났다가 자연스럽게 그리 됐다고 했다. 역술가 말에 의하면 이 친구는 예나 지금이나 나중에나 남자 복이 없었다. 지금 사귀는 남자친구와 헤어져야 하냐고 물어보니 어차피 나중에도 남자 복은 없을 거라 지금 사귀는 사람과 결혼하는 게 제일 낫다고 했다는 것이다. 그러니까 내가 남자 복 없는 이 친구의 최선이었다. 그런데 나름 자식 복은 있다고 했단다.

그러니까 그나마 최선의 남자가 자식을 낳을 생각이 없는 인간이었던 것이다. 나중에 이 얘기를 듣고 확실히 알았다. 이 인간, 정말 남자 복 없구나. 참 불쌍한 여자네. 전생에 을사오적 중 하나였나?

문득 궁금했다. 자기 사주만 봤을까? 나의 사주는? 생각해보니 뜬금없이 내 생시를 물은 기억이 났다. 그래서 캐물었더니 아니나 다를까 내 사주도 봤다고 했다. 그런데 나는 여자 복이 많다고 했단다. 심지어 그 여자 복이 6년이나 더 남았다고 했단다. 그 사실을 알았을 땐 이미 결혼 준비를 하고 있을 때였다. 번뇌가 밀려왔다. 나 설마 긁지 않은 복권을 버린 걸까? 오지 않은 복을 먼저 달려가 대기권 숯마냥 차버리고 있는 걸까? 혹시 나도 전생에 을사오적 중 하나? 아니면 이토 히로부미? 그러니까 내 나라를 팔았는지, 남의 나라를 빼앗았는지는 몰라도 지난 생의 업보를 청산하기 위해 태어난 사람 둘이 만나 가뜩이나 없는 복에 그나마 있다는 복을 공평하게 차버리며 전생에 속죄할 결심을 하는 상황이랄까.

11년간 결혼 생활을 이어오며 사람들로부터 결혼 생활에 관한 질문을 받을 때마다 으레 "아직 이혼은 안 했어"라고 답했는데 반쯤은 농담이지만, 반쯤은 진담이다. 결혼이 자연스러운 것처럼 이혼도 자연스러운 일이다. 물론 결혼을 강요할 수도 없고, 이혼을 권유할 수도 없다. 당사자들과 그 당사자들의 삶에 끼어들 지분이 명확한 이들의 사정 안에서 해결하고 결정할 사안이겠지. 다만 세상에 실제로 벌어지는 일이란 결국 자연스럽게 받아들여야 할 삶의 양식일 것이다. 결혼이든, 이혼이든, 누군가 그러한 결심을 하게 된다면 그럴만한 이유가 있는 일일 것이다. 그렇기 때문에 결혼만큼이나 이혼도 자연스럽게 받아들여져야 한다고 생각한다. 사적인 삶 안에 자리하는 특정 사건에 참견할 지분이란 그 삶에 깊게 연관되지 않은 타인에게는 전무한 것이므로.

앞서 말한 것처럼 나는 일찍이 결혼할 수 없을 팔자라고 생각했다. 집안 형편이 좋지 않았고 부모님의 지원 같은 건 꿈꿀 수도 없었다. 한국 사회뿐만 아니라 전 세계 어디든 결혼이란 두 집안의 사건이다. 개개인의 문제이기란 어려운 법이다. 더욱이 한국 사회에서 결혼하기 위해서는 경제적으로 해결해야 할 부분이 참 많다. 결혼 당사자끼리 경제적인 요건을 해결할 여지란 많지 않다. 집안의 도움이 필요한 경우가 태반이며, 양가 집안의 경제력이 결혼의 가능 여부를 결정하는 중요한 요건이 된다. 그러니까, 나는 아마 안 될 거야. 그런데 갑자기 여자친구가 결혼하자는 이야기를 한 것이다. 그런 일이 실제로 일어났습니다. 이것이 바로 한국 사회를 지배하는 뿌리 깊은 주술의 힘이다. (응?)

"나는 결혼식 안 할 거야. 웨딩드레스 입기 싫어." 훗날 장인어른이라 불리게 된 아내의 아버지와 식사하는 자리에서 당시 여자친구이던 아내가 말했다. 그러자 훗날 장인어른이라 불리게 된 아내의 아버지는 "그래라. 요즘 그렇게 많이 한다고 하더라"라고 말씀하셨다. 정말 이렇게 결정된다고? 그렇다. 그렇게 결혼식을 하지 않기로 했다. 다 떠나서 이렇게 간단하게 허락받을 거라 기대하지도 않았다. 부산으로 내려가는 KTX에서 "너 같은 놈에게 우리 딸 절대 못 준다. 썩 꺼져라!" 같은 멘트도 떠올렸는데, 이게 다 막장 드라마 강국에서 자란 탓이다. 그래서 비장하게 이런 말도 했다. "만약 너희 부모님이 이 결혼은 안 된다고 하시면 나는 바로 단념하고 올라갈 거야." 하지만 부산에서 보낸 3박 4일 동안 미래의 장모님과 장인어른께 맛있는 것을 얻어먹고 차를 얻어 타며 관광을 다녔다. 그러다가 마지막 일정에서 이렇게 뚝딱 결혼식 방향이 결정된 것이다. 대체 무엇을 믿고 결혼을 허락한 것인지 궁금하지만 물어볼 자신은 없다. 괜히 험한 것이 나올 수도 있고. 아니면 설마 장인어른도 사주를? (응?)

고마운 일이었다. 결혼 과정에서 처가의 두 어른은 언제나 별말 없이 큰 도움을 주시곤 했다. 그럴 때마다 내가 여자 복까진 몰라도 처가 복은 있나 보다고 생각했다. 그리고 덕분에 결혼식을 하지 않게 됐다는 건 굳이 결혼식 초대장을 일가친척에게 돌리는 수고가 없어도 된다는 일이라 여러모로 마음이 편했다. 일찍이 집안이 풍비박산한 이후로 특별한 교류가 없는 친척들에게 결혼 소식을 알리는 것 자체가 버겁게 느껴졌기 때문이다. 결혼식을 한다는 가정 안에서 상상한 가장 불편한 일들이 간편하게 해결됐다. 내 입장에서는 분명한 호재였다. 그래도 알고 지내는 이들에게 결혼한다는 소식은 전하고 볼 일이었다. 결혼식을 하지 않으니 일일이 '썰'을 풀어야 했다. 그 과정에서 흥미로운 사실을 알게 됐다. 지금은 결혼식 없는 결혼을 하는 부부도 많지만 2013년에는 흔치 않은 일이었다. 결혼 소식을 알리는 전화를 걸 때마다 알게 된 것이 있었다. 결혼한다고 하면 축하한다는 말과 함께 남녀노소 불문하고 날짜를 먼저 묻는다. 그때 결혼식을 하지 않는다는 말을 하면 알고리즘에 혼선이 생긴다. 놀랍다는 반응을 보이는 이들도 있고, 이상하다고 의심하는 이들도 있다. 나에게 가장 흥미로운 충격을 안긴 두 사례는 결혼할 사람이 임신을 했는지, 재혼인지 묻는 부류였다. 덕분에 그게 결혼식을 하지 않을 이유가 된다는 걸 처음 알았다. 정말 친한 친구 몇몇은 내가 결혼식을 하지 말자는 분위기를 조성하고 강압해서 얻어낸 결과 아니냐고 묻고 미리 타박까지 하는 탓에 인생을 잘못 살았나 생각해보기도 했다. 결혼 소식을 전하다 보니 결혼식을 하지 않는 별것 없는 이유를 일일이 설명하는 게 결혼식을 하는 것보다 더 귀찮은 일 같기도 했다. 물론 결

혼식을 했다면 그보다 훨씬 귀찮고 버거웠겠지. 확실히 좋은
일이었다.

한편으로는 결혼식을 하지 않았다는 사실을 지나치게 숭
배(!)하는 이들을 만나 곤란함을 느꼈고, 요즘도 종종 느낀
다. 결혼식을 안 했다는 걸 부러워하는 이들은 자신도 그러
고 싶다는 바람을 드러내고, 자기도 꼭 그러하겠다고 다짐하
기도 한다. 하지만 나는 단지 결혼식을 하지 않는 결혼을 한
것뿐이지 '반 결혼식 투사' 같은 게 되고 싶은 건 아니었다.
결혼식을 하지 않게 된 건 내 입장에서는 좋은 일이었지만
만약 처가에서 결혼식을 해야 한다고 강경하게 말했다면 가
능한 선 안에서 했을 것이다. 결혼식이라는 것도 결혼이라는
과정에서 중요한 세리머니가 될 수 있기 때문에 무시할 필요
는 없다고 생각한다. 그래서 결혼식을 하고 싶을 수도, 중요
하다고 여길 수도 있다고 본다. 하지만 그 과정의 번거로움
과 피로함을 이기고 싶지 않은 이들이 있다는 것도 이상한
일이 아니다. 그렇다면 최대한 감정적인 소모를 덜어낼 방
향 안에서 빠르게 해치우는 게 나을 것이다. 하지 않기 위해
서 싸우는 것도 지나치게 피곤한 일이니까. 물론 그것이 인
생에서 중요한 문제라 여긴다면 마땅히 그럴 수 있겠지만 나
는 딱히 그런 입장이 아니었다. 결혼식 여부에 신념을 걸 생
각이 없었다. 그저 자연스럽게 하지 않아도 된다면 그리 하

자는 입장이었을 뿐이다. 그래서 매번 그런 입장을 설명하는 게 피곤했다. 덕분에 한국에서 결혼식을 하지 않는다는 선택도 결혼식을 하는 것만큼이나 피로한 일이라는 걸 알게 됐다.

결혼식을 하지 않았기 때문인지 몰라도 결혼 과정 역시 뻔하지 않았다. 일단 결혼식을 하지 않았을 때 최고 장점은 신혼집을 알아보는 과정이 그리 급할 필요가 없다는 것이었다. 늦어도 결혼식 전에 입주 날짜가 정해져야 하고, 신혼집이 정해져야 혼수 규모도 결정되는 법인데 그런 압박이 없으니 편했다. 여유를 갖고 둘러볼 수 있었다. 그래서 알았다. 공인중개사는 종종 "이 정도면 신혼부부가 살기 좋죠"라는 말을 입버릇처럼 하곤 했는데 누구라도 살기 어중간한 집에서도 그랬다. 그러니까 신혼부부란 참 만만한 고객이었다. 결혼식 날짜가 임박하면 집을 보는 눈도 흐려질 것 같았다. 둘 다 맞벌이로 바쁜 입장이라면 발품 파는 일이 더더욱 어려울 것이다. 그 과정에서 예상치 못한 갈등을 겪을 수도 있을 것이다. 여러모로 피곤한 일이 될 것 같았다. 그런 입장이 아니라는 건 참 다행이었다.

몇 달 동안 집을 보러 다니면서 애초에 생각지도 못했던 서촌에 살기로 결심한 이후, 입주 전에 신혼여행을 다녀오기로 했다. 다녀온 뒤 각자 살던 집에서 2주간 별거하고 신혼집에서 모이기로 했다. 3년을 연애하고 결혼하는 것이라 사실 신혼집에 들어가기보단 새 동네로 이사한다는 기분이었다. 신혼여행도 단둘이 아니라 일찍이 아내의 지인이었고, 이제는 나도 함께 취하는 사이가 된 친한 술친구와 함께 가게 되었다. 그러니까 신혼여행을 셋이 갔다. 이런 말을 할 때마다 사람들은 '으잉?' 소리를 내며 눈이 휘둥그레지곤 하는데 그 역시 처음에는 일일이 설명하는 게 귀찮았지만 요즘은 말할 기회가 생기면 신나게 떠들곤 한다. 추억이라는 건 결국 재미가 있거나 의미가 있어서 돌아보고 털어놓고 싶은 이야기인 셈이다.

셋이 간 신혼여행이라 매일같이 술을 진탕 마셨고 대체로 아내가 취했다. 첫날은 항공 면세로 산 보드카를 종이컵에 콸콸 따라 마시는 호연지기를 부리다가 객사하듯 침대에 뻗어버렸고, 둘째 날은 현지 마트에서 산 테킬라를 신나게 마시더니 역시 먼저 가셨다. 물론 술만 마신 건 아니었다. 신혼여행에 동행한 지인이 선물을 준비했다. 하와이 현지에서 신부님을 미리 섭외해 채플 웨딩을 만들어준 것이었다. 아내가 질색할 것을 염려해 나에게 먼저 상의했고, 나는 괜찮은데 역시 아내가 좋아할지 모르겠다고 하니 일단 지르고 가서 수습하자는 쪽으로 결론이 났다. 아내가 웨딩 전날 만취했다는 사실은 꽤 요긴했다. 지난밤 취해서는 결혼식을 하지 않은 것에 후회를 토로하는 너로 인해 우리가 그 늦은 밤 어렵게 현지 신부님을 섭외해 결혼식을 준비했노라. 말도 안 되는 구라였다. 아내도 믿지 않았으나 어쩔 수 없었다. 먼저 취한 자는 신도 구할 수 없노라. 게다가 이미 결제를 해버렸노라. 자본주의는 때때로 주님만큼 힘이 세다.

솔직히 반쯤은 농담 같은 이벤트라고 생각했다. 그래서 조금 장난스럽게 위아래로 컬러가 과한 착장으로 나섰다. 체크무늬셔츠를 입은 금발의 백인 신부를 주차장에서 만났을 때도 농담 같다고 생각했다. 그런데 그가 트렁크에서 사제복을 꺼내 입고 나타나 바다를 등지고 선 뒤로는 공기가 달라졌다. 엄숙했다. 십자가가 보이는 기분이었다. 한두 번 해본 솜씨가 아니었다. 타짜, 아니, 프로였다. 덕분에 준비된 선서를 이어가고 기도를 듣는 과정에서 진짜 결혼식에 임하는 기분을 느꼈다. 게다가 셋이 간 덕분에 하객도 있었다. 그렇게 뜻밖의 결혼식을 마친 우리는 기념 촬영을 했고, 증서도 받았다. 법적 효력이 없는 기념품 같은 것이었지만 서명도 했고, 동행한 지인 덕분에 증인란도 채울 수 있었다. 결혼 생활을 유지하는 이상 간직할 가치가 있는, 상징적인 득템이었다. 그 증서는 우리 집에서 가장 높은 자리에 임하셨다.

아내와 결혼하는 과정은 소위 상식이란 것에서 벗어난 여정이었다. 나는 일찍이 아이를 갖지 않겠다고 생각했기 때문에 결혼할 상대는 그런 뜻을 받아주는 사람이어야 했다. 그런 면에서 아내와는 잘 맞았다. 아이가 없는 결혼 생활이란 결국 2인분의 삶에 적합한 규격을 유지하면 될 일이었다. 지금 사는 옥인연립에 들어온 것도 그런 조건 안에 적합한 집이었기 때문이다. 지은 지 40여 년이 지났지만 여전히 튼튼한 구옥 연립 빌라를 고쳐서 살겠다는 결심을 부부가 함께할 수 있다는 건, 바라는 삶이 완전히 동일할 수는 없다 해도 어느 정도 일치해야 가능한 일이다. 옥인연립을 제안한 아내의 뜻을 처음부터 온전히 받아들인 건 아니지만, 집을 둘러보는 과정에서 나쁘지 않은 제안이라는 걸 알게 되면서 아내와 나 사이에 어느 정도 일치하는 마음이 있다는 사실을 확인했다. 그런 마음이 결국 부부로서 함께 사는 삶도 가능하게 만든 것이리라 생각한다.

가끔 궁금하긴 하다. 내게 더 남았다던 6년의 여자 복 안에 얼마나 많은 멀티버스가 있었을까? 지금의 삶은 어느 정도의 기회비용일까? 반쯤은 농담이지만 반쯤은 진담이다. 아니, 진짜 정말 진담이다. 물론 아내와 결혼한 것을 후회한다는 것도 아니다. 지나간 버스처럼 버려야 할 미련 같은 것을 가질 필요는 없다. 다만 여기서 진담이라는 의미란 내가 직접 경험해보지 못한 이야기가 궁금하다는 것이다. 삶이란 작가 스스로도 끝을 모르는 이야기다. 살아가며 언제 찾아올지 모를 결말을 좇는 수밖에 없다. 세상에 나쁜 결혼은 없다. 하지만 마냥 좋기만 한 결혼도 없을 것이다. 결혼이란 좋을 때는 정말 좋지만 나쁠 때는 또 아주 나쁘다. 늘 원만하고 좋은 상태를 유지하는 부부도 있겠지만 싸우지 않는 부부 생활이 모두에게 허락되진 않을 것이다. 그리고 싸우지 않으려고 노력하는 것과 문제가 생겨도 싸우지 않는 건 다른 일이다. 전자는 맞고 후자는 틀리다.

무라카미 하루키가 쓴 《잡문집》에는 그가 결혼식 축사로 했다는 말이 소개돼 있다. 한 번밖에 결혼한 적이 없기 때문에 결혼에 대해 자세한 건 모른다는 전제에서 출발하는 말은 좋을 때는 아주 좋지만 별로 좋지 않을 때는 늘 딴생각을 떠올리려 노력할 만큼 좋지 않기도 한 것이 바로 결혼이라는 경험담으로 다다르고, 그럼에도 불구하고 좋을 때는 아주 좋기 때문에 그만큼 좋을 때가 많기를 기원한다는 덕담으로 맺는다. 나는 이 말에 동의한다. 좋을 때는 정말 좋다. 그러므로 나쁠 때는 무운을 빈다. 하지만 나는 결혼을 앞둔 누군가에게 "다시 한번 생각해 봐. 지금도 늦지 않았어" 따위의 농담을 하는 것도, 듣는 것도 싫어한다. 결혼이 굉장히 이상적인 일이라 생각하진 않지만 미친 짓도, 나쁜 일도 아니다. 확실히 축하할 일이다. 살면서 혼자라면 할 수 없는 경험들이 찾아오는, 단 한 번도 가볼 생각이 없었던 여행지로 떠나는 일과 같다. 생각지도 못한 즐거움이 찾아오기도 하지만 생각할 필요 없던 난감함도 헤쳐나가야 한다.

"결혼은 혼자라면 가질 수 없던 문제를 함께 해결하려는 시도다." 미국의 코미디언이자 가수였던 에디 캔터가 남긴 격언만큼 결혼에 대한 좋은 비유도 없을 것이다. 사실 혼자 사는 건 편한 일이다. 내 멋대로 살면 되니까. 혼자 살 때는 빨래 건조대에 널어놓은 빨래가 마른 뒤 있는 그대로 쓱쓱 빼서 입는 습관이 문제가 안 된다. 하지만 그걸 참을 수 없는 이와 함께 살게 되면 문제가 된다. 결혼은 그런 것이다. 나는 참지 못하는 사람이었고, 아내는 그렇게 사는 사람이었다. 그래서 싸웠다. 나는 자잘한 소유욕이 많아서 자질구레한 짐이 많았고, 아내는 대체로 버리는 사람이었다. 그래서 싸웠다. 잘 맞는 부분도 있지만 맞지 않는 부분도 많다. 함께 웃는 날도 있지만 그렇지 못한 날도 상당하다. 정말 좋을 때와 정말 나쁠 때를 오가듯 살다 보니 정리되는 것들이 있었다. 청소와 빨래는 내 담당이다. 내가 신경 쓰는 부분이기 때문이다. 하지만 나는 인자한 사람이 아니에요. 나는 화장실 청소가 싫어요. 그런데 아내는 의외로 화장실 청소에는 늘 진심이다. 그리고 결혼할 때만 해도 요리의 'ㅇ'자도 모르던 아내는 언젠가부터 요리를 즐기고 실력도 부쩍 늘었다. 그래서 사람들이 종종 아내한테 "밥하느라 고생이 많다"는 이야기를 할 때면 나보다도 아내가 더 갸우뚱한다. 아내는 자신이 좋아하는 것에 마음을 쏟는 것이지, 남편에게 해줘야 하는 집사람의 의무를 짊어진 것이 아니다. 요리를 하고 싶어서 하는 것이다. 이렇듯 11년을 살다 보니 뜻밖의 분업이 자연스레 이뤄지고 있었다.

사실 아내와 결혼하지 않았다면 전혀 다른 삶을 살고 있었을 것이다. 혼자인 삶에도 경로에서 벗어난 일이 생길 수 있겠지만 지금보다는 예상 가능한 경로 위의 삶이었을 것만 같다. 그게 나쁘다는 건 아니다. 전형적인 이야기가 갖는 매력도 있는 법이니까. 하지만 전형적인 궤도에서 완전히 벗어난 삶도 살아보니 괜찮았다. 결혼하지 않았다면 서촌에 살 일도 없었을 것이다. 지은 지 40여 년이 된 옥인연립을 사서 온 벽을 때려부수고 새롭게 고쳐 살 생각도 하지 않았을 것이다. 구니니도 만나지 못했을 것이다. 아내와 함께 영화와 미식을 접목한 소셜 다이닝 '시네밋터블@cinemeetable'을 도모할 일도 없었을 것이다. 참 바, 지로 바의 단골도 아니었을 것이다. 지난 11년 동안 맺은 크고 작은 인연도 없었을 것이다. 그러니까 결혼할 결심 이후로 지나온 모든 시간을 없는 것처럼 허물고 지워보면 지금까지 지나온 시간이 얼마나 두터운 지층을 이룬 것인지 실감하게 된다. 그 모든 즐거움과 난감함이 흐르고 쌓이면서 살아온 나날들이 막중하게 펼쳐진다. 그러니까 결혼이란 좀처럼 알 수 없는 목적지로 향하는 여행과 비슷한 면이 있다. 계획하고 예상한 방향 안에서 이루거나 이루지 못하는 것들도 있겠지만 계획한 적도 없고, 예상한 적도 없는 길로 들어서서 즐거울 때도 있고, 난감할 때도 있을 것이다. 둘이라서 좋을 때도 있고, 그래서 나쁠 때도 있을 것이다. 하지만 그것을 끝내 잘 받아들일 수 있다면 결국 둘이라서 지나온 시간 덕분일 것이다.

혹자는 그것이 사랑의 힘이라 믿을 것이다. 그럴 수도 있다. 그런데 사랑의 형태란 실로 다양한 법이다. 서로에게 달아오르는 감정으로 평생을 기약할 수는 없는 노릇이다. 누군가는 아닐지도 모르겠지만 나는 그런 거 같다. 계절마다 나무의 형상이 바뀐다 해도 나무가 나무라는 사실은 변하지 않는다. 가을의 나무가 마른 잎을 떨어뜨리지 않고 푸르고 울창하다면 우리가 이상하게 사는 탓에 세상도 이상하게 변하는 것이겠지. 사랑도 마찬가지다. 누군가는 가슴 뛰는 마음으로 평생 상대에게 사랑한다고 속삭일 수 있다고 자신할지 몰라도 그 상대의 마음 또한 같으리라 단정 지을 수는 없는 법이다. 설사 같은 방향을 바라본다고 해도 각기 다른 두 시선이 정확히 한 점으로 수렴할 수는 없을 것이다. 결국 서로의 마음을 맞춘다는 건 지속되는 시기에 따라 함께 틔울 것을 틔우고, 피울 것을 피우고, 떨어뜨릴 것을 떨어뜨리고, 다시 돋아날 날을 대비할 수 있는 존재로서 적당한 시기를 맞추듯 살아가는 일일 것이다. 늘 정확하게 맞물려 체결할 수는 없는 노릇이라면 적정하게 어긋나는 정도를 인정하며 받아들일 수 있어야 한다. 그렇다면 계속 함께 살아갈 수 있을 것이다.

부부 사이가 좋다는 의미로 자주 쓰이는 '금슬이 좋다'는 말에서 '금슬琴瑟'이란 거문고와 비파를 의미하는 한자어다. 거문고와 비파가 합주에서 잘 어울리는 악기라는 것을 좋은 부부 관계에 비유한 것이다. 베토벤의 '비올라와 첼로를 위한 이중주 내림마장조, WoO 32'는 베토벤이 26세였던 1796년에 작곡한 곡으로 '안경 이중주'로도 알려진 곡이다. 이 곡이 '안경'이라는 별칭을 갖게 된 연유는 명확히 알려지지 않았으나 확실한 건 베토벤이 자신의 친구이자 아마추어 첼리스트였던 니콜라우스 즈메스칼폰 도마노베츠 남작에게 헌정한 곡이라는 사실이다. 첼로를 연주하는 친구와 함께 비올라를 연주하기 위해 작곡한 현악 이중주곡이며 비올라와 첼로 이중주곡은 흔한 편성이 아니라는 점에서 베토벤이 친구를 아끼는 마음이 상당했다는 것을 짐작하게 만든다. 무엇보다도 중저음의 매력이 있는 두 현악기가 차분하면서도 유려하게 어울리며 일말의 긴장감 없이 평화로운 감상을 도모한다는 점에서 두 사람의 평온한 우정이 반영된 것만 같다.

그러니까 사랑의 형태란 이런 우정일 수도 있는 것이다. 서로 다른 악기를 연주한다 해도 화음을 맞추며 어우러지는 시간이 존재한다면 그렇게 계속 연주할 수 있는 시간이 찾아올 것이다. 내가 생각하는 결혼이란, 어쩌면 그 안에 담겨 있을지 모를 사랑이란 그런 것이다. 그럴 수 있다면 분명 두고두고 열어볼 선물 같은 시간도 찾아올 것이다.

신혼여행 전날, 양가 어머니 두 분을 모시고 함께 처음 만났다. 흔히 말하는 상견례 날이었다. 비록 격식을 낮추고 조촐하게 마련한 자리였지만 긴장하지 않을 수 없었다. 사실 결혼 과정에서 가장 떨리는 순간이었다. 하지만 생각보단 평온했고, 그 약간의 긴장조차 오래 머무르지 못했다. 서로 대화를 나누는 두 어머니의 모습이 너무 화기애애해서 때때로 뭉클한 기분도 들었다. 밥을 먹고 차를 마시러 이동하는 길에 나는 장모님과, 여자친구는 어머니와 걸으며 대화를 나눴다. 카페에서는 착석을 잘못해 어머니 두 분이 나란히 앉아 잠시 민망했는데 되레 두 분이 모르는 사람들을 마주 보고 앉은 것처럼 서로 속닥속닥 대화를 나누는 모습을 보고 안심이 됐다. 그래서 나 역시 자연스럽게 옆에 앉은 아내와 쑥덕거리며 놀았다. 헤어지는 순간까지 웃으며 인사 나누는 어머니들 사이에서 봄 같은 온기가 느껴졌다. 싹이 나고 꽃이 피는 기분이었다. 여러 번 마른 잎이 떨어지기도 했지만 나는 그날 나고 피운 싹과 꽃을 기억한다. 그 뒤로 나는 결혼 소식을 전하는 누군가에게 진심으로 축하한다고 인사할 수 있게 됐다. 그 이후의 삶이 어떠할지 장담할 수는 없지만 진심으로 축하할 일이라는 것을 믿게 됐다.

고로, 당신의 결혼을 축하합니다. 즐거울 때는 최선을 다해서 즐기고, 난감할 때는 최선을 다해서 견디길. 건투를 빕니다.

이번 생은 아직
망하지 않았다

일희일비하지 말자고 생각하고는 1초 뒤에 일희일비하고 있었다. 책을 다 쓰면 될 일이라 생각했는데 책을 팔기 시작하니 마음의 곳간이 매일매일 헐리는 기분이었다. 책을 내보니 알았다. 내가 양반은 못 되는구나. 민씨는 본가가 하나인 희성이라 우리 집안은 다 양반이라고 어릴 때부터 집안 어르신들에게 줄기차게 가스라이팅을 당해왔는데 이번 생에서는 여지없는 상놈이네. 그렇다면 책 잘 파는 상놈이 되고 싶다. 이렇듯 잡놈, 아니, 잡념이 육신을 지배하기 시작했다. 그리고 다짐했다. '일희일비'를 놓진 못해도 '일비일비'는 하지 말자고.

2022년 8월 1일, 나의 첫 책이 출간됐다. 한 달 뒤인 9월 1일에 중쇄를 찍었다. 하지만 3쇄 소식은 아직이다. 영화감독 인터뷰집이 이 정도면 선전한 거라는 위로를 들었다. 하지만 포기하면 그 순간 경기는 끝나는 겁니다. 안 선생님, 책을 더 팔고 싶어요. 그러니까 지금 뻔뻔하게 두 번째 책에 첫 책을 홍보하고 있는 것이다. 이해해달라. 기회가 된다면 이 두 번째 책은 세 번째 책에서 홍보하겠다. (응?)

나의 첫 책은《어제의 영화. 오늘의 감독. 내일의 대화.》라는 제목의 인터뷰집이었다. 13인의 감독님과 나눈 대화다. 제목도 참 길지만 커버에 기재된 이름도 많은 책이었다. 김보라, 김종관, 김초희, 박찬욱, 봉준호, 윤가은, 윤단비, 이경미, 이옥섭, 이와이 순지, 이종필, 이재용, 임선애까지, 귀한 감독님 이름만 열셋이다. 김이나 작사가, 이동진 영화평론가, 황석희 번역가까지, 귀한 추천사를 써준 귀한 이름도 셋이나 된다. 책이 잘 안 팔리면 이 이름들을 무색하게 만드는 것 같아서 걱정이 됐다. 이런 생각을 하다 보니 뒤늦게 이 책이 내 책 같지 않아서 이상하다는 생각도 들었다. 물론 당연히 나 혼자서나 하는 고민이겠지만 그만큼 나에게는 귀한 책이자 기회였고, 지금도 그렇게 여긴다.

솔직히 말해서 이런 책을 낼 기회가 없을 거라 생각했다. 출판 관계자를 만나 사담을 나눌 때 종종 인터뷰집은 시장성이 떨어져서 나오기가 어렵다는 이야기를 들었다. 하지만 기회가 왔고, 나는 놓치지 않았다. 감독 인터뷰집을 기획하게 된 계기는 내가 매체에 소속되지 않은 개인 저널리스트 자격으로 몇몇 감독님과 진행한 인터뷰가 있던 덕분이다. 2015년에서 2016년 사이 몇 개월 동안 적이 없는 상태로 프리랜서 생활을 예습하듯 경험한 시기가 있는데 그 당시 개인적으로 도모할 수 있는 일이 있지 않을까 고민하다 몇몇 감독님과 인터뷰를 진행할 기회를 얻었다. 나는 그 기록을 좀 더 괜찮은 자리에 모시고 싶었다. 그것이 책이었다. 인터뷰집은 대부분 매체에 소속된 기자나 에디터가 진행한 걸 토대로 기존 결과물을 있는 그대로, 혹은 재편집해서 내는 경우가 일반적이다. 하지만 내가 가진 원고와 이에 덧댈 기록은 온전히 인터뷰집을 위한 오리지널 판본이 될 것이기에 나름의 가치가 있다고 생각했다. 물론 그것이 내가 정리한 기록이기 때문만은 아니다. 성심성의껏 인터뷰하고 대화를 정리하며 행간의 의미를 최대한 자연스러운 발화로서 기록에 담아내려 최선을 다한 결과였지만, 개인적 성심에 무게를 두기보단 감독님들이 내어준 시간과 언어가 귀했기 때문이다. 보다 많은 이에게 그 시간과 언어를 나눠주고 싶었다. 이왕이면 귀한 양식의 물성으로 간직할 수 있길 바랐다. 실은 내가 갖고 싶었다. 그래서 감독 인터뷰집을 낼 기회가 왔을 때 내심 기뻤다.

동시에 두려웠다.

　일단 기존의 기록을 인터뷰집에 싣기 위해서는 발화의 주인에게 허락을 받아야 했다. 그런데 만약 거절당한다면? 어쩔 수 없는 일이지만 내심 내상을 입을 것 같았다. 결국 그 인터뷰가 마음에 들지 않았다는 걸 스스로 묻고 확인하는 꼴이 되지 않을까? 진심으로 두려웠다. 길한 일이라 받아들인 일이 되레 험한 것을 파내는 일이 되는 걸까, 불길한 마음이 침습했다. 하지만 이미 결과가 나온 것처럼 다행히 연락을 드린 감독님 누구도 거절하지 않았다. 흔쾌히 받아주셨다. 심지어 몇몇 감독님에게서 되레 힘이 되는 격려와 응원을 받았다. 진심으로 고마웠고, 덕분에 힘이 났다. 이건 할 수 있는 일이 맞구나. 확신을 얻었다. 그 뒤로 새로운 인터뷰를 진행하길 희망하는 감독님들에게 직접 연락드리거나 간접적으로 섭외 도움을 청하는 등 이름을 늘려나가는 과정이 생각 이상으로 순탄하고 원만했다. 이름 하나가 늘어날 때마다 지난 삶이 헛되지 않았다는 믿음이 찾아오는 기분이었다. 대단한 무엇이 될 순 없어도 쓰레기 같은 작자는 되지 말자고 다짐했는데, 그래도 그 정도는 됐다고 말할 수 있는 삶을 살아온 것 아닌가 자평했다. 흔쾌한 응답에 경의로 화답하고 싶었다. 충실하게 질문하며 충만한 기록을 남기고 싶었다. 하지만 이 책에 담긴 언어가 굉장하고 대담한 성취와 성과를 늘어놓는, 트로피 같은 언어로 가득한 책이 될 거라 생각하진 않았다. 오히려 그 영광 이면에 드리운 그림자를 아우르는 언어까지 포집하고 싶었다.

언제나 좋은 영화를 보면 말을 걸고 싶어진다. 묻고 싶다. 필연적으로 감독과 대화를 나누고 싶다. 맛있는 음식을 먹으면 그것을 만든 사람이 궁금하고, 멋진 옷을 입으면 그것을 디자인한 사람이 궁금하고, 훌륭한 건축물을 보면 그것을 설계한 건축가가 궁금해지는 것이 인지상정이듯, 좋은 영화를 보면 그 영화를 만든 감독이 궁금하기 마련이다. 그렇게 생각한다. 모든 길은 로마로 통하고, 모든 궁금증은 사람으로 통하는 법이다. 물론 영화란 종합예술이라 감독 홀로 빚어낸 결과가 아니지만 좋은 영화란 필경 '감독의 예술'이라는 말을 설득하는 법이다. 영화에 필요한 그 모든 조건이 감독이라는 필터로 수렴해 탁월한 방향성을 확보하고 끝까지 나아간 결과일 수밖에 없다. 그래서 나는 좋은 영화의 근원에 도달하기 위해서는 감독과의 대화로 다다르고 돌아갈 수밖에 없다고 생각한다. 나의 단일한 감독 인터뷰집《어제의 영화. 오늘의 감독. 내일의 대화.》도 그런 의미를 염두에 두고 최선을 다한 결과다.

《어제의 영화. 오늘의 감독. 내일의 대화.》라는 제목은 내가 제안했고, 편집자님이 의외로 흡족해서 그대로 결정됐다. 나는 시제를 좋아한다. 과거와 현재와 미래를 어제와 오늘과 내일로 비유하는 것을 좋아한다. 그러면 막연하던 시간의 개념이 내 것처럼 가까워지는 것 같다. 인터뷰란 서로의 시간이 한자리로 수렴하는 일이기도 하다. 기꺼이 함께 시간을 포개도 좋다는 약속이다. 그런 인터뷰에서의 질문과 답변이 일상적인 대화처럼 마냥 편할 수는 없을 거라 생각한다. 편안하게 진행될 수도 있지만 그것이 일상에서 나누는 사담처럼 마냥 편할 수는 없는 법이다. 기록으로 남게 될 답변을 하는 인터뷰이도, 그러한 답을 얻기 위해 물음을 던지는 인터뷰어도, 알고 보면 서로 치열하고 예리하게 언어를 교환하고 교감하는 시간을 보내는 상황일 것이다. 그런 시간을 허락하고 기꺼이 나눠준 이들의 언어를 한 권의 책으로 기록한다는 건 결국 그 모든 합의를 보존할 자격을 얻었기에 가능한 일이라 여겼다. 결국 내가 정리한 인터뷰집은 그 책에 기꺼이 이름을 허락한 감독님들이 시간을 나눠준 덕에 세상에 나올 수 있는 것이었다. 덕분에 나도 한 가지 결심한 바가 있었다.

'어차피 이번 생은 망했다.' 감독 인터뷰집 작업을 하기 전까지는 적지 않게 발음하고 기술한 문장이었다. SNS상에서는 마치 서명처럼 써넣던 말이었다. 혹자는 망한 인생 같지 않은데 '기믹' 같은 짓 아니냐고 물었지만, 내 입장에서는 정말 그렇다고 생각했기 때문에 쓰던 말이었다. 하지만 첫 책을 준비하게 되면서 이딴 소리나 뱉고 다니면 안 되겠다고 생각했다. 나의 단일한 인터뷰집을 위해 기꺼이 인터뷰에 응하고 이름을 내어준 이들을 '어차피 이번 생은 망했다'는 소리나 지껄이고 다니는 작자에게 응답해준 사람으로 만들 수는 없는 일이었다. 물론 감독님들 입장에서는 그 정도로 마음을 쓴 일이 아닐지도 모르겠지만, 그러거나 말거나 상관없는 입장일지도 모르겠지만, 나로서는 아무래도 지독한 실례였다. 그럴 수는 없었다. 지금까지 사소하게 써온 문장을 모두 지울 수는 없겠지만 앞으로는 결코 발음하지도, 기술하지도 않기로 했다. 그것이 열다섯 번의 만남과 34시간 4분 50초 간의 대화를 허락해준 감독님 열세 분과 기꺼이 추천사를 써준 세 분께 예의를 지키는 일이었다. 이렇게 귀한 이름들을 내 책에 얹을 수 있다니, 한 권의 책을 넘어 하나의 인생을 돌아보고 내다보는 일이 된 셈이다.

그렇다. 이번 생은 아직 망하지 않았다. 무엇보다도 나의 단일한 인터뷰집은 앞서 말했듯 그 모든 감독의 대단한 성취와 성과를 상찬하고 나열하는 문장으로만 채워진 책이 아니다. 그 모든 성취와 성과에 다다르기 위해 얼마나 많은 고뇌와 고난의 시간을 보냈는지, 스스로를 담금질하며 기회를 얻기 위해 보낸 절치부심의 시간에 관한 기록이기도 하다. 그런 의미에서 나의 첫 책은 기본적으로 영화를 좋아하고 사랑한다고 여기는 이들에게 좋은 선물이 되리라 기대하는 동시에 어떤 결실을 이루기까지 인내하고 스스로를 들여다보며 이루고자 하는 이들에게 전하는 용기와 위로가 되길 바랐다. 이루고자 하는 바가 있다면 시행착오를 두려워하지 말라고, 이 모든 이름을 나눠주고 싶었다. 그들이 전해준 언어 사이사이에 맺힌 용기와 위로가 필요한 이들이 있을 것만 같았다. 의도가 잘 도착했는진 모르겠지만 가능하다면 많은 이에게 당도하길 바라는 마음은 지금도 여전하다.

작년 말에는 예상치 못한 자부심도 느꼈다. 출판사로부터 나의 첫 책이 '2023년 세종도서'에 선정됐다는 소식을 전해 들었고, 진심으로 기뻤다. 세종도서는 문화체육관광부 산하 한국출판문화산업진흥원에서 매년 발표하는 도서 선정사업인데, 나의 첫 책이 국가가 인정하고 매입해 일독을 권하는 도서가 됐다는 것이다. 마침내. 그러므로 국가가 인정한 훌륭한 양서이자 나의 단일한 인터뷰집《어제의 영화. 오늘의 감독. 내일의 대화.》를 구매할 결심을 권하며, 그로써 대화의 끝에서 이어질 대화를 기대하며. 참고로 이 글은 미괄식입니다.

그래서 우리는 함께 축구를 한다

나이가 들어가는 탓일지 몰라도 연말에 보는 크리스마스 트리가 새삼 반가웠다. 반짝이는 트리를 보며 실감했다. 올 한 해도 어찌어찌 무사히 버텼구나. 나와 비슷한 생각을 하는 이가 제법 있지 않을까 문득 생각했다. 한 해의 끝에서 크리스마스트리를 보며 올해의 안녕을 빌고 주변의 소중한 이들에게 안부를 묻고 싶은 이가 나만은 아닐 것이다. 이렇게 생각하니 바이러스가 영 민폐만 끼친 것만은 아닌 것 같다. 물론 더러웠고 다시는 보지 말자는 심정이 보다 강력하다만.

그러나 크리스마스트리를 바라보는 세상 모든 이의 마음이 같지만은 않은 것 같다. 지난 2022년 크리스마스에 영국

프리미어 리그 프로축구 클럽 리버풀 FC의 세계적인 스트라이커 살라는 일부 이슬람교도에게 비난 세례를 받았다. 이집트 국적의 무슬림인 살라가 자신의 SNS에 가족과 함께 크리스마스트리 앞에서 찍은 사진을 게재한 것을 두고 무슬림들이 종교적 믿음을 배신했다는 비난의 댓글을 십자포화처럼 날린 것이다. 이렇듯 크리스마스트리가 모두의 마음에 평화를 안겨줄 수는 없는 노릇이다. 하나 마나 한 말이겠지만 그건 트리 탓이 아닐 것이다. 트리는 트리일 뿐, 문제는 늘 사람이다.

지난 2022년에 열린 제22회 카타르 월드컵은 역사상 첫 겨울 월드컵이었다. 보통 월드컵이 개최되는 5~7월이 아니라 11월에 열린 최초의 월드컵. 물론 첫 겨울 월드컵이라는 말에는 어폐가 있다. 정확히 정정하자면 북반구 첫 겨울 월드컵이랄까. 통상적으로 월드컵이 개최되는 시기는 우리에겐 여름이지만 남미 지역에서는 겨울에 해당하기 때문이다. 브라질이나 아르헨티나 등 남미 지역에서 열린 월드컵은 남반구 절기에 따르면 모두 겨울 월드컵이었던 셈이다. 하지만 겨울이라 해도 딱히 춥지 않고 오히려 상대적으로 더위도 덜해서 남미의 겨울은 축구를 하기에는 최적의 계절이다.

카타르 역시 마찬가지다. 여름에는 섭씨 50도까지 육박하는 기온에 축구는커녕 야외에서 일상생활을 하는 것도 만만 않다. 하지만 겨울에는 섭씨 20~30도 정도를 오르내리는 수준이니 월드컵을 개최할 수 있는 계절이 된다. 문제는 시기였다. 북반구 중동 지역에 위치하는 카타르의 겨울은 우리와 비슷한 시기에 찾아온다. 그것이 바로 11월에 월드컵이 열린전말이다. 그 때문에 카타르에서 월드컵을 개최하는 것을 두고 국제적인 논란도 일었다. 월드컵은 통상적으로 유럽을 비롯한 전 세계 프로축구 비시즌에 열린다. 그게 5~7월 사이였다. 하지만 카타르 월드컵은 프로축구 시즌이 한창인 11월에 열려야 했다. 이로 인해 각국의 유명 선수들이 볼멘소리를 하며 월드컵을 주관하는 국제축구연맹FIFA을 공식적으로 비판하기도 했지만 어찌됐든 일어날 일은 일어났다. 그렇게 11월의 월드컵이 카타르에서 열린 것이다.

북반구 첫 겨울 월드컵이자 대한민국의 16강 진출과 메시의 아르헨티나 우승으로 여러모로 인상적인 기억을 남긴 제22회 카타르 월드컵에서 개인적으로 가장 인상적인 순간을 만든 건 이란 대표팀 선수들이었다. 조별리그 첫 경기에 나선 이란 대표팀 선수들은 국가를 제창하지 않았다. 히잡을 제대로 쓰지 않았다는 이유로 경찰서에 끌려가 의문사한 22세 여성 마흐사 아미니에 대한 소식이 알려지면서 촉발된, 자국민의 반정부 시위에 연대하는 행동이라고 했다. 실제로 이란 대표팀 주장 알리레자 자한바흐시는 시위대에 연대하는 의미에서 국가를 따라 부르지 않기로 했다고 발언했다. 덕분에 선수들의 용감한 행동을 응원하는 목소리도 상당했고 경기를 관람하는 이란 관중들도 여성의 자유 보장을 호소하는 피켓을 들고 힘을 보탰다. 하지만 선수들의 목숨이 위태로울 수 있다는 기우도 적지 않았다. 실제로 경기 후 이란 선수들이 자국 정부 관계자로부터 심각한 협박을 받았다는 외신 보도가 나오기도 했다. 이란 선수들은 다음 경기에서는 국가를 따라 불렀다.

한편 조별리그 1차전에서 이란을 상대한 잉글랜드 대표팀은 경기 시작을 알리는 킥오프 전 일제히 그라운드 한쪽에 무릎을 꿇고 앉았다. 잉글랜드 선수들이 무릎을 꿇은 건 추진력을 얻기 위해서가 아니다. 아니, 다른 의미에서는 맞을지도. 경기장에서 무릎을 꿇는다는 건 인권 문제에 연대하겠다는 일종의 의식에 가깝다. 월드컵을 개최하는 카타르가 이주노동자와 성소수자의 인권을 탄압하는 것에 항의하고 그들의 인권 신장을 지지한다는 의미에서 행한 일이다. 잉글랜드 대표팀 주장인 해리 케인은 원래 성소수자를 지지하는 의미에서 무지개색으로 채워진 하트에 숫자 1이 적힌 '원 러브One Love' 완장을 차고 경기에 나설 계획이었다. 이 완장은 2020년 유럽선수권대회부터 네덜란드에서 착용하기 시작했는데, 이를 지지하는 유럽의 몇몇 국가대표팀 주장들이 함께

309

차기 시작했다. 하지만 카타르 월드컵에서는 불가능했다. 국제축구연맹은 경기 중 착용하는 장비에 정치적, 종교적 의미를 내포한 문구나 이미지가 담기면 처벌한다는 규정을 앞세워 원 러브 완장 착용 시 옐로카드를 주겠다고 경고한 것이다. 결국 경기력에 영향을 미치는 위협에 완장 착용을 포기하는 대신 무릎 꿇기 퍼포먼스로 차별에 반대한다는 메시지를 전했다.

역설적이지만 공존은 이런 것이다. 여전히 권력에 반대하는 태도만 드러내도 목숨이 위태로운 나라에 사는 사람들도, 정부는 물론 차별적인 행태나 관습을 비판하는 것이 자유롭게 허용되는 나라에 사는 사람들도, 4년에 한 번씩 한 나라에 모여 축구를 한다. 살아가는 환경과 누리는 문화와 신앙하는 종교와 타고난 피부색은 다르지만 축구는 동일하다. 네모난 그라운드 안에서 둥근 공 하나를 상대의 골 안으로 밀어 넣기 위해 기량을 펼치고 자웅을 가린다. 각기 다른 세계에서 살고 있지만 축구를 통해 하나의 규칙을 공유한다. 그렇게 다양한 세계가 동일한 행위와 목적으로 잠시 뒤엉킨다. 서로의 차이는 상관없다. 그저 축구를 할 뿐이다. 덕분에 우리는 평소 접할 수 없던 세계의 사정과 개인의 표정에 조금이나마 가까워진다.

카타르 월드컵 조별예선에서 한국이 맞붙은 국가는 우루

과이, 가나, 포르투갈이었다. 남미와 아프리카, 유럽의 국가와 한 번씩 경기를 치렀다. 이름은 들어봤지만 익숙하지 않은 나라의 얼굴을 축구로 대면한다. 물론 축구 경기 한 번 했다고 해서 그 나라를 잘 알 수 있는 건 아니지만 최소한의 인식은 생긴다. 저 세계 어딘가에서 살아가는 누군가는 월드컵을 통해 한국을 처음으로 인식하게 됐을지도 모른다. 4년마다 열리는 월드컵의 의미란 어쩌면 이런 것일지도 모른다. 이 넓은 지구상에는 이렇게 많은 사람이 각기 다른 모습으로 살아가고 있다는 것을 인식할 수 있는 4년 주기의 축제. 우리는 그 안에서 서로의 차이를 부정하지 않고 한데 모여 하나의 놀이를 즐기다가 때가 되면 흩어진다.

물론 세계인들이 한데 모여 공을 찬다고 해서 전 세계가 마냥 평화로운 건 아니다. 지금도 우크라이나는 전쟁터다. 심지어 카타르 월드컵이 한창이던 그 시기에 러시아의 공습으로 전력 공급 시설이 파괴된 우크라이나 몇몇 지역에서는 한겨울에 난방을 할 수 없어 추위로 신음하는 이들이 족히 1천만 명은 된다고 했다. 그 와중에 이상 기후 현상으로 미국과 일본에서는 혹한과 폭설이 덮쳐 적지 않은 사망자가 발생하고 관련 사고가 속출했다. 이런 극단적인 날씨는 인류가 배출한 온실가스로 인해 극심해지는 기후 변화의 영향으로 짐작된다. 언제 끝날지 모르는 전쟁의 양상과 막을 길이 요원해 보이는 기후 위기의 공통점은 인간이 자초한 결과라는 사실이다. 인류의 가장 큰 적은 어쩌면 인간 자신일지도 모른다. 또한 인간을 인간으로서 살게 만드는 것 역시 결국 인간 자신일 것이다.

그럼에도 불구하고 자연은 성실하고 꾸준하게 갈 길을 간다. 봄과 여름과 가을을 지나, 그렇게 겨울이 된다. 겨울이 돼야 볼 수 있는 풍경이 있듯 겨울에만 들을 수 있는 소리도 있다. 카타르 월드컵이라는 이색적인 이벤트가 열린 그 겨울에도 구세군자선냄비 모금을 독려하는 종소리가 찾아왔다. 마치 어제 만난 것처럼, 잘 있었냐는 인사가 무색할 만큼 낯익은 풍경이었지만 막상 주머니에 돈이 없어서 만남이 무색해졌다. 요즘에는 현금을 갖고 다닐 일이 없어서 마음이 동한다 해도 그 맘을 나눌 길이 없다는 걸 깨달았다. 기우였다. 바야흐로 디지털 시대다. 구세군 냄비는 거들 뿐, 이제는 카드 결제도 가능한 시대다. 심지어 디지털 지갑으로 페이 결제도 가능하다고 했다. 기술의 편리가 선행의 편리로 이어지는 시대다. 그러니까 혁신이 선행을 권하는 시대다. 한 해의 끝자락에 다다라 본격적인 겨울과 함께 구세군자선냄비가 찾아오는 건 결코 우연이 아니다. 12월에는 기부할 결심을 하는 이들이 적지 않다. 실제로 12월 기부액은 1월부터 11월 사이 평균 기부 금액의 3~4배 가까이 증가한다고 한다. 연말

정산을 대비해 세제 혜택을 받기 위한 기부일 수도 있겠지만 춥다는 감각이 되레 마음을 따뜻하게 데우는 방향을 가리키는 덕분일 수도 있지 않을까 문득 생각해본다. 어떤 식으로든 남을 돕겠다는 마음이 모이는 풍경이란 그 자체로 희망적이라고 말할 기회일 것이다. 혐오와 비관을 자아내고 염세를 부추기는 자극적인 온라인 기사나 SNS 콘텐츠가 좀처럼 다루지 않는 사소한 희망과 다행은 구세군자선냄비의 종소리처럼 우리 주변 곳곳에 자리하고 있다.

어쩌면 희망이란 간절한 기다림으로 얻어내는 것이 아니라 지속가능한 반복을 통해 거듭 확인하는 것일지도 모르겠다. 이를테면 빨래와 청소 같은 거랄까. 때가 되면 빨랫감을 모아 세탁기를 돌려야 하고, 바닥에 쌓인 먼지를 쓸어내야 한다. 때를 놓치거나 미루면 그다음부터는 번거로워지기 십상이다. 제때 하지 못한 것들은 처리하거나 해결해야 하는 업보로 쌓인다. 결국 각자 자기가 해내야 할 것들을 꾸준히 해내면서 세상의 시계와 함께 돌아가야 한다. 그렇게 자기 일을 해내고, 자기 것을 책임지는 사람들과 함께 세상이 채워진다. 대단한 사건이 아니라 사소한 일상이 쌓여 공존의 역사를 만들어왔다. 각기 다른 얼굴과 생각과 생활을 통해 세상은 다양해지고 그럼으로써 완전해진다. 그렇게 각자를 보존하고 우리로서 공존한다. 그럴 것이다. 나는 그런 믿음을 갖고 싶다. 너무 순진하다고 해도 그런 믿음이 우리를 구할 것이라고 믿어보고 싶다. 우리가 4년마다 함께 축구를 하는 것도 그런 믿음 덕분일 것이라고 말이다.

5월 12일의
용준 메이드

   술을 적당히 먹자는 생각 정도는 한다. 하지만 늘 실패할 뿐이다. 인간은 그렇게 실패를 딛고 성장하는 법이다. 그러니까 나는 성장하기 위해 늘 실패한다. (응?) 지난 생일엔 술을 적당히 먹자는 생각은 아예 하지 않았다. 그리고 지난 5월 12일, 만 나이 42세에 접어드는 생일을 맞이했다. 갑자기 무슨 생일 어필인지, 어택인지 싶겠지만 다 그럴만한 이유가 있다. 한국말은 끝까지 들어봐야 아는 미궁 같은 체계를 갖고 있다. 세종대왕님이 '나랏말쌈이 듕귁에 달아' 그린 큰 그림이랄까.

   올해 생일은 혼자 보내야 했다. 아내는 할머니 49재로 부산 처가에 내려갔고, 나는 먹고사니즘에 입각한 마감 거리가 있어서 집에 남았다. 그렇다고 구니니와 곱창에 소주 한잔 마실 수도 없는 노릇이고, 별다른 계획은 없었다. 생일이라 하여 특별한 일을 벌이는 타입도 아니었다. 어릴 때부터 큰 의미를 두진 않았다. 중2병의 기운이 절정이던 시절에는 생일을 축하하는 친구들 면전에서 "생일은 나를 태어나게 해준 부모님이 고맙다는 말을 들어야 하는 날이지, 그저 태어난 것뿐인 내가 축하를 받을 이유는 없는 날이야"라는 밥맛 떨어지는 소리나 해댔다. 지금 와서 생각해보면 그때 친구들이 있었다는 사실이 새삼 신비롭다. 그렇다고 효자도 아니었건만.

성인이 된 이후로 생일에 무감해진 결정적 이유는 월간지 에디터로 일했기 때문일지도 모른다. 대부분 월간지 마감 일정은 내 생일 날짜가 임박할 때쯤 폭풍의 언덕을 지나기 마련이다. 마감이 절정으로 다다르는 순간이다. 그래서 잡지사 에디터로 일했던 10여 년 동안 대부분의 생일은 '노룩패싱'이었다. 주변 친구들도 마감 기간의 나는 놀 수 없는 사람이라는 걸 잘 알고 있었기에 축하나 격려의 메시지를 보낼 뿐이었다. 촬영이나 외부 일정에 치여서 생일이라는 것 자체를 인지하지 못한 채 지나칠 뻔한 적도 있다. '지나칠 뻔했다'고 표현한 건 생일을 알 수밖에 없게 만드는 직장 동료들이 있었기 때문이다. 한번은 해가 다 지고 나서야 화보 촬영과 인터뷰를 마치고 사무실로 돌아와 자리에 앉아 원고 쓸 채비를 하는데 갑자기 사무실 불이 탁 꺼졌다. '뭐야? 정전인가? 모니터는 안 꺼졌는데?' 의아해하던 찰나, 일렁이는 촛불이 보였다. 그 위로 음산하게 웃는 후배의 얼굴이 어둠을 가르며 서서히 다가왔다. 어색하게 들려오는 생일 축하 노래가 진혼곡처럼 들렸다. 촛불을 빨리 끄지 않으면 죽을지도 몰라. 내향형 인간답게 본능적으로 벌떡 일어났다. 손발이 오그라드는 세리머니를 종식하기 위해 총알처럼 달려가 '훅!' 하고 불자 '꺅!' 소리가 났다. 빠르게 뛰어가는 힘까지 실린 채로 바람을 훅 분 탓에 촛농이 후배에게 죄다 튀어버린 것이었다. 그날 저녁 내내 옆자리 후배의 잔소리와 하소연을 열심히 들어줘야 했다. 미안하긴 한데, 내 생일 축하한다며. 물론 고마운 일이다. 하지만 어색한 건 어색한 거니까. 지금은 낯짝이 두꺼워져서 좀 더 뻔뻔하게 축하를 받을 거 같기도 한데, 그때는 그랬다. 그래도 나이가 들고 보니 생일이라는 게 꽤 괜찮은 핑곗거리가 된다는 걸 알았다. 그것을 핑계 삼아 술 마시기 좋은 날이라는 것 정도는 깨닫게 됐다. 하지만 올해 생일에는 어쩌다 보니 혼자였고, 끝내야 할 원고도 있었기 때문에 별다른 계획도 세우지 않아서 그냥 집에서 조용히 보낼까 하다가 마음이 동했다. 마감을 끝내고 혼술하며 서촌을 헤매는 지조 있는 꽐라가 될 계획을 세웠다.

서촌에는 정말 좋은 바가 많다. 그중에서도 임병진 바텐더가 이끄는 서촌의 '월클' 바인 '참 바@bar.cham'는 서울을 대표하는 명실상부한 최고의 바다. 그냥 내가 사는 동네에 있어서, 내가 좋아하는 바라서 이렇게 띄워주는 게 아니다. 지난 7월, 참 바는 '아시아 베스트 바 50'에서 20위에 호명됐다. 2위를 차지한 압구정의 '제스트 바@zest.seoul'에 이어, 한국에서 두 번째로 높은 순위였다. 아시아 베스트 바 50은 매년 홍콩에서 열리는 행사로 바 업계에 종사하는 이들과 칵테일 전문가 등으로 구성된 심사위원의 투표를 통해 훌륭한 바를 가리고 소개하는 장이다. 참 바는 이런 권위를 자랑하는 아시아 베스트 바 50에서 5년 연속 순위권에 들었다. 국내 바 중에서는 유일무이한 기록이다. 덕분에 서촌 주민이자 단골 입장에서 구소산 비금봉만 한 자부심이.

그래서 지난 생일에는 참 바를 비롯해 '참제철 바@chamin season'와 '뽐 바@pomme_bar' 그리고 요즘 내가 너무 애정하는 위스키 하이볼 전문 바 '지로 바@bar.jiro'까지, 서촌의 바 트래블을 떠나기로 했다. 공간을 채운 목재를 참나무로 짰기 때문에 '참'이라고 명명한 참 바는 서촌의 정취와 잘 어울리는 한옥 바다. 잔 기둥을 없애고 대들보로 지붕을 떠받쳐 개방감을 확대한 덕분에 아담하고 고즈넉한 분위기에 머무르는 재미가 상당하다. 특히 바텐더들의 친절한 접객은 바를 처음 찾는 초심자를 바의 세계에 입문하도록 이끄는 최고의 매력이다. 바텐더들의 칵테일 조주 실력이야 말할 것도 없다. 단골이 된다면 같은 칵테일을 주문해도 바텐더에 따라 미묘하게 달라지는 맛을 음미하는 즐거움도 상당할 것이다.

뽐 바와 참제철 바는 참 바의 자매 바다. 단순히 2호점이나 3호점의 개념을 넘어 참 바와 다른 개성을 제시하는 덕분에 서촌의 바가 한층 다양해졌다. 덕분에 술 좋아하는 서촌 주민은 어깨춤을 출 수밖에. 사과를 의미하는 프랑스어 '뽐Pomme'을 빌려온 뽐 바는 프랑스 노르망디 지역에서 전통적으로 사과를 주재료 삼아 증류한 칼바도스를 기주로 한 칵테일을 선보인다. 나는 뽐 바에 가면 위스키가 아니라 칼바도스로 조주한 올드 패션드를 주문하곤 한다. 참 바와 또 다른 온화하고 달콤한 분위기 안에서 머무는 낙이 있다. 참제철 바는 이름처럼 제철 식재료를 모티프로 구상한 칵테일 메뉴를 선보인다. 임병진 바텐더의 도전적인 기질을 느끼게 만드는 곳이라 개인적으로 매우 좋아하는데 앞선 두 바와 달리 모던하고 도회적인 분위기가 인상적이다. 영화에 비유하자면 참 바는 〈화양연화〉, 참제철 바는 〈중경삼림〉, 뽐 바는 〈미드나잇 인 파리〉 같다고 할까.

한편 요즘 나를 참새로 만드는 방앗간, 서촌의 지로 바는 위스키 하이볼 전문 바다. 서촌에 사는 부부가 함께 운영하는 지하 바인데 작고 긴 계단을 내려가 문을 열면 생각지도 못한 아늑한 공간이 '짠!' 하고 나타나서 처음 방문했을 때는 나도 모르게 '와!' 소리가 절로 났다. 무엇보다도 가성비가 '너무 심하게 좋은 것 아니요?'라는 생각이 들 정도로 좋은 위스키 하이볼을 다양하게 음미할 수 있고 위스키뿐 아니라 진, 테킬라, 일본 소츄 등 논 위스키 하이볼까지도 가능한 하이볼 천국이다. 게다가 이곳은 매일매일 변경되는 '오늘의 밥'을 비롯해 입맛도 술맛도 돋우는 음식 메뉴가 상시 준비돼 있어 반주 삼아 하이볼을 마시는 즐거움을 경험해도 좋을 것이다. 일본 문화에 관심이 많은 사장님의 취향과 기호가 곳곳에서 느껴진다. 승부욕 넘치는 세계관에는 관심이 없는 사장님이 《슬램덩크》 브로마이드 한 장 붙여놓지 않은 게 조금 아쉽긴 하지만, 개취는 존중하니까.

이제 누가 시키지도 않은 서촌 바 셀프 홍보는 끝났으니 다시 나의 '생일맞이 서촌 바 트래블 썰'로 복귀한다. 일단 속이 든든해야 하니 한국인의 소울 푸드 순대국밥으로 이른 저녁을 먹으며 시동을 걸었다. 그리고 지로 바를 찾아가 하이볼로 본격적인 여행을 시작했다. 《삼국지》에서 조조가 내어준 술이 식기 전에 적장의 목을 베고 돌아와 마시겠다는 관운장의 호연지기처럼, 다시 지로 바로 돌아오겠다는 결연한 약속을 남기고 길을 나섰다. 쓸데없이 비장했다.

뽐 바를 찾았다. 영화를 좋아해서 대화가 잘 통하는 수민 바텐더에게 생일이라는 사실을 슬쩍 흘리며 오늘의 일정을 공개했다. 그러자 "그게 돼요?"라는 물음과 함께 생일주 플렉스가 이어졌다. 이날은 가는 곳마다 생일주를 얻어먹어서 정말 좋았다. 우리 집안이 대대로 피할 길 없는 대쪽 같은 대머리 집안이라는 것을 알게 된 이후로 결심한 것이 있다. 공짜 밝히면 대머리 된다고 하던데, 공짜도 밝히지 않고 대머리가 되면 너무 억울한 것 아닌가. 나는 그러므로 공짜를 열심히 밝혀서 억울해지지 않겠다. (응?) 아무튼 공짜는 소중하고 생일주는 짜릿하다. 매일매일 다시 태어나고 싶어.

뽐 바에서 값비싼 위스키도, 테킬라도 얻어먹고, 내돈내산 칵테일도 마시고 참 바를 찾았다. 그런데 참 바의 오너 바텐더인 임병진 사장님이 보이지 않았다. 사장님을 찾은 데는 다 이유가 있었다. 사장님에게 꼭 조주를 부탁하고자 하는 칵테일이 있었기 때문이다. 이거 사실 자랑인데, 참 바에는 내 이름을 붙인 나만의 시그니처 칵테일이 있다. 이름하여 '용준 메이드Maid'. 아이리시 위스키를 기주로 삼은 '아이리시 메이드'나 런던 드라이 진을 기주로 삼은 '런던 메이드' 같은 칵테일에서 이름을 빌린 것으로 이 두 칵테일의 이름은 해당 지역의 술을 위한 전담 메이드 같은 칵테일이라는 의미를 지니고 있다. 결국 용준 메이드는 온전히 나의 취향을 위한 전담 메이드 같은 칵테일인 것이다. 향긋한 오이를 좋아하는 내 취향을 반영해 런던드라이 진을 기주 삼아 화사한 엘더플라워 리큐르와 상큼한 라임주스와 반 고흐의 주님 압생트 등을 믹스해 셰이킹한 뒤, 가니시로 오이를 얹어준다. 그러니까 생일에 월클 바에서 내 이름을 헌정한 칵테일을 주문할 수 있다는 건 너무 멋진 일 아니겠는가. 용준 메이드를 마실 때는 쿠바 아바나의 엘 플로리디타 바에서 모히토를 마시는 헤밍웨이의 기분을 음미하는 것 같다고 감히 말할 수 있다. 헤밍웨이도 서촌 참 바를 한번 와봤어야 하는데. 그러므로 생일에 사장님이 만들어주신 용준 메이드를 마시며 자부심 넘치는 단골 꽐라가 돼보려 했건만 왜 안 보이시는 걸까 걱정하던 찰나, 문이 열리네요. 그대가 들어오죠. 첫눈에 난 내 사람인 걸 알았죠. 알고 보니 사장님이 서프라이즈로 생일 케이크를 준비하러 다녀오신 것. 아내도 챙겨주지 않는 생일 케이크 챙겨주는 남자, 너무 소중하다. 다음 생에는 꼭 사장님이랑 결혼해야지. 그런데 내 다음 생 1순위 희망종은 판다인데, 그러면 푸바오, 강바오로 에버랜드에서 만나야 하나. 그런데 강바오는 사람이니까, 그럼 내가 푸바오. (웅?)

그렇게 참 바에서 생일 축하를 거나하게 받고 참제철 바로 향했다. 당연히 생일임을 어필했다. 공짜로 마시는 생일주는 짜릿하니까. 그러자 참제철 바의 최광일 바텐더가 말했다. "내려가시죠." 네? 어디를? 나 때리려고? 아니다. 참제철 바 아래는 '엠엠에스 바'가 있다. 힙한 바에 물 흐릴 듯하여 자주 가지 못한 곳이라 생일맞이 바 트래블 루트에 넣을 생각을 못 했는데 예정에 없던 도킹 성공. 오늘은 생일이니까. 그런데 막상 내려가니 반가운 얼굴들이 적지 않게 보였다. 그 덕에 생일 축하를 받고, 또 받고, 받은 것 같은데 다시 받고, 그렇게 내년 생일 축하까지 다 받아버렸다. 혹시 축하 예금 같은 건 없나.

이날 생일맞이 서촌 바 트래블 계획을 세우면서 솔직히 걱정도 됐다. 서촌의 어느 바에서 사람이 죽었대. 그런데 그 사람 생일이라 공짜 술을 주는 족족 처먹다가 그리됐다나. 이런 불미스러운 이야기의 주인공이 되는 건 아닐까. 하지만 그날 내 간에 에너자이저라도 달았는지 백만 스물한 잔도 마실 수 있을 거 같았다. 아무래도 축하의 힘인 거 같기도 하고, 파워 오브 도파민인 거 같기도 하고, 공짜 생일주의 저력 같기도 하고, 아니면 대머리 유전자의 힘? 어찌 됐든 그만큼 기분이 좋아서 계속 신나게 마시고 싶었다. 그렇게 참제철 바에서도 신나게 놀아버렸다.

비로소 약속의 시간이 왔다. 오후 6시에 시작된 투어가 끝나고 새벽 1시에 다다르는 지금, 원점으로 돌아갈 시간이었다. 나의 아지트, 지로 바로 향했다. 계단을 내려가 문을 열자 부부 사장님이 마치 귀신이라도 본 것처럼 놀라며 말했다. "진짜 왔다고?" 흥, 내가 죽을 줄 알았지? 하지만 죽지도 않고 또 왔지. 그러니까 내 술을 내놓으시라. 그리고 끝? 아니었다. 이 여정은 끝나지 않았다.

우리는 다 함께 그 길로 연신내로 향했다. 연신내에는 '기슭 바 @kissk.bar'가 있다. 원래 참 바의 오픈 멤버였던 이동환 바텐더가 독립해서 차린 바다. 덕분에 정말 자주 갈 일이 없을 거라 생각했던 멀고 먼 연신내 땅을 심심찮게 밟게 됐다. 사실 이날 계획에서 기슭 바는 옵션이었다. 6~7시간 동안 바 다섯 곳을 돌며 술을 마셔대면 정신이 남아 있을지 장담할 수도, 자신할 수도 없었기 때문이다. 하지만 이왕 이런 정신 나간 계획을 세운 이상 가능하면 기슭 바까진 가보고 싶었다. 그리고 다행히 나는 정신이 있었다. 아직 신에게는 백만 스물두 잔이 남아 있습니다.

사실 나는 바를 그렇게 즐기던 사람이 아니었다. 서촌에 참 바가 생기기 전까진 특별히 바를 자주 찾지 않았다. 그래서 참 바는 내 음주 생활에 큰 영향을 미친 거점이기도 하다. 찾을 생각을 하지 않던 공간이 내 인생에 훅 들어온 셈이랄까. 참 바 오픈 멤버였던 이동환 바텐더는 마약 같은 인간이었다. 바라는 공간은 아무래도 혼자 앉아 있다 보면 바텐더와 수다 떠는 재미도 중요한 법인데 그 재미를 알려준 바텐더가 바로 이 인간이기 때문이다. 그러니까 이런 정신 나간 계획을 세우게 만든, 나를 망치러 온 나의 즐거운 원흉을 찾아가지 않을 수가. 그렇게 기슭 바에서 이동환 바텐더가 생일 축하주로 터트린 모엣 샹동 샴페인을 마시며 다시 한번 짜릿함을 느꼈다. 내일 다시 태어나면 안 되려나?

저마다 자신의 생일에 부여하는 의미는 비슷하면서도 다를 것이다. 내 경우는 그 숫자 덕분에 각별하게 다가오는 것들이 있다. 왕가위의 〈해피 투게더〉 오프닝 시퀀스에는 아르헨티나로 입국하는 주인공 아휘 여권에 입국 허가 날인을 하는 장면이 나오는데 흥미롭게도 그날이 1995년 5월 12일이다. 그러니까 내 14살 생일에 〈해피 투게더〉 속의 보영과 아휘가 홍콩을 떠나 아르헨티나에 입국했다는 것이다. 내가 5월 11일이나 13일에 태어났다면 큰 의미를 두지 않았을 텐데 내 생일과 같은 날짜가 오프닝 시퀀스에서 등장하는 순간 이 작품은 내 인생과 각별한 사이가 돼버렸다. 게다가 〈해피 투게더〉를 인상적으로 기억하는 이들의 감상 안에서 거듭 환기되는 대사 "우리 다시 시작하자"의 정조는 매년 돌아오는 생일의 정서와 제법 잘 어울리는 면이 있다. 어쩌면 생일이라는 건 태어남을 기뻐하는 날의 의미를 넘어 다시 한번 나의 삶을 새롭게 되새길 수 있는 선물 같은 계기일지도. 그래, 다시 시작하자.

'아주 오래된 연인들'이라는 히트곡이 수록된 015B의 3집 앨범을 소장하고 있는 이유도 이 앨범에 '5월 12일'이라는 곡이 있기 때문이다. 이 곡은 과거 첫사랑을 떠올리며 그리워하는 어떤 남자의 사연을 담고 있는데 지금 들어보면 좀 찌질하다. '너를 사랑했고 추억하는 나의 모습이 너무 슬퍼서 나는 노래하지 워우워'스러운 전형적인 90년대 이별남 나르시시즘이 지금 듣기에는 다소 느끼하다고나 할까. 노래 자체에는 별다른 애착이 없지만 제목이 '5월 12일'인 이상 그냥 지나칠 순 없다. 제목이 그렇게 정해진 이유는 015B의 브레인으로 꼽힌 정석원이 실제로 1987년 5월 12일에 소개팅으로 만난 첫사랑에 대한 기억을 이 곡에 투영했기 때문이라는 설이 있다. 그러니까 나의 여섯 살 생일에 세상 어딘가에는 소개팅으로 첫사랑을 만난 남자가 있었고 그날이 그에게 노래를 만드는 계기가 됐으며 덕분에 내가 이 앨범을 소장하게 됐다는 것이다. 노래에 대한 호불호를 떠나서 각기 다른 시계 속에서 살아가는 세상의 이치 같은 것이 맞물려 한 줄기를 이룬 셈이랄까. 결국 내가 5월 12일에 태어났기 때문에 소장할 수 있게 된 노래인 것이다.

한편 왕가위의 〈중경삼림〉에서도 5월이 상징적인 날짜로 등장하는데 바로 그 유명한 파인애플 통조림의 유통기한

이 1994년 5월 1일인 것. 여기에는 특별한 이유가 있다. 바로 〈중경삼림〉의 주인공인 하지무가 1969년 5월 1일 오전 6시에 태어났고, 그에게 1994년 5월 1일은 만 25세가 되는 날인데, 그에게 25살의 생일이 중요한 건 그 생일에 떠나간 여자친구로부터 연락이 오길 고대하고 있기 때문이다. 결국 자신의 생일에 사랑의 유통기한을 확인한 남자는 뜻밖의 생일 축하 메시지를 받고, 〈중경삼림〉의 유통기한을 만년으로 만들어준 명대사인 "기억에 유통기한을 적어야 한다면 만년으로 하고 싶다"는 독백을 읊조린다. 기약하거나, 다짐하거나, 염원하거나, 생일이란 그 숫자의 주인에게 특별한 영향력을 행사하는 기표이자 기의일 수밖에 없다.

이렇듯 태어났다는 것만으로도 생일은 나름의 고유한 의미를 갖는 것이겠지만 태어난 날짜 그 자체가 삶에 끼치는 영향력도 상당한 것 같다. 태어남과 함께 새겨지는 등번호 같은 것이랄까. 그런 의미에서 사주풀이 같은 것이 실질적인 효험이 있을지 모르겠지만 태어난 날짜와 계절과 시기에 따른 기질적 차이라는 건 분명 존재할 거라 생각한다. 확실한 건 5월은 여러모로 술 마시기 좋아서 단골 술집을 쉽게 지나치기 힘든 험한 달이라는 것이다. 그러니까 5월에 태어난 이상 어쩔 수가 없다. 마셔야지. 그렇게 험한 5월에 돌아온 이번 생일에는 하루 종일 혼술을 달릴 거라던 예상과 달리 바를 돌고 돌며 계속 '왁자지껄술'을 달렸다. 그렇게 술이 있는 곳으로 계속 향하다 보니 날이 밝았다. 나라 잃은 백성인지, 나라를 판 백성인지, 구별이 안 가는 바이브로 생일을 보내고 나니 아무래도 나라를 팔아먹은 게 맞는 거 같긴 한데 어차피 실패하면 반역이고, 성공하면 혁명이고, 대머리라면 공짜 술 아이가! (응?)

그러니까 이건 결국 참회의 여정, 최선을 다할 수밖에. 하지만 그 여정에서 만난 사람들이 너무 반가웠고 덕분에 즐거웠으며 술은 달았다. 참회가 아니라 참외의 여정이었나. 자꾸 이렇게 달디달고 달디단 생일을 즐기면 나라를 한 번 더 팔고 싶어질 거 같은데, 이번 생은 그럴 능력이 없으니 다음 생은 역시 판다로 태어날 수밖에 없겠다. 아무래도 이게 다 참 바와 용준 메이드 때문이다. 그러므로 나는 기약할 수 없는 다음 생은 포기하고 지난 생을 되갚기 위해 이번 생 안에서 최선을 다해 다시 늘 실패할 것이다. 아직 전혀 성장하지 않았지만 언젠가는 성장하겠지.

가장 멋진 낙조를
떠올릴 것이다

내 집이 있다는 건 그만큼 마음을 편하게 다스릴 수 있는 덕이기도 하지만 한편으로는 근심이 자라는 업이기도 하다. 부엌으로 난 창 앞에 길게 자란 큰 나무는 계절마다 옷을 갈아입고 시시각각 생장의 신비를 시각적으로 전달하는 병풍 노릇을 하며 이 집에 자리하는 기쁨을 느끼게 해준다. 프리랜서 생활을 하며 집에 머무는 시간이 절대적으로 늘어난 지난 몇 년 사이 창으로 중계되는 풍경은 지금의 집에 사는 만족감 중 가장 큰 지분을 차지하는 요건이었다.

그러나 모든 것은 시간과 함께 낡아갈 팔자를 타고났다. 사람과 마찬가지로 집도 늙고, 다친다. 그리고 내 집이기에 그러한 노쇠와 상흔을 발견하고 목격할 때마다 마음이 무거워질 수밖에 없다. 재작년 여름, 처음으로 창 앞까지 자란 나뭇가지를 잘랐다. 방충망을 찔러서 구멍이 날까 걱정했는데 아니나 다를까 바람이 심하게 부는 날 그 기세가 심상치 않더니 방충망에 구멍이 났다. 아무리 나무라 해도 내 편의에 따라 가지를 자르는 것이 탐탁지 않아 망설였으나 더 이상 망설일 겨를이 없었다. 다행히 아내가 닭뼈 자르는 가위를 사둔 덕분에 그것으로 처리할 수 있었다. 하지만 두꺼운 가지를 비틀어 잘라버리는 그 순간의 감각이 그리 유쾌하진 않았다.

작년에도, 올해도, 또 한 번씩 가지를 잘랐다. 재작년에 자른 가지는 아직 창까지 미치지 못하지만 다른 가지가 방충망에 닿을 듯해 빨리 처리하는 게 좋을 것 같았다. 몇 번 해본 덕분인지 마음도, 몸도 신속하게 움직였다. 그래도 역시 잘려 나간 가지의 단면이 보이는 건 어딘가 불편한 일이다. 허나 자연이란 인간의 마음에 아랑곳하지 않고 이치대로 뻗어 나가는 힘이다. 비가 오는 날이면 잎도, 가지도, 어제와 달리 불쑥 자라난다. 그래서 비가 올 때마다 창문 방향으로 생장하는 나무의 가지를 지켜본다. 마치 나를 향해 노려보듯 뻗어오는 가지를 응수하듯 응시한다. 뻗어올 것은 뻗어올 것이고 자를 때는 잘라야 한다. 그것이 너와 내가 상생하는 나름의 섭리겠지.

40대가 넘어서도 여전히 여생이 길게 느껴져 가끔 삶이 뻐근하다. 공자님, 40세는 세상일에 정신을 빼앗겨 판단을 흐리는 일이 없는 나이라면서요. 그래서 '불혹'이라면서요. 하긴 스마트폰도 없던 시대를 살았던 공자님이 뭘 알겠습니까? 바쁘다 바빠, 현대사회, 아십니까? 괜히 닿지도 않는 공자님 멱살이나 한번 잡아본다. 이렇듯 나이가 들어도 막막한 삶을 내다볼 수 없다는 것에 무력함을 느끼기도 하나 한편으론 지금까지 어찌어찌 살아왔으니 남은 시간도 어찌어찌 살아갈 수 있을 거란 낙낙한 생각도 깃든다. 결국 먹고사는 문제와 늙고 낡아가는 문제 사이에서 잘 먹고 잘 살고 싶다는 바람과 잘 늙고 잘 낡아가고 싶다는 바람을 해결하는 것이 여생의 주업이겠지만, 거창한 꿈 같은 것이 애초에 저물어버린 삶에 허락된 최상의 풍경도 있을 것이기에.

지난해에 류이치 사카모토의 죽음을 전해 듣고 마음이 출렁이는 기분을 느꼈다. 젊은 시절에는 좋아하는 누군가 세상을 떠났다는 소식을 들으면 마음이 철썩거리는 것 같았는데 마흔줄에 들어서인지 큰 파도를 맞았다는 느낌보다는 밀려들고 밀려나간 해변의 흔적 같은 것을 찬찬히 보는 느낌이다. 서서히 죽음에 익숙해지는 삶을 살아가고 있다는 기분이 점차 낯설지 않다는 건 묵묵하게 서글픈 일이다. 꺼져가는 시간에 대해 말하게 되는 이들과 말해야 하는 날들을 떠올릴 생각도 하지 않던 젊은 시절은 더 이상 돌아보지 않는 얼굴처럼 정직하게 저물고 있다.

"저는 젊었을 때부터 그렇게 말했어요. 예쁜 사진만 보면 '이거 영정사진으로 써야지'라고. 습관처럼 입에 달고 다녀서 우리 애들이 질색할 정도였죠. 그런데 저는 항상 언제 마지막이 될지 모른다고 생각하며 살아요. 그리고 언제가 돼도 상관없어요. 왜 그런지 어렸을 때부터 죽음이 그렇게 두렵지 않았거든요. 그래서 제가 이렇게 오래 사는 게 이상하다니까요." 여전히 선하다. 은은한 미소가 번진 표정으로 자신의 죽음과 생의 끝을 덤덤하게 말하던 그 얼굴이. 인터뷰로 만난 배우 김혜자에게서 들은 말이다. 〈마더〉가 개봉할 즈음 진행한 인터뷰였으니 벌써 15년 전 이야기다. 70대의 나이에 그렇게 여유롭고 낭만적인 기품을 안고 살아갈 수 있는 이의 오늘이란 어떨까? 어떤 삶일까? 궁금했고, 여전히 궁금하다.

올해 초, 아내의 할머니께서 돌아가셨다. 그로 인해 손녀의 남편을 손서라 부른다는 것을 처음 알았다. 피 한 방울 섞이지 않은 이들과 친지가 된다는 건 모르는 용어에 익숙해지는 일이기도 하다. 최근 몇 년 사이 팬데믹으로 인한 집합 금지 조치로 자주 내려가 뵙지 못했으나 지난 설 연휴에는 뵐 수 있었다. 당시 병상에 누워 계셨는데 브로콜리처럼 볼륨이 풍성한 머리는 여전히 햇빛을 받아 새하얗게 반짝거렸다. 쓸데없이 지조 있는 대머리 집안의 후예 입장에서는 아흔이 넘어서도 머리숱이 대단한 아내의 할머니가 경이로울 수밖에 없었다. 처가 식구들은 확실히 모두 그렇다. 집안에서 덕을 잘 쌓았나 보다. 집안 사람 중 누가 일찍이 값비싼 정성이라도 들였든가.

그런데 장례식장에서 본 할머니의 영정사진이 이상했다. 사진이 왜 움직이지? 잘못 봤나 의아했는데 아니었다. 다가가 보니 영정사진 뒤로 배경이 변했다. 디지털 액자였다. 요즘 장례식장을 거의 가보지 못한 탓에 영정 사진에 이런 혁신이 반영됐다는 걸 몰랐다. 기분이 이상했다. 미동이 없는 할머니의 뒤로 배경이 자꾸 생동했다. 화사한 꽃이 잔뜩 핀 어느 언덕이었다가 산호초 옆으로 물고기가 헤엄치는 바닷속이었다가, 마치 이미 이편에 없는 할머니가 다다를 저편으로 연결된 포털 같았다. 손을 뻗으면 그 안으로 쑥 들어갈 거 같았다. 물론 시도해보진 않았다. 아직은 이편에 좀 더 있어 볼 예정인지라.

입관은 고인을 관에 넣는다는 의미의 단어다. 단어의 의미로 이해하는 것이 아니라 육안의 감각으로 목도하는 건 처음이었다. 돌아가신 아내의 할머니 입관식을 보았다. 보기 전까지는 실감이 나지 않았다. 막상 육안으로 보니 딛고 선 땅의 감각이 잠시 꺼지는 기분이었다. 눈이 감긴 채 코와 입의 구멍을 탈지면으로 가득 메운 얼굴 아래 단단하게 여민 수의로 더 이상 생동할 수 없는 존재의 허망이 육체적으로 전이됐다. 사실 지난 11년여의 결혼 생활 중 1년에 한두 번 정도 뵌 인연에 불과한 터라 그 죽음에 대단한 감정적 지분을 가질 수 있는 입장은 못 됐으나 불과 지난 설 연휴에도 살아서 숨 쉬고 말하고 움직이던 육신이 더 이상 그럴 기미가 없는 형체로 눈앞에 누워 있는 것을 보았을 땐 벼랑 끝에 발끝을 대고 아래를 내려다보는 기분이었다. "할머니, 또 뵙겠습니다"라던 인사가 다른 의미로 돌아와버린 것 같아 그 찰나를 뒤늦게 곱씹었다. 삶이란 것이 언젠가 끝에 다다르는 일이라는 것 정도는 충분히 알고 있다고 생각했는데 하나도 아는 게 없었다. 죽음 앞에서 삶은 손쉽게 가소로워지는구나. 이런 생각을 하게 되니 되레 삶이 절박해지는 기분이었다.

장례사는 마지막 인사를 하는 자리라며 한 사람씩 하고 싶은 말을 하고, 잘 떠나가실 수 있도록 쓰다듬고 주물러달라고 했다. 사실 입관식 이전까지는 어린 시절부터 일찍이 할머니를 보며 자랐을 처가의 혈연 사이에 끼어 있을, 뒤늦게 편입된 인척에 불과한 나의 애매한 입장을 생각해보기도 했다. 하지만 그 순간 생각 같은 건 일체 흩어져버렸다. 그저 지켜볼 뿐이었다. 마지막 인사를 하기 위해 다가섰을 때도 특별히 무언가를 떠올리지 못한 것 같다. 수의로 꽉 싸매진 몸에 손이 놓였다고 추정되는 곳을 한 번 꼭 잡았다. 떠오르는 말도, 생각도 없었고, 그저 그러고 싶었다. 앞서 할머니를 마주한 아내는 몸이 너무 차다며 오열했는데 실제로 그랬던 것 같다. 몇 년 전 하늘이가 죽었을 때 만졌던 그 몸의 온도가 떠올랐다. 정말 차갑구나. 식어버린 생명이란 이렇게. 나중에 알고 보니 아내는 할머니가 너무 '차다'고 말한 게 아니라 '작다'고 했다는데 역시나 하늘이도 작았다. 이래도 저래도 애수가 깃드는 말이었다. 한 시간 정도 진행된 입관식이 끝난 뒤 나는 다시 장례식장으로 올라와 빌려 입은 상복을 벗어 정리하고 내 옷으로 다시 갈아입었다. 수의 입은 할머니의 온몸을 꽁꽁 싸매는 모습을 보고 나서 나는 평상시 살아가며 입던 옷으로 갈아입는 입장이 된다는 것이 잠시 묘했다. 가능하다면 남은 장례 절차에 끝까지 참여하고 싶었지만 일정이 있는 터라 서울로 다시 올라가야 했다. 처가 식구들에게 인사를 하고 장례식장에서 나와 걷는 길은 다른 세계 같았다. 정토의 문 앞에서 잠시 그 너머를 기웃거렸다가 다시 사바로 기어 나온 것처럼 생경했다. 삶의 감각이 기이하게 선명했다.

가끔은 무엇을 위해 사는 걸까 생각해본다. 그리고 그저 사는 것 외에는 사는 방도가 없다는 사실로 되돌아오는 것

말곤 별수가 없다는 걸 그때마다 되짚게 된다. 하나 마나 한 생각인 것 같지만, 어차피 돌아올 길을 떠나는 것처럼 생각의 타래를 좇아 나가고 돌아온 삶이 애초에 그것을 떠올려본 적 없는 삶과는 결코 같을 리 없다고 생각한다. 가보는 데까진 가보는 것이다. 가기 전부터 무의미하다고 여기는 것과 가본 뒤 그것을 깨닫는 건 결코 같지 않다. 사는 데까지 살 것이고, 죽는 데에서 죽을 것이다. 그전까진 내가 부디 나이기만을 바란다. 그럴 수 있는 삶을 연명할 수 있다면 그것으로 족할 것이다. 이번 생의 너비까진 모르겠지만 규격 정도는 정했다. 가급적 그 안에서 살 수 있기만을 바랄 뿐이다. 삶이 유한하기 때문에 삶의 가치가 그만큼 유효하다는 건 아름다운 역설이다. 삶을 형형하게 만드는 건 끝내 죽음일 것이다. 물론 떠나가는 이들이 남긴 건 더 이상 그들과는 하등 상관도 없어진 것에 불과하다. 그렇기 때문에 아름다운 무언가를 남기고 떠난 이들은 남은 자의 마음에 꺼지지 않는 불을 피우는 존재일 수밖에 없다. 그 마음이 다음에 남겨질 무언가를 염원하고 희망하게 만든다. 위대한 삶을 환기하는 죽음이란 끝내 살아남은 자들의 염원이고, 희망일 수밖에 없다.

하지만 언제나 그러하듯 살아가는 과정은 부단하고 번거롭다. 홀로 집에 돌아오니 문 앞에는 구니니를 위한 택배 상자가 두 개 있었고, 문을 열고 들어가니 구니니가 반쯤 짜증 나는 눈빛으로 나를 바라보며 그에 준하는 소리를 내었다. 머릿속에 마구니가 가득 찬 것 같은 소리였다. 하지만 나는 궁예가 아니니까 원하는 것을 들어줘야지. 그렇게 얼마 안 되는 짐과 택배를 정리하고, 구니니 화장실을 치우고, 구니니 밥을 챙기고, 내 밥을 챙겼다. 그리고 갑작스러운 부고로 인해 밀렸던 이불 빨래를 돌리고, 샤워를 하고 나온 뒤 널어두었던 이불을 걷었다. 지난겨울 동안 덮은 두꺼운 이불이 잘 말라 있었다. 죽음을 마주했던 어제를 뒤에 두고 다시 올라온 서울에서 지난겨울의 삶을 잘 빨아 널고 말린 뒤 개어 넣었고, 그 뒤로 세탁을 마친 이불 커버를 세탁기에서 꺼내 펴서 널었다.

다시 겨울이 올 것이므로, 일단 봄에는 봄으로서 살아가야 하므로, 그렇게 돌아오는 여름과 가을에는 떠나간 시간과 지나간 기억 사이에서 떨어뜨릴 것은 떨어뜨리고, 주워 담을 것은 주워 담으며 다음 계절을 맞고 또 흘러갈 것이다. 그러므로 이 집에서 다시 한번 더 나뭇가지를 자르게 된다면, 그때도 망설이지 않고 확실하게 손에 힘을 꽉 쥐고서.

지금 그릴 수 있는 가장 멋진 낙조를 떠올릴 것이다.

에필로그 　　　　　종언終焉 » 일이 끝나다

해가 뜨면 해가 떴다는 사실을
근심하는 자가 있었다.
그는 달이 뜨면 달이 떴다는 사실 또한 근심했다.
기이하게도 그 옆에는 해가 뜨면
해가 떴다는 사실에 기뻐하는 자가 있었고,
그는 역시 달이 뜨면 달이 떴다는 사실을 기뻐했다.
판이한 감정을 가진 둘이
붙어 다니는 것에 대해 사람들은 의아해했다.
그리고 누군가는 참지 않고 물었다.
"대체 둘은 무슨 연유로 그렇게 어울리는 거죠?
내가 보기에는 너무 어울리지 않는 두 사람이
한 몸처럼 붙어 있는 게 정말 이상하단 말이오."
그러자 둘은 별말이 없다가
답을 들을 길이 없겠구나 싶을 즈음
하나가 입을 열었다.

"우리는 서로 해가 뜨고, 달이 뜨는 것을
함께 볼 뿐이오. 물론 각자
근심하고 기뻐한다는 사실은 알지만
애써 그것을 서로에게 전하려고 노력하진 않소.
그저 각자 근심하고 각자 기뻐하고 말 따름이지.
그것을 함께 근심하길 바라거나
함께 기뻐하길 바란 적은 없었단 말이오.
그렇기 때문에 우리는 서로의
근심과 기쁨을 인식하지만 의식하지 않을 수 있었소.
그런데 말이오.
우리는 해가 뜨고 지는 것과 달이 뜨고 지는 것에
이토록 관심을 기울이는 자를 본 적이 없었소.
그런데 이 자는 그러하오. 이렇듯 우리는
매일 같은 것을 보고 관심을 기울이는
유일한 하나끼리 만나 지금까지 함께했다오.
그게 전부일 뿐이오."
질문을 던진 자는 고개를 끄덕였지만
완전히 이해되지는 않는 듯한 표정이었다.
그사이 해가 지는 것을 바라보던 둘은

선명한 달이 떠오르자 각자 근심했고, 기뻐했다.
나는 이 이야기를 듣고 눈이
계속 해와 달이 뜨고 질 때마다 근심하고 기뻐하며
함께할 수 있을지 궁금했다. 그래서 물었다.
"당신들에게 별이란 무엇이오?
별은 딱히 의미가 없소?"
그러자 둘은 별말이 없다가
답을 들을 길이 없겠구나 싶을 즈음
하나가 다시 입을 열었다.
"별은 우리가 해와 달을 바라보는 궁극적인 이유요.
해가 뜨면 별이 사라지니 근심하고,
달이 뜨면 별이 사라질 것을 근심하오.
반대로 해가 뜨면
별이 빛날 시간을 기다리며 기뻐하고,
달이 뜨면 별이 반짝이는 시간이
찾아왔음을 기뻐하오.
우리는 각자 다른 이유로
근심하고 기뻐하는 것이지만
궁극적으로 바라는 바도, 보는 바도 같소."

나는 다시 궁금했다.
"그런데 별이 사라지는 것에 근심한다면
찾아왔을 때 기뻐해야 하는 것 아니오?
반대로 달이 뜨면 반짝일 별에
그렇게 기뻐한다면
해가 뜨면 사라질 별에 근심해야 하는 거 아니오?"
그러자 이전까지와는 달리 빠르게 답이 넘어왔다.
"별이 사라지는 것에 근심하는 건
근심하는 마음이 내게 있기 때문이 아니오.
별의 반짝임이 찾아왔다는 사실을 기뻐하는
나의 시간이 지나가고 있다는 사실에
근심하는 이의 마음을 근심할 뿐이오.
반대로 별이 반짝이는 것에 기뻐하는 건
기뻐하는 마음이 내게 있기 때문이 아니오.
별의 반짝임이 지나가리란 사실을 근심하는
나의 시간도 지나가고 있다는 사실에

기뻐하는 자가 있다는 사실 때문에 기뻐할 뿐이오.
우리의 근심과 기쁨은
실상 나의 것이 아니라 상대의 것이기에
그 상대의 마음을 헤아릴 수밖에 없어서
기뻐함을 근심하고, 근심함을 기뻐하오.
이래도 모르겠소?"
그 말을 끝으로 어느 하나도
어떠한 질문에 답을 하지 않았다.
그저 뜨는 해를 보며
각자 근심하고, 기뻐했으며,
또는 달을 보며 각자 기뻐하고, 근심할 뿐이었다.
사람들은 여전히 둘을
이해할 수 없다며 수군거렸지만
둘은 계속 하늘을 보고 있었다.
끝내 변하지 않는 건 둘뿐이었다.
그렇게 유일한 하나였다.

가을이 오면 떨어질 말들
행복도 불행도 아닌 다행이 이긴다

2024년 10월 1일 초판 1쇄 발행

지은이 민용준
펴낸이 김은경
책임편집 이주연(산책방)
마케팅 박선영, 김하나
디자인 황주미
경영지원 이연정
펴낸곳 ㈜북스톤
주소 서울시 성동구 성수이로7길 30, 2층
대표전화 02-6463-7000
팩스 02-6499-1706
이메일 info@book-stone.co.kr
출판등록 2015년 1월 2일 제2018-000078호

ISBN 979-11-93063-62-0 (03810)

북스톤은 세상에 오래 남는 책을 만들고자 합니다. 이에 동참을 원하는 독자 여러분의 아이디어와 원고를 기다리고 있습니다. 책으로 엮기를 원하는 기획이나 원고가 있으신 분은 연락처와 함께 이메일 info@book-stone.co.kr로 보내주세요. 돌에 새기듯, 오래 남는 지혜를 전하는 데 힘쓰겠습니다.